JULIA™

AF274846

ALLISON LEIGH

NUBES DE
TORMENTA

HARLEQUIN™

Una división de HarperCollins Ibérica, S.A.
Avenida de Burgos, 8B - Planta 18
28036 Madrid
www.harlequiniberica.com

© 2025 Harlequin Ibérica, una división de HarperCollins Ibérica, S.A.
N.º 482 - 4.7.25

© 2003 Allison Lee Davidson
Nubes de tormenta
Título original: Hard Choices

© 2012 Marie Rydzynski-Ferrarella
Corazón amado
Título original: Once Upon a Matchmaker
Publicadas originalmente por Harlequin Enterprises, Ltd.
Estos títulos fueron publicados originalmente en español en 2004 y 2012

I.S.B.N.: 979-13-7000-793-5
Depósito legal: M-8057-2025
Impreso en España por: BLACK PRINT
Fecha impresión Argentina: 31.12.25
Distribuidor exclusivo para España: LOGISTA
Distribuidores para Argentina: Interior, DGP, S.A. Pienovi 211 - Avellaneda
Cap. Fed./Buenos Aires y Gran Buenos Aires, VACCARO HNOS.

Prólogo

BASTA.

Ella se sintió aliviada al reconocer la ronca voz que había surgido de la oscuridad. Aprovechó la momentánea sorpresa de Drago para liberarse y alejarse de la esquina del cobertizo donde la había arrinconado.

Sin embargo, Drago reaccionó enseguida, la agarró del pelo y tiró hacia él. Ella gritó de dolor y se torció un tobillo al retroceder.

—He dicho que basta —repitió la voz.

Se encontraba atrapada entre dos sensaciones: el dolor que le causaba Drago al tirarle del cabello y el alivio al comprobar que su estupidez no iba a suponer, como había pensado, su fin. De su salvador sólo podía ver la punta de un zapato. Pero no necesitaba nada más para recobrar la valentía.

—Suéltame, Drago. Te he dicho que me dejes en paz.

El hombre se rió suavemente.

—Pero si teníamos un trato, pequeña. ¿O es que ya no lo recuerdas?

—Lo teníamos, pero lo he roto. Así que…

Drago volvió a tirarla del pelo, esa vez con más fuerza, y ella tropezó y perdió el equilibrio. Intentó poner las manos para frenar la caída, pero no lo consiguió y el golpe fue tan duro que los ojos se le llenaron de lágrimas. Cuando reaccionó, observó que Drago también estaba en el suelo, intentando levantarse.

El hombre que había golpeado a su agresor era muy alto, más incluso que su hermano, Will, que sobrepasaba el metro ochenta. La tenue luz de la lámpara le permitió observar el color de su cabello, negro como el ébano, y el tono moreno de su piel. Sin embargo, no era un moreno de hombre con dinero y tiempo libre, como el que cultivaba su padre para contrastar con las prendas blancas de jugar al tenis, sino de un hombre que podía tumbar a un matón de un puñetazo sin hacerse una sola arruga en el esmoquin que llevaba.

—No te muevas.

A pesar del sonido de las risas y de la música que llegaba del muelle, donde seguía la fiesta de la boda, su voz se podía oír con toda claridad.

Observó a Drago con miedo, pero él se mantuvo en el suelo y se limitó a mirarla a su vez con gesto de reproche, como si todo aquello fuera culpa suya. Annie Hess pensó que tal vez tuviera razón; últimamente las cosas no le habían salido muy bien y por si fuera poco en ese momento tendría que vérselas con el hombre que la había salvado y al que ya había reconocido: Logan Drake, el amigo de su hermano mayor.

—¿Te encuentras bien?

Annie pensó que aquella situación resultaba muy irónica. Llevaba dos días intentando llamar su atención, pero no había imaginado que lo conseguiría de un modo tan extraño.

—¿Te encuentras bien? —repitió.

Ella asintió.

—Ve a llamar a la policía. Ah, y dile a tu padre o a tu hermano que venga.

—No.

—¿Cómo? —preguntó, sorprendido.

Drago sonrió con satisfacción.

—No quiero estropear la boda a Will.

—Si no querías estropeársela, no deberías haber invitado a tu novio.

—No lo invité. Además, no es mi novio.

—Ya —dijo Logan, con desconfianza.

—Vamos, Annie, no le mientas —intervino Drago.

—Cierra la boca, Drago.

Annie intentó levantarse, pero el largo vestido ajustado que se había puesto no le facilitaba la labor. Logan suspiró con impaciencia, se acercó a ella y la levantó como si ella fuera una niña incapaz de caminar por sí misma.

Lo miró a la cara y casi se estremeció. Logan no sólo era amigo de su hermano, sino que también era su padrino. Lo había visto en infinidad de ocasiones y siempre se había sentido atraída por él. Era diferente a los demás. Más elegante, más peligroso.

—Márchate, Drago —dijo ella—. Si no lo haces, es posible que cambie de opinión y llame a la policía.

Hacía tiempo que Annie quería librarse de él. Le había dicho varias veces que la dejara en paz, que su relación había terminado, pero no hacía ningún caso. Incluso lo había amenazado con contárselo a su padre, el venerable juez George Hess, aunque sabía que la amenaza no podía ser más vana. Aquella misma noche, al ver a Drago en la fiesta, había intentado hablar con su padre; pero ni él ni la madre de Annie, Lucía, demostraron el menor interés por dejar de tomar champán con sus amigos y ayudarla.

Drago se levantó del suelo, se pasó una mano por su rubio cabello y sonrió.

—No vas a librarte de mí tan fácilmente. Tú y yo somos iguales.

—No somos iguales en nada.

—Annie, haz lo que te he dicho —insistió Logan.

Miró a los dos hombres y pensó que hablar con su padre sería inútil. En cuanto a Will, ya estaba bastante molesto con ella; siempre habían estado muy unidos, pero al haberse casado con Noelle, había iniciado una nueva vida y la problemática Annie no cabía en ella.

—Está bien, está bien… Ya me voy.

Ella se alejó, clavando los altos tacones de los zapatos en el suelo, aunque no le apetecía volver a la fiesta. Pero se dijo que la situación no era tan mala como podría haber sido; si hubiera aceptado la invitación de Noelle para ser una de las damas de honor, habría tenido que ponerse un vestido de color salmón como las demás.

Al oír que hablaban, Annie se volvió y los miró de nuevo.

—Será mejor que te mantengas alejado de ella —le advirtió Logan en ese instante.

Drago sonrió.

—¿Qué pasa? ¿Tú también quieres aprovecharte de una menor de edad?

Logan respondió dándole un fuerte puñetazo en la mandíbula. Drago retrocedió por el impacto, pero sorprendentemente, mantuvo el equilibrio y se alejó del lugar.

Como Logan parecía dispuesto a seguirlo, Annie decidió intervenir.

—Déjalo, es un idiota.

—¿Qué lo deje? ¿Para que vuelva a pegarte?

—No me ha pegado. En realidad…

Annie se detuvo un momento antes de terminar la frase. Aunque no había ido tan lejos, no sabía lo que podría haber sucedido si Logan no hubiera aparecido a tiempo. Pero hasta esa noche, Drago se había limitado a cumplir el trato: ella había conseguido que entrara en su instituto, para que él tuviera acceso como mecánico a los carísimos coches de sus compañeros, y él se comportaba en público como un novio socialmente inapropiado. En privado, en cambio, no le ponía las manos encima.

—Mira, te agradezco que aparecieras a tiempo. Pero hablaba en serio al decir que no quiero montar una escena en la fiesta.

—Qué curioso. No recuerdo que nunca te haya preocupado montar escenas. ¿Qué han hecho tus padres? ¿Es que te han amenazado con desheredarte si hoy ocurre algo malo?

—Mis padres me amenazan con eso todas las semanas —respondió ella—. En el fondo, creo que se sentirán decepcionados si al final del día no he hecho nada que los avergüence ante los invitados.

En realidad, Annie había sido sincera. No quería estropear la fiesta porque no quería que Will se enfadara aún más con ella.

—¿Y por eso no quieres pedirles ayuda?

—A decir verdad, ya lo he hecho.

Logan arqueó una ceja.

—¿Y qué dijeron?

Ella se encogió de hombros.

—Imagínatelo. Si hubieran hecho algo, Drago no habría estado aquí. Pero vuelve a la fiesta… Supongo que Will estará cortando la liga de su flamante esposa o algo así.

—¿Y tú? ¿No piensas volver?

—Las bodas no son lo mío. No es mi estilo.

—Oh, vamos, sólo tienes diecisiete años. Todavía no tienes ningún estilo propio.

Ella estuvo a punto de reírse.

—En primer lugar, sólo faltan unos meses para que cumpla los dieciocho. Y en segundo, me conoces lo suficiente como para saber que mi estilo es causar problemas.

—¿Eso lo piensas en serio? ¿O te limitas a repetir las palabras de tus padres?

La sonrisa de Annie flaqueó.

—¿Hay alguna diferencia?

—Por supuesto. Y si hay algo que no te gusta en tu vida, debes recordar que eres la única que puede cambiarlo.

—Mis padres dicen que no cambiaré nunca, que siempre seré igual.

Annie se sintió un poco mareada. Había bebido demasiado e intentó concentrar la mirada en la botella que yacía en el suelo.

—Qué lástima de champán. La botella se rompió cuando intenté golpear con ella a Drago.

—De todas formas, ya has bebido bastante por esta noche.

—¿Yo? ¿Beber yo? —se burló—. Pero si soy menor de edad…

—No hace falta que me lo recuerdes. Ya lo sé. Sin embargo, no deberías beber sola. Algo me dice que viniste al cobertizo para hacer precisamente eso.

—Eres muy perceptivo.

—O tú muy evidente —declaró él—. Deberían atarte.

Logan era un hombre impresionante y muy seguro, pero Annie no se sentía incómoda cuando estaba con él. Bien al contrario, le agradaban aquellos intercambios. Y además, lo deseaba.

—Vamos, Logan… Estoy segura de que bajo esa apariencia seria y estirada late un corazón apasionado.

Annie se aproximó a él con la evidente intención de tentarlo. Gracias a sus zapatos de tacón alto, casi le llegaba a la barbilla.

—¿Se puede saber qué estás haciendo? —preguntó él.

—Dándote las gracias de forma apropiada.

Annie se puso de puntillas y lo besó en la cara.

—Ya, bueno… De nada —dijo él, nervioso.

Sin embargo, Logan no se movió. Permaneció allí, como hechizado; y ya estaba inclinándose sobre ella, a punto de dejarse llevar y de besarla, cuando se apartó súbitamente.

—Maldita sea, Annie… Comprendo que pretendas llamar la atención de tus padres, pero no es necesario que me utilices a mí.

—Me deseas, Logan, lo sé.

—Crece de una vez —dijo él, irritado—. Sólo eres una niña guapa y mimada que no piensa en nadie salvo en sí misma.

Annie estaba acostumbrada a que le dijeran cosas similares y nunca se molestaba por ello; pero oírlo de su boca resultó bien diferente.

—Di lo que quieras, pero sé que deseas besarme, tocarme… Créeme, Logan, sé reconocer a los hombres que se interesan por mí.

—¿Eso es lo que haces en ese instituto para niños ricos al que vas? ¿Convencerte de que provocar una reacción física es lo mismo que despertar el interés de un hombre? Espero que no, porque mi hermana es compañera tuya…

En realidad, Annie no era precisamente una devoradora de hombres. Todavía no había hecho el amor con nadie, y por lo demás, su imagen agresiva e independiente era simple y pura fachada.

—No te preocupes por Sara; sigue siendo tan pura como la nieve —dijo, refiriéndose a la hermana de Logan, con quien compartía habitación—. Pero dentro de unos meses terminaré los estudios y podré marcharme de esa prisión… Entonces ya tendré dieciocho años, y tú, ¿cuántos? ¿Veintitrés, veinticuatro? Venga, Logan, ya casi soy mayor de edad. Sólo faltan unas semanas.

Logan entrecerró los ojos.

—¿Qué me estás proponiendo exactamente? ¿Que hagamos el amor en el cobertizo? Mira, eres amiga de mi hermana pequeña y no me importa lo que pienses de mí. Si quieres acostarte con alguien, ve a buscar a ese cretino de Drago; seguramente estará escondido entre los árboles. A mí no me interesa.

Logan se alejó entonces y Annie pensó que había acertado al decir que era una egoísta que sólo pensaba en sí misma.

Miró hacia el muelle, donde continuaba la fiesta, y una vez más se sintió agradecida. Logan la había salvado de una situación muy comprometida. Además, era el único que había advertido su ausencia, el único que se había preocupado por ella y el único que había decidido ir a buscarla.

Algo angustiada, se quitó los zapatos y desapareció en la noche, caminando por el césped. Sabía dónde habían guardado las cajas de champán, así que pensó que nadie echaría de menos una botella.

Capítulo 1

OYÓ claramente el sonido de un cristal roto. Annie cerró los ojos e intentó tranquilizarse, pero no necesitaba tenerlos abiertos para saber que el ruido procedía de la parte posterior de la tienda; conocía cada centímetro de Island Botanica.

Abrió la puerta que separaba el almacén y su despacho de la zona de venta al público y echó un vistazo a su alrededor. Ramos de espliego, romero y amapolas decoraban la sala, y al fondo pudo ver a una adolescente junto a los restos de un florero.

—¿Te encuentras bien?

—Es el tercer florero que rompo —dijo Riley, a punto de llorar.

Annie se relajó al comprobar que no se había cortado.

—Bueno, son cosas que pasan cuando se tiene un

suelo de cemento; todo se rompe cuando se cae. Sara y yo solíamos bromear con ello y decíamos que sería mucho más conveniente un suelo de espuma.

—Lo siento, Annie. Mi padre pagará los desperfectos.

Annie sintió una punzada en el corazón. Desde que Riley había aparecido en la puerta de la tienda, dos días antes, aquélla era la primera mención que hacía de sus padres. De hecho, había tenido que insistir en que llamara a Will y a Noelle para que supieran dónde se encontraba su hija.

—No seas tonta, no hace falta —dijo ella.

—Claro que sí. Papá siempre dice que Sara y tú apenas lográis sobrevivir con el negocio, y no quiero empeorar tu situación con este tipo de cosas.

—Un florero más o menos no cambia nada —comentó con ironía—. En serio, no pasa nada… ¿por qué no vas a descargar las cajas que ha traído el proveedor? Luego podríamos tomarnos un descanso y comer algo.

Annie limpió los restos del florero con una escoba y un recogedor y los tiró a la basura antes de añadir:

—Una de las ventajas de ser tu propia jefa es que puedes comer a la hora que quieras. Podríamos ir al local de Maisy. La comida es magnífica y tal vez podamos sentarnos afuera si deja de llover. Venga, descarga esas cajas y llámame cuando hayas terminado.

Más animada, Riley asintió y se dispuso a cumplir el encargo mientras Annie regresaba a la parte delantera.

Era una mañana bastante tranquila, como casi siempre entre semana. Island Botanica era una tienda de hierbas y flores y sólo funcionaba bien los fines de semana, cuando llegaban los turistas. Por fortuna, tenían bastantes clientes que hacían encargos por teléfono o correo electrónico. De lo contrario la opinión de Will se habría impuesto, dado que poseía parte del negocio, y el establecimiento que compartía con su amiga Sara Drake ya habría cerrado.

Comenzó a limpiar los estantes, corrigió la posición de algunos objetos y luego miró a la calle; se alegró al observar que la acera estaba seca, aunque el cielo, cubierto, amenazaba tormenta.

En la isla Turnabout lloviznaba con frecuencia, pero las nubes que cubrían la zona durante los últimos días no eran tan habituales; habían aparecido justo cuando llegó Riley, como queriendo compartir la turbación que sintió Annie al ver a su sobrina. Se había escapado de casa y había decidido ir con ella a la tienda, aunque todavía no sabía por qué.

Unos segundos después, sonó la campanilla de la puerta, una señal inequívoca de que había entrado un cliente. Y casi al mismo tiempo, Riley salió del almacén y dijo:

—Tía Annie, ya he terminado. Si quieres que…

Riley no terminó la frase.

—Magnífico, Riley. Espera un momento mientras termino lo que estoy haciendo y enseguida…

Annie también se detuvo en seco al ver al hombre que acababa de entrar. Se llevó tal sorpresa que a punto estuvo de tirarlo todo.

—¿Logan?

—Se lo advertí, les advertí que no vinieran a buscarme —intervino Riley, nerviosa—. Así que han decidido enviarte a ti... No soy tonta, ¿sabes? Sé quién eres porque te he visto muchas veces en las fotografías de la boda de mis padres.

Logan arqueó una ceja, como si no supiera a qué se refería.

—¿Logan? ¿Logan Drake? —preguntó a su vez Annie, sin poder creer que estuviera allí.

Habían pasado años desde la última vez que lo había visto. Había perdido el contacto con Will después de que se casara y lo único que había sabido de él era lo que le contaba Sara de vez en cuando.

—Hola, Annie. Ha pasado mucho tiempo —dijo, con una sonrisa.

—Sí, mucho tiempo.

Annie intentó mantener la calma, aunque aquellos ojos azules y aquellas largas pestañas apenas se lo permitieran.

—Tú eres amigo de mi padre —insistió Riley.

—¿Quién es tu padre?

La adolescente se cruzó de brazos con desconfianza y Annie decidió intervenir para aclarar la situación.

—Logan, te presento a mi sobrina, Riley.

—¿La hija de Will? —preguntó—. Sí, claro, se parece mucho a él... ¿Está en la isla?

—No. Noelle y él siguen viviendo en Washington —respondió Annie—. Riley, te presento a Logan Drake. Ciertamente, es un viejo amigo de tu padre, pero también es el hermano de Sara y estoy segura de que ha venido a verla a ella y al doctor Hugo, no a buscarte a ti. A fin de cuentas, es de Turnabout. ¿Verdad, Logan?

—Por supuesto. Crecí en la isla —respondió él, sin dejar de sonreír.

—Pero seguro que estabas deseando marcharte. Aquí no hay nada que hacer, aunque nos encontremos en California. Si en toda la isla no hay más que cinco coches… Es muy aburrida.

—Riley… —protestó su tía.

Sin embargo, Annie miró a Logan y sonrió. Riley tenía razón. La isla era muy pequeña, tanto que nadie necesitaba coches para ir de un lado a otro.

—Me temo que Sara se ha marchado a pasar unos días en San Diego —continuó Annie—. No me dijo que te esperara…

Logan la miró con aquella sonrisa permanentemente fija en sus labios. Por alguna razón, la ponía nerviosa.

—Porque no esperaba mi visita —observó él.

A Annie le extrañó un poco su puntualización. Había querido decir que estaba de visita para dejar claro que no tenía intención de quedarse, pero no era necesario en absoluto. A fin de cuentas había ido a ver a su hermana, no a ver a su socia. Aunque habían pasado dieciséis años desde su último encuentro, todavía recordaba que no tenía muy buena opinión de ella.

—Riley y yo estábamos a punto de salir para tomar algo en la taberna de Maisy. Si quieres venir con nosotras…

Logan la miró con gesto pensativo y Annie se preguntó qué diablos estaba haciendo. No tenía la costumbre de invitar a comer así como así a ningún hombre. Aunque fuera uno del que había estado total y locamente enamorada. Aunque fuese el hermano de su mejor amiga.

—Sin embargo, supongo que tendrás prisa por ir a ver a tu padre —continuó ella—. Vi al doctor Hugo esta mañana, cuando abrí la tienda. Su consulta está… Qué tontería, sabes de sobra dónde está.

—No, no hay prisa. Te acepto la invitación a comer.

El corazón de Annie se detuvo durante una milésima de segundo. Al parecer, su presencia seguía afectándola de igual modo.

—Excelente.

Riley suspiró, evidentemente molesta con la invitación a Logan, y Annie pensó que debía mejorar sus modales. Pero acto seguido se dijo que ella había sido aún peor a su edad y recordó las palabras que solía dedicarle su madre, Lucía, para condenar su supuestamente atroz comportamiento.

En realidad, la actitud de Riley no era atroz en absoluto. Simplemente era una adolescente con problemas que se había marchado de casa para ir a ver a una tía a la que apenas conocía. Debía encontrar la forma de convencerla para que volviera con sus padres, tan pronto como fuera posible, pero sin presionarla.

Entonces notó que los dos la estaban observando con atención y sonrió. Resultaba evidente que esperaban que dijera algo.

—Sí, claro, la comida… Esperad un momento.

Annie fue al almacén a recoger el bolso y las llaves del local y regresó en cuestión de segundos. Riley y Logan se miraban el uno al otro con incomodidad y pensó que tenerlos juntos en la misma mesa no iba a ser precisamente fácil.

Riley la miró con ironía, como si fuera perfectamente consciente de lo que estaba pensando, y Annie se estremeció. Por mucho que quisiera negarlo, no había duda alguna de que todavía lo deseaba.

Acababan de salir a la calle, cuando Riley aprovechó que Logan se había adelantado para comentar a su tía, en voz baja:

—No me importa de quién sea hermano. Te apuesto un millón de dólares a que lo ha enviado mi padre para que me lleve de vuelta a casa.

Annie alzó los ojos al cielo. Seguía totalmente cubierto y pensó que no habría sido extraño que un rayo cayera sobre ella en aquel instante; la presencia de su sobrina y de su antiguo amor ya había complicado bastante las cosas.

—No tienes un millón de dólares —le recordó—. Pero sí, es posible que haya venido por tu padre.

—Pues no pienso volver.

A pesar de que Annie había intentado tranquilizarla por la presencia de Logan, nunca había creído en las coincidencias. Resultaba muy extraño que apareciera en la isla en aquel momento, así que supuso que la hipótesis de Riley podía ser correcta.

Pensó que su sobrina volvería a casa por mucho que se empeñara en lo contrario y volvió a mirar al cielo. Acababa de oír un trueno y el ambiente se había cargado de electricidad.

—La tormenta está a punto de alcanzarnos —dijo Logan, que seguía unos metros más adelante.

Annie aceleró el paso hacia el establecimiento de Maisy Fielding. En lo relativo a ella, la tormenta ya había llegado.

Capítulo 2

S ERÁ posible? ¿Me engañan los ojos o eres mi
sobrino Logan Drake? —preguntó Maisy Fielding, con los brazos en jarras.

Logan sonrió. Maisy era ciertamente tía suya,
aunque por los pelos; el marido de la mujer, ya fallecido, era primo de su madre. Pero en cualquier caso,
le sorprendió que siguiera tal y como estaba la última vez que la había visto. Tenía los mismos rizos ro-
jizos, llevaba la misma ropa de colores brillantes y
seguía siendo una mujer algo exagerada y de fuerte
carácter.

—Bueno, creo que eso es lo que dice mi carnet
de conducir.

Maisy se rió, se acercó a él y lo abrazó.

—Por lo visto, no perdiste tu sentido del humor
cuando te marchaste de Turnabout. Pero me asombra

que te permitan tener carnet de conducir. Los árboles contra los que estrellaste tu coche aquel día han tardado diez años en recuperarse.

Logan y Riley se rieron.

—No esperaba que me fallaran los frenos, Maisy —se defendió—. Al menos lo estrellé contra los árboles y no contra tu local.

Maisy volvió a reírse y al hacerlo dejó bien claro que había olvidado el asunto. Ya habían pasado veintitrés años desde el día en que Logan, entonces un adolescente de dieciséis, perdió el control del vehículo que su padre le había prohibido que se comprara. Maisy se enfadó mucho y le obligó a pagar los daños con su trabajo, así que se pasó todo el verano pintando muebles y paredes, limpiando e incluso cuidando a la hija de su tía, Tessa; pero prefería cualquier cosa antes que cuidar de la niña.

Logan se sintió súbitamente culpable por no haber estado en la isla cuando Tessa falleció. Pero ni siquiera se había enterado; lo había sabido tiempo después gracias a un comentario de Sara en una carta.

—Pero bueno, entrad… Supongo que habréis venido a comer —dijo la dueña del establecimiento—. Me extraña que te hayas presentado así, de sopetón. Hugo no me dijo que estuviera esperando tu visita.

Logan se apartó de la entrada para dejar entrar antes a las mujeres, hizo caso omiso del comentario de Maisy y cambió de conversación.

—Veo que el negocio te va bien. Antes no dabas comidas, sólo desayunos…

—Ahora vienen muchos turistas a la isla y natu-

ralmente tienen que comer —dijo, mientras los conducía a la terraza posterior—. En fin, sentaos donde
queráis y disfrutad de la comida. Si empieza a llover,
os buscaré un sitio dentro.

Maisy dio una palmadita a Logan en la espalda y
volvió al interior del local.

—¿Dónde queréis que nos sentemos?

Como Riley no se dio por aludida y Annie se encogió de hombros, Logan decidió sentarse en el extremo más alejado de la terraza, lo más lejos posible
del resto de los comensales. No quería correr el riesgo de encontrarse con más conocidos. Estaba en la
isla para limpiar su conciencia, no para renovar viejas relaciones.

Acababan de sentarse cuando una joven camarera
se acercó a la mesa, sirvió agua y les tomó nota. En
cuanto se alejó, Logan echó un vistazo a su alrededor. Había una pareja de mediana edad, claramente
turistas; otra más joven que parecía estar de luna de
miel y una mujer sola que mostraba más interés por
el resto de los comensales que por su comida.

Riley, mientras tanto, se estaba mirando las uñas
con expresión despreocupada. En cuanto a Annie,
permanecía en silencio.

Al verla allí, a su lado, recordó la fotografía que
Will le había enseñado el día anterior; al contemplar
la imagen se había dicho que se parecía notablemente a su hermano, pero en ese momento, cara a cara,
pensó que tenían muchas diferencias.

Annie notó que la estaba observando y se cruzó
de brazos. Logan pensó que era una típica reacción
defensiva.

—Supongo que ya no necesito preguntarte si Sara y tú mantuvisteis el contacto cuando terminasteis los estudios en Bendlemaier...

Logan decidió hablar con Annie, pero era muy consciente de la reserva y la desconfianza de Riley. Will ya le había advertido al respecto.

—Yo no terminé mis estudios en Bendlemaier, pero efectivamente mantuvimos el contacto. Habíamos hablado muchas veces sobre la posibilidad de abrir una tienda y decidimos hacerlo cuando se presentó la oportunidad.

Al pensar en lo mucho que había cambiado Annie, Logan se preguntó si Sara también lo habría hecho. Estaba deseando ver a su hermana pequeña.

En los últimos años había hablado bastantes veces con ella por teléfono, pero no la había visto desde hacía una década y todavía recordaba su gesto de confusión y dolor cuando le dijo que no pensaba regresar a Turnabout. Se sentía culpable por ello y la llamaba siempre que podía o le enviaba dinero cuando lo necesitaba. Era una forma como otra cualquiera de aliviar su conciencia. Y durante mucho tiempo casi había conseguido convencerse de que funcionaba.

Sin embargo, no había regresado a la isla por su familia; de modo que volvió a observar a Annie. Llevaba un vestido de color caqui bajo el que se veía una camiseta blanca sin mangas. No llevaba más objeto que un reloj en la muñeca izquierda y habían desaparecido todos los brazaletes, los pendientes y los collares que solía ponerse en la adolescencia.

Will le había advertido que tendría que verla porque Riley estaba en su casa, pero Logan no esperaba sentirse atraído por ella.

—Antes llevabas el pelo más largo, ¿verdad?

Logan recordaba perfectamente aquella melena de color rubio platino, brillante y tan bella que volvía locos a los hombres.

—En efecto —respondió, ligeramente ruborizada—. En cambio, tú estás como siempre. Algo más viejo, claro, pero como todos.

—Tantos recuerdos del pasado me están produciendo ganas de vomitar —intervino Riley.

—Pues contén las ganas —dijo Logan—. No me gustaría que nos arruinaras la comida.

Riley lo miró con cara de pocos amigos y Logan sonrió. La joven le recordaba mucho a la Annie que había conocido.

—Oh, piérdete —protestó Riley.

Annie miró a su sobrina y acto seguido a Logan. Cuando sus miradas se encontraron, se ruborizó de nuevo y se humedeció los labios con la lengua para decir algo, pero la camarera regresó en aquel momento con la comida que habían pedido.

Logan se sorprendió. Nunca la había visto ruborizarse de aquel modo, aunque no se habían encontrado desde la fiesta de la boda de Will. Todavía recordaba lo mucho que se había enfadado con ella por su actitud provocativa, pero recordaba aún más lo mucho que se había enfadado consigo mismo. A fin de cuentas, la juventud de Annie excusaba sus acciones. En cambio, él no podía apelar a la falta de experiencia.

—¿Podrías pasarme el tomate? —preguntó Riley.

Logan se lo pasó.

—¿Te gustan las patatas fritas con tomate?

—Sí.

—A mí también.

Riley lo miró con desdén. Annie, mientras tanto, ya había empezado a dar buena cuenta de la ensalada que había pedido.

—¿Cómo es que no vives en Turnabout si naciste aquí? —preguntó Riley.

—Mi trabajo no me lo permite.

—¿En qué trabajas?

—Riley, eso no es asunto tuyo —intervino Annie.

—No, no me importa contestar —dijo Logan—. Soy espía.

—Sí, ya... —se burló Riley, sin creerlo.

—Está bien, está bien... —dijo Logan, con una sonrisa—. En realidad soy asesor.

Logan había sido sincero al afirmar que era espía, pero la gente no lo creía y prefería una mentira a la verdad.

—¿Asesor? ¿Qué tipo de asesor?

Logan notó que la chica sólo le estaba haciendo preguntas para evitar que la preguntara a ella o a su tía, y le pareció muy inteligente por su parte.

—¿Dónde has aprendido la técnica del interrogatorio? ¿Te la ha enseñado tu padre? Siempre pensé que si no hubiera estudiado Derecho, Will habría sido un excelente policía.

—Todavía no me has contestado... —dijo Riley, sin dejarse engañar.

Annie decidió intervenir y se sumó al peculiar turno de preguntas.

—¿Qué pasó con tu licenciatura en Derecho?

—Nada. Tengo el título guardado en un cajón, acumulando polvo.

En ese momento apareció una segunda camarera y los interrumpió.

—¿Queréis tomar algo más?

—No, gracias, Janie —respondió Annie.

La camarera se marchó enseguida.

—¿Quién es? Me resulta vagamente familiar —observó Logan.

—Es Janie Vega. Ayuda a Maisy cuando tiene muchos clientes, aunque en realidad es artista. Fabrica vidrieras de colores y tiene su propio estudio en la isla.

—¿Vega?

—Sí. La hermana de Sam Vega. Creo que lo conociste...

—Por supuesto. Estudiamos juntos en el colegio.

—Pues ahora es el sheriff.

Logan pareció sorprenderse.

—No puedo creerlo. De niños, no dejaba de repetir que quería marcharse de esta isla tan pronto como pudiera.

—Por lo visto, Sara no mintió al decir que sólo habláis de vez en cuando. De otro modo, habrías sabido que Sam es el sheriff.

—Perdonadme, pero me marcho de aquí —dijo Riley—. Me aburre vuestra conversación de los viejos tiempos.

—¿Y adónde vas a ir?

—No sé, a tu casa o a alguna otra parte.

Annie le dio las llaves a su sobrina, resignada.

—Toma. Ve a la tienda y quédate allí hasta que regrese.

—¿Me das las llaves? ¿Confías en mí? —preguntó Riley, sorprendida.

—Claro que confío en ti. No piensas irte a ninguna otra parte, ¿verdad?

—No.

Logan pensó que, en cualquier caso, a Riley no le resultaría fácil salir de la isla. Ya había hablado con Diego Montoya, dueño del único transbordador que hacía el trayecto entre el continente y la isla, y le había dicho que no dejaría que subiera a él. Además, los residentes de Turnabout mostraban un curioso desprecio hacia las cosas del mar y nadie poseía más embarcación que alguna barca.

Riley ya se había marchado cuando Annie dijo:

—Mi sobrina está en lo cierto. Will te ha enviado a buscarla. No sabía que siguieras en contacto con él.

—Nos encontramos por simple casualidad y me contó que Riley se había escapado.

Annie arqueó una ceja.

—¿Os encontrasteis por casualidad? Qué curioso. Y supongo que también es casualidad que tu trabajo de asesor te permita hacer viajes a pequeñas islas como ésta cuando quieres.

—Ahora estoy de vacaciones.

Logan sólo había dicho parte de la verdad. Efectivamente le había pedido a su jefe, Cole, que le diera unas vacaciones porque necesitaba un descanso. Pero la petición de ir a buscar a Riley no había partido de Will, sino del propio Cole. Al parecer, él y el hermano de Annie tenían negocios en común.

—Pues creo que habría sido más apropiado que viniera Will en persona.

—Tal vez. Pero tu hermano tiene miedo de que su presencia empuje a Riley a hacer algo aún más drástico que escaparse.

—Sí, bueno… amenazó con marcharse si venía a buscarla. Sin embargo, tendrá que volver a casa en algún momento.

—¿Te ha dado problemas?

—No, ninguno.

—¿Te ha contado por qué se escapó?

—No. No confía en mí.

Logan frunció el ceño.

—Eso no es verdad. Riley no se escapó de casa para marcharse a cualquier sitio. Vino a verte.

—Pero lo hizo por curiosidad. Supongo que quería ver cómo vive la oveja negra de la familia.

—Will y Noelle me han dicho que quieren enviarla a Bendlemaier.

—Es una institución muy buena.

—¿Muy buena? Pero si tú la odiabas… Decías que era una especie de prisión.

—Es un buen sitio. Riley es una chica brillante y aprenderá mucho allí —insistió ella.

—Claro, por eso lo abandonaste sin terminar los estudios. Me sorprende que tengas tan mala memoria… Hablas exactamente igual que tus padres.

—Ya sé que nunca te gusté mucho, Logan. Pero, ¿realmente me estás comparando con George y Lucía?

Logan la miró con impaciencia.

—¿Se puede saber qué te ha pasado, Annie?

—Nada. Simplemente he crecido —respondió—.
¿Y a ti? ¿Qué te ha pasado? Eres tú quien desapareció tras la boda de Will y Noelle.

—Pero no estamos hablando de mí.

—Ni de mí. Hablamos de Riley y de que has venido para llevártela porque Will no se ha atrevido a venir en persona.

—Sabes de sobra por qué. Noelle y él prefieren actuar con cautela.

—Lo comprendo, pero a Riley le gustaría que vinieran a buscarla, aunque diga lo contrario. Sólo intenta llamar la atención —comentó—. De hecho, me sorprende que Will te haya enviado a ti y no haya venido a salvar a su hija de mi terrible influencia.

—Dime una cosa, Annie… ¿Cuánto tiempo hace que no ves a tu hermano?

Annie se enderezó en el asiento.

—¿Eso importa?

Antes de que Logan pudiera contestar, apareció alguien que no esperaba. Su padre, Hugo Drake.

—Maisy me ha dicho que estabas aquí y he venido a verlo con mis propios ojos —dijo el hombre—. Supongo que en el infierno deben de estar construyendo muchos iglús, porque dijiste que no volverías a Turnabout hasta que el infierno se congelara.

Logan miró a su padre, un hombre al que había odiado durante tanto tiempo que no recordaba haber sentido nada distinto por él. Seguía siendo tan alto y fuerte como siempre, aunque su pelo había adquirido el color de las canas y sus ojos ya no brillaban del mismo modo. En cuanto a lo demás, seguía con la costumbre de llevar un puro en el bolsillo de la camisa.

Annie se levantó entonces y dejó unos cuantos billetes sobre la mesa, para pagar la comida.

—¿Te vas? —preguntó Logan, sin hacer caso a Hugo.

—Sí, voy a casa y luego iré a la tienda.

Logan se levantó de la silla, tomó los billetes y se los devolvió. Después, se apresuró a pagar de su propio bolsillo y a dejar una generosa propina para evitar que Annie tuviera ocasión de protestar.

—Déjame que te invite yo —dijo—. Te veré más tarde en la tienda.

Annie se marchó y Logan se preguntó qué habría pensado al ver a Hugo Drake. Sin embargo, no supo por qué le importaba lo que pudiera pensar al respecto.

Aquel hombre había convertido la vida de su esposa en un infierno; hasta el punto de que había decidido suicidarse con una sobredosis de pastillas antes que seguir casada con él.

Logan odiaba ser hijo de Hugo. Suponía que en los veinte años transcurridos desde su marcha habrían cambiado muchas cosas en Turnabout, pero nada que pudiera cambiar el pasado.

Estaba en Turnabout por una razón concreta: porque su jefe, el responsable de Hollins—Winword, se lo había ordenado. Y esa razón no incluía la obligación de comportarse como el hijo pródigo con Hugo Drake, el culpable de la muerte de su madre.

Capítulo 3

ANNIE se sintió sorprendida, aliviada y algo decepcionada cuando llegó a la tienda y vio que Logan no estaba allí. Pero no quiso pensar en ello; sabía que se encontraba en la isla con el único propósito de lograr que su sobrina volviera con sus padres y que no permanecería mucho tiempo.

Riley, en cambio, estaba sentada encima del mostrador, junto a la caja registradora, mascando chicle y observando sus botas mientras movía los pies.

—¿Ha venido algún cliente?

—No.

—¿Ha llamado alguien?

—Tampoco.

—¿Has visto a algún gorila vestido con un tutú rosa?

Riley levantó la mirada y sonrió.

—Sí.

Annie devolvió la sonrisa a su sobrina y decidió que aquélla era una buena ocasión para sacar el tema de su huida.

—Riley...

—No quiero hablar de ello —la interrumpió—. No pienso volver.

—Mira, no he querido presionarte con ese asunto; pero tal vez si le dieras una oportunidad a Bendlemaier...

—¿Una oportunidad? ¿Como tú se la diste? Oí cómo le decías a ese viejo que ni siquiera terminaste tus estudios allí.

—Se llama Logan, no es viejo, y yo aguanté tres años en Bendlemaier antes de marcharme. Pero no se trata de mí, sino de ti.

Riley negó con la cabeza, saltó del mostrador y se dirigió a uno de los estantes. Una vez allí, tomó uno de los objetos en venta y lo miró con curiosidad.

—¿Cómo es que no te has casado, tía Annie?

—No lo he hecho porque nadie me lo ha pedido.

—¿Es que crees que hay que esperar a que te lo pidan? Mi madre se lo pidió a mi padre, por ejemplo.

Annie no lo sabía, pero no le sorprendió en absoluto. Noelle siempre había sido una mujer independiente que no esperaba a que otros tomaran decisiones por ella.

—No, claro que no creo que haya que esperar. Pero en cualquier caso, no he conocido a la persona apropiada.

—¿Tienes novio o amante?

—No. ¿Y tú?

—Tampoco. Pero de todas formas, mis padres no dejarían que saliera con nadie. Temen que me acueste con alguien y me quede embarazada como una chica de mi instituto… Qué estúpida. ¿Es que no había oído hablar de la píldora ni de otros métodos anticonceptivos? —se preguntó en voz alta—. Pero volviendo a ti, tengo la impresión de que le gustas a Logan.

—Esta conversación empieza a incomodarme. Logan no está interesado en mí, y por otra parte, no se va a quedar en la isla.

—Pero no ha dejado de mirarte durante la comida…

Annie pensó que no la miraba porque se sintiera atraído por ella, sino porque estaba sorprendido y se preguntaba qué había pasado con la adolescente atrevida, independiente y original que había conocido.

—Riley…

—¿Fuisteis novios?

—No, no lo fuimos. Es amigo de tu padre, Riley.

Riley no hizo ningún comentario al respecto. Se limitó a inflar una pompa con el chicle y a reventarla en el interior de la boca.

—¿Qué te parece si hablo con tu padre e intento convencerlo para que no te envíen a Bendlemaier? —continuó Annie—. ¿Volverías entonces a casa? Ten en cuenta que estamos en mitad del curso académico y estás perdiendo muchas clases.

—Bueno, puedo ir a clase aquí.

—Eso no es lo que…

—Creo que esta tarde hemos pasado por delante de un instituto, ¿verdad?

—Sí, pero es para los chicos que viven en la isla..

—Vaya, ya veo que tú también quieres librarte de mí.

Annie suspiró, desesperada.

—Riley, nadie quiere librarse de ti, pero tu sitio está con tus padres. Sea cual sea el problema, seguro que se puede encontrar alguna solución.

—Mi padre dice que no has hablado con los abuelos desde hace más de diez años.

Annie pensó que Will y Noelle hablaban demasiado.

—Es verdad, pero tus padres no se parecen nada a George y Lucía. Por fortuna para ti, debo añadir.

—Puede ser. Pero si encontrar soluciones es tan fácil como dices, ¿por qué no has solucionado tu problema con ellos?

—Riley….

—No importa. Si quieres que me marche, me iré.

Riley salió de la tienda y su tía la siguió. Había empezado a llover y el aire se había cargado.

—Yo no he dicho que quiera que te marches.

—Pensé que yo te importaba… pero está visto que no le importo a nadie.

Riley hizo ademán de alejarse, pero Annie la agarró de los hombros y la detuvo.

—Le importas a todos, Riley. Tus padres estaban muy preocupados cuando hablé con ellos.

—Oh, sí… Por eso han venido a la isla —dijo con ironía.

Annie pensó que había acertado con ella. Aunque

se hubiera escapado de casa, en el fondo esperaba que sus padres fueran a buscarla.

—Les has asustado, Riley, porque han creído tus amenazas. Pero no te equivoques al respecto: están deseando que vuelvas con ellos, que regreses a tu hogar.

Riley movió la cabeza en gesto negativo. La lluvia había oscurecido su cabello rubio, que ahora tenía pegado a la cara. Parecía increíblemente joven y vulnerable.

—¿Por qué? De todas formas, nunca están allí. Se pasan la vida trabajando.

La sobrina de Annie se alejó entonces.

—¿Adónde vas?

Riley siguió andando y ni siquiera se volvió.

—No irá lejos, tranquila. Además, Diego no saldría con el transbordador con un tiempo como éste.

—¿De dónde has salido? —preguntó sobresaltada, al oír la profunda voz de Logan.

Logan sonrió.

—Me detuve un momento en la oficina del sheriff para saludar a Sam y os he visto por la ventana.

—Tal vez debería ir a buscarla…

—Tal vez. Busca un paraguas y vuelve pronto. Sam me ha dicho que el tiempo va a empeorar.

Annie dudó.

—Venga, no te preocupes. Ve a buscarla y yo cerraré la tienda.

Veinte minutos más tarde, cuando Annie entró en su casa, estaba lloviendo a cántaros. Todavía no había encontrado a su sobrina, pero se sintió enormemente aliviada al oír que alguien estaba en la ducha.

Agotada, se apoyó en la pared para intentar tranquilizarse. Estaba temblando y no sólo porque se había empapado, sino porque el pasado parecía perseguirla.

Permaneció allí unos segundos y después se dirigió a la cocina, donde todavía estaba cuando Riley apareció. Entonces, le tendió una taza con un líquido humeante.

—¿Qué es? Espero que no sea uno de esos repugnantes tés de camomila que te preparas.

—Es chocolate caliente.

Riley no lo dudó. Se acercó y tomó la taza.

—Está muy bueno…

—No deberías sorprenderte.

—Ten en cuenta que el chocolate que prepara mi madre es asqueroso. Chocolate sin cafeína, sin grasa, sin cacao, sin nada.

Annie alzó la taza que se había preparado y sonrió. Noelle estaba obsesionada con su figura y alguna vez, estando de visita en su casa, Will se había quejado amargamente de la dieta que mantenían.

—Pues cuando era pequeño, a tu padre le encantaba. Era muy goloso.

—Sí, mi madre siempre dice que me parezco a él. De hecho, lo dice todo el tiempo.

—Will es una gran persona. Parecerte a él no es malo.

—¿Por qué no has tenido hijos? —preguntó la adolescente, de sopetón.

Annie tomó un poco más de chocolate y encendió la luz de la cocina. Empezaba a oscurecer.

—Hay gente que no ha nacido para ser padre.

Pero por fortuna para la especie, Will y Noelle no pertenecen a mi grupo.

Riley se tomó el comentario de Annie como una referencia a las dificultades que daban los hijos y se marchó sin terminar el chocolate. Unos segundos después, oyó que entraba en su habitación dando un portazo.

Annie se maldijo por haber metido la pata y decidió salir al pequeño muelle. El mar, gris oscuro , resultaba amenazador; además, el cielo estaba completamente cubierto y la temperatura había bajado varios grados desde la mañana.

Quiso sentarse en una de las tumbonas, pero estaba mojada y antes tuvo que limpiarla con un paño. Ya se había acomodado cuando, de repente, apareció Logan.

—Tal vez deberías ir dentro. Hace frío —dijo.

—Entonces, ¿qué haces dando vueltas por los alrededores de mi casa?

Logan caminó hacia ella, con el pelo revuelto por el viento. Entre su oscura melena se veían algunas canas, y una vez más se fijó en el moreno de su piel.

—¿No sientes curiosidad, Annie?

—¿Curiosidad? ¿Por qué? ¿Por la fuga de mi sobrina? Sospecho que hay algo más que su negativa a estudiar en Bendlemaier. Noelle me dijo que es una chica muy difícil.

—¿Sólo sientes curiosidad por Riley? —preguntó, acercándose un poco más.

En ese momento, una ráfaga de viento arrastró un papel por la cercana playa. Aquel detalle bastó para que Annie fuera más consciente que nunca de la soledad en la que vivía. De hecho, los vecinos más cercanos se encontraban a dos kilómetros de la casa.

—No, pero es la única concesión a la curiosidad que puedo permitirme —respondió.

—Parece que la Annie que conocí se ha convertido en una mujer excesivamente cautelosa.

—Esa Annie ya no existe —declaró en voz apenas audible—. Aprendió ciertas lecciones y lo hizo de la peor manera posible.

—¿Qué lecciones?

En ese preciso instante, un sonido increíblemente estridente y alto rompió la tranquilidad de la isla. Annie se tuvo que tapar los oídos con las manos.

—¿Qué diablos es eso? —gritó, para que Logan pudiera entenderla.

Logan la agarró de un brazo y la llevó al interior de la casa a toda prisa.

—Es la sirena de emergencia. Una vieja sirena de la segunda guerra mundial. Ve a buscar a Riley.

Annie llevaba cinco años en Turnabout y ni siquiera sabía que la localidad tuviera una sirena para emergencias. Pero aquél no era el momento más apropiado para pensar en esas cosas, de modo que entró corriendo en la habitación de invitados y llamó a su sobrina.

Por desgracia, el dormitorio estaba vacío.

Capítulo 4

EL corazón de Annie se detuvo.

Riley no estaba en la habitación.

Desesperada, miró debajo de la cama, aunque sabía que lo único que cabía en tan poco espacio eran las cajas donde guardaba las fotografías. También comprobó el armario, pero dentro sólo había un montón de ropa que raramente se ponía.

—¿Riley?

Se acercó a la ventana del dormitorio para ver si la veía en el exterior del edificio, pero justo entonces la rama de un árbol cercano golpeó en el cristal y se asustó. Además de llover, se había levantado mucho viento.

—Aléjate de la ventana.

Logan la agarró por la cintura para impedir que perdiera el equilibrio con el susto, pero ella se apartó y siguió llamando a su sobrina. La sirena de emergencia no había dejado de sonar y el cielo se había oscurecido tanto que parecía de noche.

—No está en la casa —dijo, presa del pánico—. Tengo que encontrarla…

—Pero si ni siquiera estás calzada. Déjalo, iré yo —dijo con voz firme—. Y quédate en casa. No puede estar muy lejos.

Logan acababa de salir del dormitorio cuando Annie se dirigió a su habitación, se puso unas zapatillas de deporte y lo siguió.

Por supuesto, se puso empapada en cuestión de segundos. Además, entre el sonido del viento y el de la sirena era prácticamente imposible que Riley oyera sus gritos.

Como Logan había tomado el camino de la parte delantera de la casa, ella decidió ir a buscar por la zona de la playa. Pero no encontró a su sobrina, aunque buscó por todas partes.

—¡Riley!

Al cabo de un rato, decidió regresar a la casa. Estaba tan mojada como si se hubiera caído al mar, y las zapatillas se le habían llenado de arena. Recobró el aliento, se dirigió al salón y miró a la calle.

Logan estaba allí, frente a la casa, solo.

La mujer volvió a salir y dijo:

—No estaba en la playa, aunque dudo que se haya marchado por allí.

—Te dije que te quedaras en la casa…

—Lo sé, pero tenemos que encontrarla.

—No te preocupes, la encontraré.

En ese momento se oyó un fuerte trueno y Logan

maldijo y la apartó de la palmera bajo la que se habían guarecido. Unos segundos más tarde, un rayo cayó sobre ella y empezó a arder.

Asombrada, Annie se llevó una mano a la boca. En otras circunstancias se habría quedado helada, incapaz de reaccionar, pero su sobrina había desaparecido y no podía dejarse llevar.

—No puede haber ido a la ciudad, porque tardaría demasiado. Si es lista, habrá buscado algún lugar donde protegerse de la lluvia —dijo él.

Annie se estremeció y asintió.

—Iré contigo.

Logan la miró con cara de pocos amigos, pero permitió que lo acompañara y se dirigieron hacia la carretera principal. Ella se sentía muy agradecida por contar con su ayuda; aquella situación la desbordaba.

Siguieron caminando varios minutos, que a Annie se le hicieron horas, bajo una lluvia tan intensa que parecía caer de todas partes. El cielo estaba completamente cubierto y la oscuridad era casi absoluta, aunque todavía faltaban varias horas para que se hiciera de noche.

—Maldita sea...

Logan maldijo porque habían estado a punto de meterse en una especie de torrente. Annie se quedó asombrada; el camino que habían tomado debía de ser un viejo cauce de un arroyo, pero nunca se había dado cuenta porque jamás había llovido de aquel modo.

Cuando intentó apartarse, tropezó con él y estuvo a punto de caer.

—Oh, lo siento...

Logan ni siquiera la miró. Se limitó a decir:

—Allí…

Estaba apuntando hacia una vieja choza que, según Sara, habían levantado las personas que construyeron la casa donde vivía.

—Quédate aquí. Voy a echar un vistazo dentro.

Annie obedeció. Siempre había estado acostumbrada a valerse por sí misma, pero esa vez decidió no poner ningún reparo.

Logan empezó a cruzar el torrente; el agua le llegaba hasta las rodillas y avanzaba lentamente, sin detenerse en ningún momento. Poco después, el vendaval arrancó parte del tejado de la choza, que fue a parar a escasos metros del hombre. Pero ni aun así se detuvo.

Cuando por fin llegó a la edificación, entró. Apenas un minuto después, volvió a salir con Riley en brazos y cruzó de nuevo el torrente.

—Está bien, no te preocupes —dijo—. Venga, volvamos a la casa…

Regresaron tan deprisa como pudieron. El tiempo estaba empeorando por momentos, como si la isla estuviera sufriendo un huracán.

En cuanto entraron, Logan dejó a la adolescente y Annie la abrazó con fuerza.

—Menos mal que no te ha pasado nada…

—Este sitio no es seguro. Deberíamos irnos a…

Logan no terminó la frase. El viento abrió la puerta de la casa y Annie se acercó a cerrarla. Echó un viejo pestillo de hierro que nunca había utilizado hasta entonces y que parecía muy resistente; pero aun así, la madera no dejó de crujir y de golpear contra el marco violentamente.

Logan empujó el sofá del salón y lo puso contra la puerta. Después, dijo:

—Así nos aseguraremos de que no se vuelve a abrir. La última vez que oí la sirena de la isla, yo tenía diez años. Fue algo terrible. La gente se refugió en el sótano del instituto.

Un trueno hizo temblar toda la casa. Por fortuna, el camino que se había convertido en torrente se encontraba a cierta distancia, pero sabía que tendrían que cruzarlo si querían ir a la ciudad.

—Pero no podremos llegar al instituto…

—Entonces, vamos al cuarto de baño.

Annie notó que su sobrina estaba temblando y le puso una toalla sobre los hombros en cuanto entraron en el servicio.

—Meteos en la bañera —ordenó Logan.

Las dos mujeres se metieron dentro. Logan quiso encender la luz, pero se había cortado.

—¿Tienes velas, o una linterna?

Annie comenzó a frotar el cuerpo de Riley. Todavía estaba temblando, pero afortunadamente se encontraba sana y salva.

—Hay una linterna en la cocina, en alguna parte —respondió Annie—. Es posible que esté en el cajón de abajo, junto al horno. Y si no recuerdo mal, hay unas cuantas velas en la cómoda de mi dormitorio.

—Está bien.

Logan se marchó y Annie abrazó a su sobrina. En otro momento le habría dicho unas cuantas palabras sobre la ocurrencia de marcharse con semejante clima, pero no era el momento adecuado.

—No nos pasará nada, descuida —dijo, intentando tranquilizarla.

—Se suponía que esta isla es paradisíaca...

Annie nunca se lo había planteado de aquel modo. Cuando decidió quedarse a vivir allí no estaba buscando un paraíso, sino únicamente un lugar tranquilo y pacífico.

—¿Estás bien? ¿Te has hecho daño?

Riley negó con la cabeza.

—Gracias a Dios...

Logan regresó enseguida. Le dio a Annie la linterna y le dijo a Riley que pusiera las velas en la encimera de la bañera. También había recogido una garrafa llena de agua que Annie había dejado sobre la mesa de la cocina porque el frigorífico estaba lleno. La dejó en el suelo y volvió a marcharse.

—Se quedará con nosotras, ¿verdad? —preguntó Riley, asustada.

—Por supuesto que sí —respondió Annie, cerrando los ojos—. Logan no nos dejará.

No tardaron mucho en averiguar por qué se había marchado otra vez. Cuando apareció, llevaba una manta, varios jerséis y el colchón de la habitación de invitados.

Annie no sabía qué la sorprendía más, si el hecho de que hubiera rebuscado en sus cajones para encontrar los jerséis o la habilidad para introducir el colchón en un cuarto de baño particularmente pequeño.

Logan le pidió que se apartara y un segundo después, para asombro de la mujer, se introdujo en la bañera con ellas, colocó el colchón a modo de parapeto y no contento con eso se quitó la camisa, totalmente empapada, y la tiró al suelo.

—Esto empieza a ser desasosegante —susurró Riley, acurrucada en una posición imposible para hacerles sitio—. Si empezáis a quitaros la ropa, me voy de aquí.

—Riley, Logan está tan empapado como tú.

Riley gruñó, pero no dijo nada más.

Entonces, Logan agarró un extremo de la manta y comenzó a frotar a Annie tal y como ella lo había hecho antes con su sobrina.

—No, espera… Tú también debes de estar helado.

Logan no dijo nada, pero Riley no pudo resistirse a la curiosidad:

—¿Por qué has traído mi colchón?

—Para cubrirnos con él si es necesario.

—¿Bromeas? —preguntó la joven, alarmada—. Annie, ¿es que la casa va a salir volando o algo así? Estamos en Turnabout, no en una isla del Caribe…

Annie abrazó a Riley, que temblaba casi tanto como ella, y Logan lo hizo con Annie.

Durante unos segundos, se sintió inmensamente aliviada. Su antiguo amor había conseguido encontrar a su sobrina y todos estaban, al menos momentáneamente, a salvo.

Parecía que el cielo se iba a derrumbar sobre ellos. La puerta se había quedado abierta y Annie miraba hacia el pasillo y contemplaba los destellos de los rayos mientras contenía la respiración.

—Enciende la linterna, por favor —rogó Riley—. Está muy oscuro…

Annie la encendió e hizo un esfuerzo por mantener la calma. Ella misma estaba al borde de un ataque de nervios, pero no se podía permitir semejante lujo. Intentó concentrarse en lo más cercano, en la sólida y tranquilizadora presencia de Logan y en la vulnerable y temblorosa Riley, que se apretaba contra ella buscando calor.

A fin de cuentas, no era la primera vez que se enfrentaba a una gran tormenta. Aquélla era la peor, desde un punto de vista climatológico, que había sufrido; pero las emocionales eran mucho más problemáticas y sin embargo, se las había arreglado para sobrevivir a ellas.

Más o menos.

Volvió a mirar a Logan y súbitamente fue consciente de lo íntimo de aquella situación. A pesar de que la manta y su ropa estaban mojadas, podía sentir el duro, ancho y perfecto pecho del hombre contra la espalda. Un pecho merecedor de situaciones bastante más cálidas.

En ese preciso instante, los truenos y los rayos cesaron. Fue como si el mundo se hubiera detenido, como si el cielo también estuviera conteniendo la respiración.

Logan le acarició una mejilla y Annie se estremeció. Un simple contacto había bastado para que comprendiera que el calor que sentía junto a él no se debía a la tranquilidad que le proporcionaba en semejantes circunstancias, sino a algo más profundo.

Suspiró, sin poder evitarlo, y él pasó un dedo por su barbilla y acarició levemente el borde de su boca.

Imposibles recuerdos de sus caricias y de su cuerpo inundaron la mente de Annie. Imposibles, porque Logan la había rechazado años atrás. Imposibles, porque las únicas relaciones sexuales que había mantenido con él eran sueños de su imaginación, deseos.

—Estamos en el ojo de la tormenta —anunció él con solemnidad.

Logan apartó la mano de la cara de Annie y le pasó la manta por encima de los hombros. Ella se estremeció una vez más al sentir su respiración, o tal vez fue por el tremendo rayo que iluminó todo el lugar.

Riley soltó una especie de gruñido, que en realidad era una risa histérica, y la casa empezó a temblar y a crujir como si estuviera a punto de reventar.

Logan maldijo en voz alta, les pidió que se acurrucaran en la bañera y situó el colchón por encima de sus cabezas.

Capítulo 5

OH, Dios mío...

Annie se quedó mirando lo que quedaba de su casa, atónita.

Habían permanecido en la bañera, protegidos bajo el colchón, durante un periodo indeterminado que se le había hecho interminable. Pero en ese momento, mientras contemplaba el enorme agujero del techo por el que entraba la luz del sol, se dio cuenta de que en realidad no había pasado tanto tiempo.

Logan no apartó el colchón hasta que estuvo seguro de que la tormenta se había alejado. Y cuando lo hizo, pudieron ver los restos del tejado que habían caído sobre él.

El cielo empezaba a despejarse y ya sólo caía una fina lluvia.

—Menos mal que trajiste el colchón —dijo Riley—. Si no lo hubieras hecho, los restos habrían caído sobre nosotros y nos habrían matado.

—Es increíble. No sabía que Turnabout sufriera huracanes…

—Pues ya lo sabes.

Logan tomó uno de los jerséis para ponérselo a Annie, como si ella no fuera capaz de hacerlo por sí misma. Pero Annie pensó que estaba en lo cierto: en aquel momento no se sentía capaz de hacer nada.

A pesar de ello, salió de la bañera, se dirigió a su habitación y se cambió de ropa. Sin embargo, no podía hacer gran cosa respecto a la ropa mojada de Logan. No tenía nada que le cupiera a un hombre de espaldas tan anchas, y mucho menos un pantalón de su talla.

Logan se puso su cazadora de cuero y Annie no pudo evitar contemplar su pecho desnudo, visible bajo la cremallera a medio subir.

—Tendremos que reparar ese tejado antes de que la lluvia empeore el estado de tu casa —comentó él.

—¿Y cómo lo arreglamos? La única madera que tengo son las astillas que guardo para utilizar en la barbacoa —comentó, mientras recogía restos en el pasillo.

Annie pensó en los estragos que la tormenta habría causado en los campos de la zona. Era un gran problema, porque si había estropeado las cosechas, se habría quedado sin los productos que necesitaba para su tienda.

Pero decidió concentrarse en lo más inmediato. La puerta de cristal del salón había sobrevivido; en cambio, la ventana de la cocina estaba destrozada, la puerta había sufrido desperfectos y uno de los armarios se había medio soltado de la pared y amenazaba con caerse.

—Bueno, intenta arreglar lo que puedas. Yo voy a la ciudad a ver si puedo encontrar los materiales necesarios para tapar los agujeros del techo —informó Logan.

Annie asintió y miró hacia el exterior de la casa. No había llorado en muchos años y no tenía intención de hacerlo entonces, pero le apetecía mucho.

—¿Quieres venir conmigo?

Se volvió hacia Logan, pensando que hablaba con ella. Pero se refería a Riley.

—¿Para qué? ¿Para que puedas sacarme de la isla?

Logan miró con ironía a la adolescente y Riley se encogió de hombros.

—Está bien… voy contigo.

Antes de marcharse, él añadió:

—Volveremos enseguida, pero no intentes arreglar nada que parezca inestable.

Justo en ese instante, como si sus palabras hubieran sido proféticas, el armario de la cocina se soltó del todo y cayó al suelo aparatosamente. Por el sonido de cristales y de porcelana, resultó evidente que su contenido se había roto.

—Vaya, espero que no guardaras dentro la vajilla de la familia o algo así —dijo Riley.

Annie negó con la cabeza.

—Creo que os acompañaré. Seguramente habrá casas que hayan quedado en peor estado que la mía y gente que necesitará ayuda.

Antes de salir, Annie recogió un paraguas y se lo dio a Logan para que lo abriera. Todavía estaba lloviendo, aunque levemente, y la visión de la palmera quemada por el rayo bastó para que recordara lo cerca que habían estado de morir.

El cielo, sin embargo, estaba precioso. La lluvia y el sol que se filtraba por entre las nubes cada vez menos densas habían provocado un enorme arco iris que les llamó la atención.

—Los cielos de Turnabout siempre han sido tan bellos como sus puestas de sol —comentó Logan—. El mejor sitio para disfrutar de ellas está en el extremo de la isla, en Castillo, aunque supongo que ya habrán derribado la vieja mansión...

—Sigue allí —le informó Annie.

Annie estaba particularmente interesada en la antigua Misión española, pero en ese momento le preocupaba más su sobrina, que caminaba a cierta distancia de ellos.

—Lo hace porque caminar bajo el paraguas le parece poco elegante —dijo él, adivinando sus pensamientos.

—Debí llevarla con sus padres el día que se presentó. En lugar de hablar por teléfono con mi hermano, debí llevármela.

—Está bien, Annie, no te preocupes. Seguro que se siente muy culpable por haber salido de la casa con semejante clima.

—Pero no habría tenido tanta suerte si tú no hubieras estado aquí. La encontraste y la trajiste de vuelta, sana y salva. Además, a mí no se me habría ocurrido utilizar el colchón para cubrirnos.

—Si no la hubiera encontrado yo, lo habrías hecho tú. Y en cuanto a lo segundo, seguro que habrías pensado en algo.

—Riley no debería estar en peligro. Sólo es una adolescente, una niña. Es completamente inocente y no merece…

—Eh, no sigas. Ninguna persona merece estar en peligro, pero eso era un maldito huracán. En cuanto a ti, has cambiado mucho si ahora te dedicas a intentar proteger a tu sobrina de… la vida.

Annie quiso decir algo al respecto, pero en ese instante oyeron el inconfundible sonido de un vehículo que acababa de detenerse frente a la casa.

Era Sam, el sheriff. Se asomó por la destrozada ventana de la cocina y preguntó:

—¿Estáis todos bien?

—Sí —respondió Annie—. ¿Qué ha pasado en la ciudad?

—Hay media docena de heridos entre los que se encuentra Janie. Al parecer, estaba intentando salvar su vajilla y se rompió una muñeca. He recorrido la isla varias veces, pero al margen de unos cuantos desperfectos y de un montón de cristales rotos, la mayoría de las estructuras de los edificios están bien —explicó el sheriff—. Tendrás que hacer unos cuantos arreglos en tu tienda y por otra parte, ha desaparecido el muelle donde atracaba Diego. En cuanto a las plantaciones, todavía no he tenido tiempo de ir.

—¿El muelle? ¿Ha desaparecido el muelle? ¿Y qué pasa con las embarcaciones de Diego?

—Pasará cierto tiempo antes de que se puedan

utilizar. Si alguien quiere abandonar la isla, tendrá que pedírselo a la guardia costera.

—¿Y no podríamos salir por avión? Recuerdo que el año pasado, cuando Trahern y su esposa tuvieron que llevar a April Fielding al hospital para que la operaran de urgencia, un avión aterrizó en la carretera principal...

Annie pensó que sería la solución perfecta. Al fin y al cabo su hermano tenía dinero y muchos contactos y podría enviar un avión o un helicóptero. Ya había comprobado que no funcionaban los teléfonos fijos ni los móviles, pero supuso que Sam podía llamar a la guardia costera y conseguir que se pusieran en contacto con Will.

—Sí, claro, y el avión destrozó media carretera —le recordó Sam—. Tendría que ser un helicóptero, pero sólo lo enviarían para un caso de urgencia. Ten en cuenta que media California está en alerta roja. Si aquí tenemos mal tiempo, en el continente es peor. Según me han dicho, San Diego sufre en estos momentos un verdadero vendaval.

Annie se llevó una mano a la boca, asustada. Sara estaba en San Diego.

—Es que quiere llevar a Riley a casa de sus padres —dijo Logan.

—Pues no podrá ser. Riley está en perfecto estado, según veo, y naturalmente tenemos que concentrar nuestros recursos en los heridos. Hugo hace todo lo que puede, por supuesto, pero su clínica es muy pequeña y habrá que llevar a la gente al continente. Así que te sugiero que te concentres en la reparación de la tienda...

—Y en el tejado de su casa —lo interrumpió Logan.

—Bueno, sí, en todo lo que necesite reparaciones. En el mejor de los casos, tendremos unos días de buen tiempo. En el peor... Pero dejemos eso ahora. Tengo que marcharme, pero volveré cuando pueda para retirar esa palmera caída que corta la carretera. ¿Qué ha pasado? ¿La ha partido un rayo?

—Exactamente —respondió Annie.

Sam se marchó enseguida. Annie se echó hacia atrás el pelo y dijo:

—Tengo que ir a ver cómo están las plantaciones.

No espero a que Logan la siguiera, aunque lo hizo, al igual que Riley. Los campos estaban en dirección contraria a la ciudad y ya se había hecho de noche cuando llegaron, así que no pudieron comprobar los daños.

—Volveremos cuando amanezca —dijo Logan.

—Sí, será mejor.

Se dirigieron entonces a la ciudad. Las calles estaban llenas de gente que caminaba con linternas para poder iluminarse. Annie deseó haber llevado la suya, pero se la había dejado en la bañera.

—¿Qué están haciendo allí? —preguntó Riley.

La joven se refería al centro social de la localidad. En el exterior habían encendido una hoguera y había personas que entraban y salían con cajas de todos los tamaños.

—Llevan suministros —explicó Logan—. Deben de haber convertido el centro social en un punto para organizar la distribución de materiales.

Riley dudó, pero poco después vio a varios adolescentes junto al fuego y se fue con ellos.

Annie la observó y se tranquilizó bastante al comprobar que entablaba conversación rápidamente.

—Al menos no es tímida —le dijo a Logan.

—En eso se parece a ti. Tampoco lo eras a su edad.

—Es cierto.

—De hecho, creo que naciste para ser el espíritu de todas las fiestas —bromeó.

Annie se cruzó de brazos.

—Te equivocas, era pura fachada. Me comportaba así porque era más fácil que mostrar lo que verdaderamente sentía.

—Por eso y para llamar la atención de tus padres, no lo olvides.

—¿Y tú? ¿Cómo eras tú a esa edad?

—Bueno, además del asunto de los árboles de Maisy, creía que Sara ya te habría informado sobre mí...

—No creas. En general tenemos cosas más interesantes de las que hablar.

—Vaya, eso ha dolido.

Logan se llevó una mano al pecho y puso cara de sentirse realmente herido por el comentario, pero era una broma.

A Annie le encantó su sentido del humor. Sin embargo, no quería dejarse encantar por un hombre que pensaba marcharse en cuanto pudiera.

—No hace falta que vengas conmigo a la tienda. Soy capaz de arreglar los desperfectos yo sola.

—¿Ah, sí? ¿Y de dónde vas a sacar los tablones que seguramente necesitarás?

—Tengo madera en el almacén. Y aunque no la tuviera, estoy segura de que alguien tendría. Aquí nos ayudamos unos a otros cuando hace falta.

—Hablas como si fueras de Turnabout, pero te recuerdo que no naciste aquí. Y aunque tú te consideres tan isleña como los demás, sigues siendo una forastera.

—Es posible, pero tu hermana no es ninguna forastera y pasa por ser mi socia. En consecuencia, me tratan como si fuera de aquí.

—Estás soñando si crees que te aceptarán alguna vez. La gente de este lugar es muy conservadora y no admite fácilmente a forasteros.

Annie sabía que Logan tenía parte de razón, así que dijo:

—Tú debes de saberlo muy bien, porque naciste en la isla.

—En realidad, no. Me temo que soy tan forastero como tú.

—¿Cómo? Pero si tu padre y tu hermana son de aquí...

—¿Y qué?

—Y nada. Simplemente supuse que tú también habrías nacido en Turnabout.

—Pues no. Nací en Oregón.

A Annie le extrañó mucho. Sara nunca le había comentado nada de Oregón.

—Comprendo. Eso quiere decir que tu familia vivía allí antes de que naciera Sara...

—Quiere decir que mis padres estuvieron separados una buena temporada, aunque volvieron a juntarse cuando nací yo. Y ahora, ¿me dirás dónde tienes guardada esa madera? ¿O tendré que buscarla yo por toda la tienda?

Annie decidió ceder y caminaron hacia el establecimiento. Una vez dentro, se dirigieron al almacén; aunque estaba oscuro y no podían ver demasiado, se alegró al observar que la mayoría de las cosas estaban donde las había dejado y que no habían sufrido grandes daños.

Encendieron unas cuantas velas y la sala quedó iluminada enseguida.

—Ahí tienes los tablones. Sara y yo los compramos para hacer varias estanterías, pero no tuvimos tiempo —dijo, mientras le pasaba la caja de herramientas.

—Pues nos van a venir muy bien.

Annie se fijó entonces en los cristales que llenaban el suelo y dijo:

—Qué desastre. Aunque supongo que no debería quejarme, porque podría haber sido mucho peor.

—Yo no he dicho nada…

—No, pero por el tono de tu voz es evidente que me has tomado por una quejica.

—Créeme, no estoy en posición de juzgar a nadie.

Logan se puso manos a la obra y en pocos minutos había tapado la ventana rota del almacén con varios tablones. Cuando terminó, vio que Annie estaba intentando barrer los cristales.

—Tal vez deberías dejarlo para mañana. Ahora no hay luz suficiente.

—Soy perfectamente capaz de limpiar el suelo de mi tienda.

—No lo dudo. Y al parecer, también eres capaz de fabricar estanterías. He notado que has dicho que Sara y tú pensabais hacerlas, no que tuvierais intención de encargárselo a un carpintero. Me sorprendes.

Annie volvió a cruzarse de brazos y lo observó. Logan Drake siempre había sido un hombre enormemente atractivo; pero en ese momento, con una chaqueta de cuero, el pelo revuelto y las manos ocupadas con los clavos y el martillo, resultaba más sexy que nunca.

—Eres un machista.

—Si con eso pretendes decir que creo que los hombres deben proteger a las mujeres, lo soy.

—¿Es que crees que las mujeres no son capaces de protegeros a vosotros?

—Yo no he dicho eso.

—¿O tal vez crees que los hombres no deben proteger a otros hombres ni las mujeres a otras mujeres? —continuó preguntándose Annie.

—No te equivoques, Annie. No solamente no estoy diciendo eso sino que además sé mucho más de lo que crees sobre ese tema. Me consta que hay hombres capaces de hacer cualquier cosa por proteger a otros hombres.

Annie se estremeció. Resultaba evidente que la declaración de Logan ocultaba algo oscuro y secreto.

—¿Hablas por propia experiencia?

Pensó que Logan no contestaría a la pregunta. Pero la miró con una intensidad que la llenó de una extraña tristeza y dijo:

—Sí. Hablo por experiencia.

Capítulo 6

ME dijeron que habías vuelto, Logan.
—Me alegro de verte, Logan.
—Por fin has vuelto a casa, ¿eh, Logan?

Logan empezaba a estar harto de oír tantas aproximaciones distintas al mismo tema. Una y otra vez le asaltaban con preguntas, y una y otra vez se veía obligado a negar con la cabeza y a explicarles que sólo estaba en la isla de visita.

El centro social estuvo lleno de gente hasta bien entrada la madrugada. Habían estado haciendo lo posible por mantener en funcionamiento el generador del local y acumular combustible; sabían que dependerían de él durante varios días. Y en aquel momento, cuando todos se habían marchado o estaban durmiendo, Logan se detuvo y miró a su alrededor.

Varias personas dormían en sacos de dormir, aunque no se oían llantos de niños y la situación estaba controlada. En el exterior seguía lloviendo ligeramente, y al menos había conseguido tapar los agujeros del tejado de Annie con un plástico que le había prestado Leo Vega, el manitas de Maisy.

Mientras Annie y Riley se quedaban en la ciudad para ayudar a los demás, Logan, Leo y varias personas más dieron una vuelta a la isla y pasaron varias horas arreglando desperfectos. Pero a pesar de todo el trabajo que habían hecho, todavía quedaba mucho por hacer.

Por lo visto, Turnabout no había cambiado nada. Gracias a radio macuto se había enterado, sin pretenderlo, de que Dante Vega estaba otra vez en libertad condicional; de las aventuras pesqueras de Diego y de la extraña curiosidad que demostraba el último inquilino de Maisy, un individuo que había llegado una semana antes, por la gente y por los sitios de la isla.

Por supuesto, también hablaron de mujeres, desde el divorcio de Darla Towers hasta los modales de la propia Annie Hess, que según todos, espantaba a cualquier hombre que cometiera el error de acercarse a ella.

Precisamente entonces, Annie suspiró. Estaba sentada a su lado. Ya se le había secado el pelo y ahora brillaba como la luna.

—¿Te encuentras bien? —preguntó él, en voz baja.

—Sí, aunque todavía no puedo creer que el viento estuviera a punto de derrumbar el hotel Seaspray —respondió con voz suave—. Es un milagro que no haya más heridos. Me han contado que un hombre sufrió un infarto, pero al parecer se está recuperando... Tu padre ha estado trabajando sin descanso.

—Ah, sí, mi padre. Todo un santo.

Annie lo miró, pero no dijo nada. Se limitó a humedecerse los labios con la lengua.

—Por fortuna, Maisy tenía sitio libre y se ha podido hacer cargo de los clientes del Seaspray. Algunos se alojan en las habitaciones y otros en las cabañas.

—Sí, eso me han dicho. Es curioso... Siempre tengo que recordarme que Sara y tú sois familia de Maisy Fielding.

—Sólo familia indirecta.

—Pues ella y tu padre se llevan muy bien, ¿lo sabías? Llevan juntos una buena temporada.

—Sí, lo sé.

—¿Y qué te parece? —preguntó, con voz aún más dulce que antes.

—Que Maisy tiene muy mal gusto.

—¿Se puede saber qué pasa entre tu padre y tú?

Logan no respondió.

—No te molestes por la pregunta. A fin de cuentas, tú sabes lo que pasa entre mis padres y yo. Me comporté mal con ellos.

—Déjalo ya, Annie, no sigas. Parece que esto de estar sentada en el suelo del centro social te produce ganas de charlar.

Ella sonrió.

—Qué remedio. Todas las mantas y los sacos de dormir están ocupados, así que tendremos que seguir en el suelo.

—He visto que Riley y otros chicos se han encargado de cuidar a los niños…

—Ah, sí, es cierto. Me preguntó si podía quedarse aquí para echar una mano y le dije que no había ningún inconveniente. Parece verdaderamente interesada en ayudar, así que supongo que está bien.

Logan frunció el ceño. Annie se comportaba como si necesitara dar explicaciones de todos sus actos.

—Es una buena chica.

—Es verdad. Y mientras tenga algo que hacer, seguramente no se meterá en más problemas —comentó ella—. En fin, me voy de aquí.

Annie se levantó y Logan la siguió y la detuvo, poniéndole una mano en un brazo, cuando estaba a punto de salir del edificio.

—¿Necesitas algo? —preguntó ella, inquieta.

—Una cama.

—Bueno, todas las camas están ocupadas, pero tal vez…

—Hay una cama libre en tu casa. Si Riley se queda aquí, eso quiere decir que no ocupará su habitación.

Ella negó con la cabeza.

—No, eso no es posible. Aprecio mucho lo que has hecho hoy, pero no es posible en absoluto.

—Mira, aquí no queda espacio para dormir. Y por otra parte, tu casa está en mejor estado que la mayoría. Es lo mínimo que puedes hacer después de lo que ha pasado, ¿no te parece?

—Duerme en casa de Sara.

—Según me han dicho, mi hermanita no duerme

en una cama sino en una hamaca. Y no me preguntes cómo lo sabe Leo Vega, que es quien me lo contó... Venga, Annie, ¿vas a dejar en la estacada a un viejo amigo, al mejor amigo de tu hermano?

Annie retrocedió un paso.

—No somos amigos, sino solamente conocidos. Y si alguien ha dicho que Sara duerme en una hamaca, es un idiota.

Logan estuvo a punto de reír, pero no lo hizo.

—Voy a ir a tu casa contigo, Annie. Necesito una cama y tú tienes una libre. Además, estoy harto de tener que hablar contigo en voz baja para no despertar a los demás. Parecemos dos niños charlando por lo bajito durante un examen de matemáticas.

Annie salió entonces del edificio. Logan, por supuesto, la acompañó. Y al llegar a la calle, le enseñó unas llaves pequeñas.

—¿Qué es eso?

—Las llaves del coche de golf de Leo.

—¿Te las ha prestado, o se las has robado?

—¿Importa mucho? —preguntó, mientras subía al diminuto vehículo—. Venga, sube. Está lloviendo y si no te vas a empapar.

—Supongo que ésta es otra de esas ocasiones en las que te sientes obligado a proteger a las mujeres...

—En realidad, sólo intentaba ganarme un colchón razonablemente seco y cómodo para esta noche.

Annie cedió y subió al vehículo, que no tenía luces.

—Está bien, pero conduciré yo. Viajando a oscuras, no me extrañaría que nos arrojaras por un acantilado.

—Bah, dudo que la carretera haya cambiado mucho en quince años —dijo él.

Annie no hizo caso. Lo apartó del asiento del conductor y se puso al volante.

—¿Cuándo fue la última vez que conduciste? —preguntó Logan.

—Cállate —respondió ella, divertida.

Logan sonrió. Empezaba a comportarse como la mujer que había conocido. Y aunque no dijo nada, pensó que conducía muy bien. A pesar de los baches y de los obstáculos que encontraron en la carretera, llegaron sanos y salvos.

Ella bajó del vehículo y entró en la casa silenciosamente, sin decir nada. Logan casi habría preferido que pegara un portazo, que hiciera algo que le recordara a la vieja Annie. Aquélla era muy distinta, más tranquila, más callada, y todavía no sabía cómo tratarla.

Pero en cualquier caso, la siguió al interior de la casa.

Ya en el salón, Annie encendió varias velas y preguntó:

—¿Cuánto te paga Will por llevarle a su hija? Te pague lo que te pague, doblo el precio si te marchas. Yo la llevaré a su casa en cuanto funcionen los transbordadores.

—Pensaba que no querías obligarla a volver contra su voluntad.

—Lo pensaba, es cierto, pero ahora creo que estará mejor allí.

Él entrecerró los ojos.

—Pues ya que quieres saberlo, no le cobro nada a

Will. De hecho, no vendo mi tiempo. Y si lo hiciera, no podrías permitírtelo.

Ella gruñó y él la tomó de la mano. Estaba temblando.

—¿Tienes frío? —preguntó—. Es una lástima que no haya chimenea…

—No tengo frío.

—Pues estás temblando.

—Entonces, será que tengo frío —se apresuró a corregir.

Annie se alejó y segundos después Logan oyó un golpe y una maldición. Obviamente había tropezado con algo. La iluminó con la linterna y vio que estaba sacando una manta de un cajón.

—Tendrás que recoger las sábanas tú mismo. Están en el cuarto de baño. Pero dudo que estés muy cómodo en la cama de invitados… el colchón ha quedado bastante dañado.

—Descuida, me las arreglaré.

Annie se marchó a la cocina, pero cuando entró y vio el armario que se había caído al suelo y los platos rotos que contenía, se abrazó y se quedó mirándolos bajo la tenue luz de una vela.

—Los compré cuando vivía en mi antiguo apartamento, un lugar tan pequeño que no tenía dormitorios ni más muebles que un sofá cama, un par de sillas y una mesa. Te parecerá ridículo, pero les tenía cariño a esos platos. Y pensar que Riley bromeó diciendo que esperaba que no fuera la vajilla de la familia…

—Es evidente que te importan bastante más esos platos.

—Por supuesto. Además, mi madre jamás me habría confiado su vajilla.

—Tu madre era una bruja.

Annie lo miró, se plantó ante él con los brazos en jarras y dijo:

—Si Will no te ha pagado por venir a buscar a su hija, ¿se puede saber qué estás haciendo? No me parece que seas de la clase de personas que deben favores a nadie. ¿Qué haces aquí, Logan?

—¿Crees necesario preguntarlo?

Ni cl propio Logan cstaba seguro de sus razones. Por supuesto, Cole se lo había pedido; pero podría haberse negado perfectamente. En realidad, había aceptado el encargo por curiosidad, o más bien porque en todos esos años no había dejado de pensar en Annie.

—Al parecer, sí —respondió ella—. ¿Es por tu familia? Sara está bien, como ya sabes, aunque te echa de menos. Y en cuanto a tu padre...

—No estoy aquí por ellos.

—Entonces, ¿por qué? ¿Para meterte en otro lío con los Hess? Es posible que estuviera loca por ti hace años, pero no tengo ningún deseo de repetir esa experiencia.

—¿Seguro?

Logan quiso decirle que en aquella época la había rechazado únicamente porque era demasiado joven, pero no era el momento más oportuno. Sin embargo, ninguno de los dos habría podido negar que el viejo deseo seguía vivo.

—Por supuesto. Ya me humillaste bastante una vez.

—¿Humillarte? ¿A ti? —preguntó, entre risas—. Vamos, Annie. Soy yo quien no pudo...

—¡Ya basta! —gritó—. Mira, será mejor que nos olvidemos de eso. Ha pasado mucho tiempo y ya está olvidado.

—Créeme: yo no tengo tal capacidad de olvido. He intentado borrarlo de mi memoria, pero no he podido —comentó con sinceridad.

—Por Dios, Logan, ha pasado una eternidad... Entonces yo tenía diecisiete años y me arrojé a tus brazos, pero me rechazaste —le recordó—. Si hubieras actuado de otro modo, habríamos sido amantes.

Ella se echó el pelo hacia atrás, tomó una vela y se dirigió hacia el pasillo.

Logan se quedó en la cocina, oyendo los sonidos que hacía Annie al moverse en su dormitorio y el rumor del mar.

Había dicho que lo había olvidado, y aunque no quisiera admitirlo, aquel comentario le había herido. No en vano, la noche que lo había perseguido durante toda su vida no parecía significar nada para ella.

Capítulo 7

SU corazón latía más deprisa de lo normal y sentía que su piel estaba extrañamente tensa. Llevaba días esperando aquel beso, esperando sentir su cuerpo, tocarlo. Era distinto a todos los hombres que había conocido, incluido Drago, y en ese momento estaba a su alcance.

Se incorporó un poco, apoyándose sobre un brazo, y le acarició el pelo.

—Bésame —susurró.

Él no dijo nada.

Entonces, se inclinó sobre él y esperó un momento mientras disfrutaba del contacto de sus senos contra el pecho del hombre. Después, lo besó. Sus labios eran dulces, expertos, y mientras se apretaba contra él pensó que nunca se había sentido tan excitada ni tan segura como entre aquellos brazos.

Deseaba que él hablara, que le dijera que sentía lo mismo por ella, pero permanecía en silencio.

Pasó una pierna por encima de su cuerpo y comenzó a acariciarlo. Él gimió y la atrajo hacia sí. La prueba de que también estaba excitado la animó a seguir tocándolo, a bajar una mano hacia su entrepierna, sintiendo las texturas de su piel.

Cuando llegó a su duro sexo, contuvo la respiración y dijo:

—Ahora, Logan. Ahora, por favor…

Logan la empujó suavemente y se situó sobre ella, sin dejar de besarla, sin dejar de acariciarla.

Lamentablemente, todo había sido un sueño.

Annie abrió los ojos, sobresaltada, y se sentó en la cama. Tardó unos segundos en caer en la cuenta de que estaba en Turnabout, durmiendo en su propia habitación.

Y sobre todo, sola.

Suspiró, cansada, y notó que un ligero haz de luz entraba por la ventana. Quiso encender la lamparita de la mesilla de noche, pero no funcionaba; por lo visto, la electricidad seguía cortada.

Se tumbó de nuevo y se tapó los ojos con un brazo. Olía a café, y era un aroma tan maravilloso que sólo podía significar dos cosas: que Logan seguía en la casa y que lo preparaba mejor que ella.

Normalmente, habría preferido tomarse un té. Pero aquella mañana se encontraba tan agotada, después de una larga noche de sueños tan inquietantes como reales, que necesitaba una buena dosis de cafeína para despertar.

Dudó entre quedarse allí, en la cama, encerrada

en sí misma como una ostra, o en alejarse de las sábanas y con ello, también, de los sueños eróticos y del propio Logan. Pero sabía por experiencia que la estrategia de la ostra no servía de nada, de modo que se levantó.

Hacía frío. Se quitó el pijama y se puso una sudadera y unos pantalones largos de deporte. Después, se dirigió al cuarto de baño, se miró en el espejo, se arregló un poco el pelo y se lavó un poco; como no había electricidad, el agua estaba fría. Poco después, entró en la cocina pensando que en realidad no le importaba que Logan la viera sin arreglar; pero cambió de opinión cuando él la miró y sonrió.

—Buenos días, belleza.

—Buenos días.

Annie se fijó en el pequeño hornillo eléctrico en el que Logan había preparado el café. No era suyo, lo que significaba que había ido a comprarlo. Además, había limpiado totalmente la cocina.

—¿Has estado en la ciudad?

—Sí, y también he echado un vistazo a las plantaciones. No soy agricultor, pero tengo la impresión de que no han sufrido ningún daño que unos cuantos días de sol no puedan arreglar. En cambio, la ciudad es un desastre. A la luz del día tiene peor aspecto.

—¿Has visto a Riley?

—Sí. Maisy la ha puesto a ella, a April y a otros chicos a trabajar. Si tienen cosas que hacer, no se les ocurrirá hacer ninguna gamberrada.

April era la nieta de Maisy. Había estado enferma durante casi toda su infancia, pero el año pasado, tras una operación, se había recuperado por completo.

—¿Y qué hay del transbordador?

—Dos de las embarcaciones de Diego se han hundido y la tercera necesita entrar en dique seco. La guardia costera estuvo hace un par de horas y se llevó al hombre que había sufrido el infarto y a un par de heridos más.

—Entonces, tal vez podríamos alquilar un helicóptero.

—No. Hace demasiada niebla y además todos los aparatos están ocupados. En cuanto a la guardia costera, ya sabes que tienen mucho trabajo. ¿Por qué tienes tanta prisa en librarte de tu sobrina?

—Porque has venido para llevártela.

—Eso no es una respuesta.

—Estará mejor con sus padres.

—¿Estás segura?

—Sólo llevas veinticuatro horas en la isla y mira todo lo que ha pasado —respondió ella.

Logan la miró con expresión inescrutable.

—Annie, nadie tiene la culpa de que se presentara esa tormenta. Por otra parte, Riley está bien y ninguno sabemos por qué razón se marchó realmente de su casa. ¿A qué vienen tus prisas?

Ella no contestó. Se sirvió una taza de café y se quemó al intentar beber.

—Ten cuidado. Está muy caliente.

—Gracias por la advertencia —dijo con ironía.

Aunque estaba cansada y nerviosa, sentía la extraña necesidad de sonreír a aquel hombre. Le gustaba. Se lo negaba una y otra vez porque no quería sentirse atraída por él ni repetir el pasado, pero le gustaba. Y ése era el verdadero motivo de sus prisas.

—Hace frío —continuó ella—. Es curioso, no recuerdo que haya hecho tanto frío desde que llegué a Turnabout.

—Sí, la temperatura ha bajado mucho. Menos mal que tenemos el generador en el centro social y la gente puede calentarse un poco. Sam no sabe cuándo arreglarán el sistema eléctrico. Al parecer, cayó un rayo en las instalaciones y ardió la mitad.

Ella asintió.

—Por cierto, Annie, gracias por la cama.

—De nada.

—Sé que no te dejé muchas opciones…

—Es verdad.

—Sea como sea, quiero que sepas que estás equivocada.

—¿A qué te refieres?

—A que crees que aquella noche te rechacé porque no me gustabas. Pero me gustabas mucho, y tú lo sabías.

A Annie se le quedó la boca seca.

—Me gustabas a los diecisiete años y me gustas ahora —añadió.

Annie retrocedió y se golpeó la espalda con el frigorífico cuando, repentinamente, Logan avanzó hacia ella. Estaba asustada y excitada a la vez.

—Basta, Logan. No sigas por ese camino.

—¿No quieres que siga?

—No. Y por lo demás, no creo que en aquella época te gustara.

Logan tomó una de las manos de la mujer y la puso sobre su corazón, para que pudiera notar los latidos.

—¿Lo sientes? Nada ha cambiado. En realidad, he venido porque pensé que podía encontrar la forma de limpiar mi conciencia, de… Bueno, no sé.

Annie quiso dejarse llevar. Deseaba besarlo, tocarlo, pero no podía hacerlo. Había malgastado muchos años intentando expulsar todo aquello de su interior. Sin embargo, cuando él le pasó un brazo por encima de los hombros y le quitó la taza para dejarla a salvo en la encimera, ella sólo fue capaz de decir:

—Logan…

—Ssss.

Logan tomó la cara de Annie entre sus manos y la besó. Ella pensó que todavía estaba soñando. Asombrada, apoyó la frente en su barbilla y comenzó a acariciarlo; pero se apartó de golpe.

—No. Tengo que pensar en Riley. En mi sobrina.

—Ya te he dicho que Maisy la tiene ocupada. Si alguien puede hacerse cargo de ella, esa persona es Maisy.

—De todas formas, no quiero hacerlo contigo. No quiero. Ya no soy una mujer fácil.

—¿Una mujer fácil? —preguntó él, entrecerrando los ojos—. ¿Qué tontería es ésa? Tú nunca fuiste fácil.

—Mira, será mejor que dejemos esta conversación. Tengo que limpiar la casa, hacer cosas, arreglarlo todo…

Logan se metió las manos en los bolsillos porque de lo contrario, habría intentado tocarla otra vez. Annie se apartó, con un brillo de pánico en sus ojos, de color esmeralda. Parecía un animal acorralado que quisiera huir a toda costa.

Se maldijo por haberla besado. No había imaginado que le causaría semejante inquietud.

—Está bien, como quieras —dijo él—. He calentado agua por si querías lavarte.

—Te lo agradezco.

—Si quieres, puedo llevarla al lavabo.

—¿Cómo?

—Bueno, no hay suficiente para que te puedas bañar, pero seguramente sí para llenar el lavabo. Échale un poco de agua fría para no quemarte.

Gracias…

Annie lo siguió al cuarto de baño y cerró la puerta cuando Logan se marchó. Mientras tanto, él permaneció en el pasillo. La puerta no era gran cosa, pero no podía oír ningún sonido e imaginó que estaba allí, frente al espejo, sin hacer otra cosa que mirarse, preocupada.

Logan reconocía perfectamente los síntomas de Annie porque también los había sufrido. Eran los de una persona perseguida por sus fantasmas, acostumbrada a luchar, y a veces a perder, con ellos.

Pero no sabía qué tipo de fantasmas podían ser los suyos, aunque empezaba a imaginarlo. Y la idea de que algún hombre le pudiera haber hecho tanto daño, lo enervaba.

Respiró a fondo para intentar tranquilizarse, sin éxito.

Él también comenzaba a estar asustado.

Capítulo 8

¿QUE sabes de Annie?

Logan estaba trabajando con Sam Vega. Se estaban dedicando a retirar los árboles y las ramas que habían caído en la carretera principal, interrumpiendo la circulación.

Sam se incorporó, se secó el sudor de la frente y se encogió de hombros.

—No hay mucho que saber. No se mete en la vida de nadie, no deja que nadie se meta en la suya y por lo demás, es socia de tu hermana. Eso es todo, amigo.

Logan estaba verdaderamente interesado y no habría dudado en llamar a Sara para conseguir que alguien le ampliara la información, pero las líneas telefónicas seguían cortadas. Además, hacía mucho tiempo que no hablaba con ella y no habría estado bien que la llamara para hacerle preguntas sobre Annie.

Derrotado, se inclinó de nuevo y siguió retirando y cortando ramas.

—Turnabout sigue tan atrasada como siempre —protestó, mientras miraba un gran árbol caído—. Me parece increíble que nadie tenga una sierra eléctrica.

Ni siquiera podían utilizar el todoterreno de Sam para tirar del árbol y retirarlo de la carretera. Estaba encajado en una valla cercana y la habrían derrumbado por completo si hubieran intentado tirar de él.

En otras circunstancias no habría tenido importancia, pero aquélla no era una valla cualquiera: era la verja de hierro de la vieja mansión, del Castillo, como lo llamaban; un lugar casi sagrado para todo el mundo.

—Ah, el pasado...

—Sí, ya sabes que en Turnabout se aprecian esas cosas —dijo el sheriff.

Siguieron trabajando codo con codo, hasta que al cabo de un buen rato, después de muchos esfuerzos, lograron cortar el tronco y apartarlo de la verja. Ya sólo tenían que retirar dos árboles más.

Logan tomó el hacha y se aproximó al siguiente árbol. La tarde era fría y olía a madera cortada, una combinación muy poco habitual para la isla. En cierto modo, le recordó a Washington. Pero el duro trabajo dejó su huella y tuvieron que quitarse las chaquetas para poder seguir. Teóricamente iba a ayudarlos el hermano de Sam, Leo; sin embargo, lo había enviado a la ciudad a hacer un par de recados y por lo visto se lo había tomado con excesiva tranquilidad.

—Odio hacer esto. Sería más fácil cruzar a nado el canal para comprar una motosierra. Dime una cosa: ¿por qué volviste a la isla?

—¿Y tú? ¿Por qué has vuelto?

—Yo no he vuelto. Estoy de visita.

Sam sonrió.

—Sea como sea, estás aquí.

—Estoy atrapado aquí —puntualizó Logan—. Pero sólo de momento.

—Eso es lo que dicen todos.

—Esta isla no tiene nada que ofrecerme.

Logan echó un vistazo al paisaje. En aquella zona estaba lleno de enormes y amenazadores acantilados, pero al otro lado, donde se encontraban las plantaciones de Sara y Annie, era mucho más suave.

—No te preguntes qué puede ofrecerte la isla, sino qué puedes ofrecerle tú a ella.

De haber tenido una sierra eléctrica, Logan la habría utilizado con el sheriff.

—¿Qué ocurre? ¿Ahora te estás poniendo filosófico?

—No —respondió él, entre risas—. Pero, ¿por qué me has preguntado antes por Annie? ¿Hay algo entre ella y tú?

—No —respondió con rapidez.

—Me han contado que has pasado la noche en su casa.

—La gente de este sitio es demasiado cotilla.

—Es lo que sucede en todas las ciudades pequeñas. No tienen nada que hacer y se dedican a hablar de los demás.

—Y por lo visto, tú te enteras de todo…

Sam echó un trago de agua y dejó la cantimplora vacía en el todoterreno.

—Hay cosas peores, créeme.

Logan siguió trabajando. Aquella situación le resultaba irónica; una vez más estaba arreglando el desastre causado por otros. Aunque en esa ocasión no habían sido personas, sino un huracán.

—Parece que la tormenta no ha dejado un árbol en pie.

Los dos hombres levantaron la vista al mismo tiempo y miraron a la mujer que acababa de hablar.

Era Annie. Se había acercado a ellos, acompañada de Riley, sin que ninguno de los dos lo notara. Tanto Annie como su sobrina llevaban vaqueros y un jersey parecido, de modo que parecían gemelas.

—Hola, Annie —dijo el sheriff—. Me temo que ni tu talento podría salvar estos árboles.

Annie y la adolescente se aproximaron a uno de los troncos.

—Qué lástima —dijo Annie.

—¿La gente todavía graba sus iniciales en los árboles? —preguntó Riley—. Qué curioso.

—Bueno, muchas de esas iniciales son de hace décadas. Entonces estaba de moda.

Sam se rió.

—Sí. Hasta es posible que encuentres las de Logan por todas partes. Siempre traía a las chicas aquí para…

—Contemplar las puestas de sol —se apresuró a cortarlo Logan.

—Sí, claro, sí.

—Y casi siempre me encontraba contigo y me estropeabas el día, viejo amigo.

—Bah, eso es agua pasada. Ya nadie viene aquí para eso.

—Entonces, no tendré que preocuparme porque vengas con tu nuevo amigo de Denver a... contemplar las puestas de sol, ¿verdad? —preguntó Annie a Riley.

—¿Amigo? —preguntó Logan con curiosidad.

—Sí, un amigo —respondió la chica, a la defensiva—. Se llama Kenny, Kenny Hobbes. Su familia se aloja en el local de Maisy.

Riley observó con detenimiento el árbol y dijo:

—Nadie grababa sus nombres enteros. Sólo hay iniciales. Pero mirad, fijaos en éstas... HD y CC. El corazón que grabaron está muy bien hecho —declaró—. Y más abajo hay otras en las que parece leerse ES y C...

—Seguramente será una ele, por Luis Castillo —explicó Sam—. Al parecer era el hijo de las personas que compraron la mansión. Se dice que la maldición de Turnabout comenzó cuando la prometida de Luis, Elena, se enamoró de un amigo que había llegado a la isla tras la primera guerra mundial.

—¿Una maldición? ¿Quién cree a estas alturas en maldiciones? —preguntó Riley.

Logan pensó que toda la isla creía en ellas, pero no dijo nada.

—Sara y Maisy lo creen —dijo Annie—, y ninguna de las dos son precisamente idiotas.

—No, pero hacen mal en creer tonterías —intervino Logan—. Riley tiene razón. Eso sólo son supersticiones.

—Tu padre solía decir lo mismo, pero lo cierto es que hay cosas que se salen de lo normal.

A Logan no le agradó la idea de estar de acuerdo con su padre en algo, así que volvió al tema original.

—¿Conoces la maldición? —preguntó a Annie—. La gente de Turnabout casi nunca habla de ella porque tiene miedo.

—Sara me la contó.

—¿En serio? —preguntó Sam.

—Bueno, ¿y cuál es? —se interesó Riley.

—Bah, no tiene importancia —dijo Logan.

—Si no tiene importancia, ¿por qué no se lo cuentas? —preguntó Annie—. Además, ni eres de Turnabout ni tienes intención de quedarte aquí.

—Mis planes no tienen nada que ver con este asunto. Pero si alguien pidiera mi opinión, diría que deberían restaurar la vieja Misión o derruirla.

—Qué curioso. Yo he dicho algo muy parecido al ver las plantaciones de Annie —comentó Riley—. Se encuentran en un estado calamitoso.

Cansada de tantos juegos, Annie decidió explicar en qué consistía la maldición de la isla:

—La prometida de Luis Castillo se casó con su amigo, Jonathan, que era un forastero. A Luis se le rompió el corazón y su madre lanzó una maldición, según la cual ninguna persona nacida en Turnabout puede ser feliz si no se casa con otra persona nacida en la isla. Se supone que era una forma de evitar que otros hicieran lo mismo que Elena, casarse con un forastero.

—Qué historia...

—Lo más interesante del asunto es que nadie ha vivido cerca de la mansión desde entonces. En realidad, lo único vivo que crece en los alrededores eran estos árboles que derribó la tormenta... Es un buen sitio, y por eso sembré plantas en esta zona —continuó Annie.

—Antes, la verja de hierro continuaba y bloqueaba la carretera —dijo Sam—, pero quité esa parte porque los niños tenían la costumbre de subirse en ella y temía que se pudieran hacer daño. Los árboles que se han caído estaban del lado exterior de la verja. Dentro no crece nada.

—¿Y esos restos son tus plantas, las que se suponía que debíamos salvar? —preguntó Riley—. Pues no ha quedado mucho de ellas...

—Qué se le va a hacer. Pero Sam tiene razón: por extraño que parezca, dentro de la propiedad de la antigua Misión no crece nada.

—Bah, es probable que alguien echara algo tóxico a la tierra con tal de asustar a la gente y convencerlos de que la maldición existe. En cuanto a los árboles, no se han caído solamente por la tormenta; es que eran muy viejos y tenían las raíces medio podridas opinó Logan.

—Escéptico...

—Escéptico, no. Realista.

—Pues ya que te interesa, hice un análisis de la tierra de la propiedad y no tiene ningún componente tóxico. Aunque es cierto que su ph es muy ácido... Sea como sea, Sara y yo tenemos intención de plantar más en esta zona. Sólo vendemos plantas desarrolladas sin productos ni fertilizantes químicos; todo es natural —dijo Annie.

—¿La mansión sigue en venta? —preguntó Logan, mientras la miraba.

—Precisamente Sara ha ido a San Diego para averiguarlo. El último dueño conocido fue Caroline Castillo, pero no hemos podido localizarla todavía. Se marchó de la isla hace cuarenta años y ni siquiera sabemos si sigue con vida. Sería más fácil si pudiéramos permitirnos el lujo de contratar a un detective, pero no tenemos dinero.

Logan se dispuso a seguir cortando otro árbol y Annie añadió:

—¿No hay forma de que podamos salvar parte del tronco?

—¿Para qué?

—No sé, para la posteridad... Esas iniciales significan mucho para algunas personas. Además, ni siquiera lo vais a usar para hacer leña.

—Si no arreglan la central eléctrica pronto, es posible que lo hagamos. Pero, ¿dónde lo pondrías?

—Tal vez en el centro social, por ejemplo, aunque creo que debería decidirlo el ayuntamiento. Mientras tanto, puedo guardarlo en el almacén si nadie lo quiere. Piénsalo, Sam. Probablemente, este árbol era el ser vivo más antiguo de Turnabout.

Sam se encogió de hombros.

—Bueno, ya veremos. De momento, lo quitaremos de la carretera.

Entonces, el sheriff agarró a Riley de la mano y la subió al todoterreno. Annie quiso seguirlos, pero se enganchó en una rama.

—Espera, te has enganchado...

Logan se acercó para ayudarla, y estaba tan cerca que podía sentir el calor de su cuerpo.

—Ten cuidado. No te muevas o te harás un rasguño.

—Me temo que ya me lo he hecho.

—Deberías hablar con Hugo.

—¿Con Hugo? ¿Por un simple rasguño? Me parece algo exagerado. Además, tengo mis propios remedios naturales que...

—No, no, no. Me refería a lo de Caroline Castillo.

—Ah, claro... Seguro que tu padre tiene su ficha médica. Aunque no le ha comentado nada a Sara.

—No me sorprende, porque Sara no sabe nada —dijo, mientras intentaba separar el jersey de la rama sin romperlo.

—¿Qué es lo que no sabe?

—Que Caroline Castillo se marchó de la isla cuando se hizo público que había mantenido una relación amorosa con mi padre. No me sorprendería que Hugo la hubiera seguido viendo.

—Oh, vaya, lo siento...

—Descuida, son cosas del pasado.

—A veces es duro aceptar que los padres no son perfectos, como creemos cuando somos niños. Pero de eso ha pasado mucho tiempo. Si tus malas relaciones con él se deben a...

Riley apareció en ese momento y la interrumpió.

—Eh, espero que no estéis disfrutando de ninguna puesta de sol...

Logan sonrió. La adolescente mostraba una marcada inclinación por proteger a su tía.

En cambio, Annie se ruborizó y aprovechó la oportunidad para dar por terminada su conversación.

—Bueno, gracias por lo de ayer y por salvar el tronco del árbol. Eres un buen tipo, Logan Drake.

La sonrisa de Logan se heló al oír el apellido de su padre. No en vano, lo odiaba por haber hecho infeliz a su madre, pero en el fondo sabía que Hugo era lo más parecido que había en Turnabout a un buen tipo. En cambio, no tenía la misma opinión de sí mismo.

—No, no lo soy.

Capítulo 9

LOGAN estaba sentado en la oficina del sheriff, hablando por radio. Ya era de noche, pero no había encendido el farol del escritorio del sheriff.

—¿Algo nuevo? —preguntó—. ¿Han llegado más cartas?

Un segundo después se oyó la voz de Will, con interferencias.

—Desde la semana pasada no ha llegado ninguna. Si quieres, puedo enviar un avión para que os recoja a ti y a Riley.

Logan miró el micrófono. En teoría, la solución que proponía Will era la más lógica. Sin embargo, algo le decía que sería mejor que esperara un poco. Y su intuición no le había fallado nunca.

La última vez que había estado en el despacho de

Will, su antiguo amigo le había mostrado varias cartas en las que lo amenazaban de forma velada si no retiraba su candidatura a las elecciones de fiscal general. Aunque no eran amenazas directas, sí contenían las suficientes referencias inquietantes como para que quisiera tener a Riley en casa cuanto antes.

—Espera un momento, Will… Se te oye muy mal y no te entiendo.

Logan comprendía que estuviera preocupado por su hija. Pero a pesar de ello, había llegado a pensar que la preocupación de Will no se debía sólo a las supuestas amenazas, sino al efecto negativo que la escapada de Riley pudiera tener en su campaña electoral.

A fin de cuentas, era un hombre poderoso y podía haber utilizado mil resortes distintos para lograr que Riley regresara a casa. Sin embargo, había preferido ponerse en contacto con Coleman Black, quien a su vez le encargó el caso a él. Y aquello también resultaba bastante extraño; sospechaba que Cole tenía motivos ocultos para haber querido ponerlos en contacto después de tantos años sin hablarse.

—Está bien, te volveré a llamar mañana…

Logan desconectó la radio y se pasó las manos por la cara. No quería llevar a Riley a su casa hasta averiguar por qué se había escapado en realidad. Además, tampoco quería dejar a Annie.

Logan pensó que Cole habría estallado en carcajadas de haber visto a su mejor hombre preocupado por fantasmas del pasado.

Minutos más tarde, dejó a Sam en su despacho y se dirigió al centro social. Como en la ocasión anterior, tuvo que pasar por un sinfín de interrogatorios sobre su vida e intenciones antes de alcanzar la mesa donde estaba sentada Annie, charlando con otra persona.

Decidió aprovechar que todavía no había notado su presencia para observarla y admirar su perfil y sus labios. Pero la sonrisa que se le formó en la boca desapareció de inmediato.

—¿Dónde está Riley? —preguntó.

Annie se volvió hacia él.

—Con Maisy, supongo. Parece fascinada con April.

—Acabo de hablar con Will y le he dicho que todos estamos bien.

—Me alegro. Entonces, querrá que la lleves enseguida…

En ese instante apareció Darla Towers, que los saludó y se sentó en una silla al otro lado de la mesa.

—Vaya pesadilla, ¿eh? Me moriré si no consigo un tarro de tu crema de espliego, Annie.

—Tenemos crema de sobra en la tienda, Darla. Puedo ir a buscarte un envase.

—Gracias, Annie. Y tampoco estaría mal que me encontraras a alguien para que me la ponga en la espalda —dijo, sonriendo.

—Prueba con Leo —sugirió Logan.

Darla apretó los labios, furiosa, y se levantó de la silla tan rápidamente que estuvo a punto de tirarla.

—No deberías haber sido tan grosero con ella —dijo Annie.

Logan se encogió de hombros. No estaba interesado en Darla Towers. Sólo le interesaba Annie. Por su vida habían pasado muchas mujeres, pero ninguna que lo mantuviera despierto todas las noches, ninguna como Annie Hess.

Se sirvió un plato de comida, porque todavía no había probado bocado, y echó un vistazo a su alrededor. El centro social estaba lleno de gente, como el día anterior, y tenía la impresión de que el último en llegar había sido su padre, Hugo.

Sin embargo, la falta de apetito de Annie, que apenas había probado su comida, le llamó más la atención. No dejaba de mirar a Hugo, de forma subrepticia.

—Las apariencias engañan —dijo.

—¿A qué te refieres?

Logan miró hacia el lugar donde se encontraba su padre.

—Seguro que te estás preguntando si Hugo es tan malo, teniendo en cuenta que tiene fama de santo.

—No, no me preguntaba eso. Estaba pensando que es muy triste que haya tanta distancia entre vosotros.

Logan encontró divertido el comentario.

—¿Cuánto tiempo hace que no hablas con tus padres?

Annie inclinó la cabeza, reconociendo la ironía.

—No se puede decir que la situación sea la misma. Lo de tu padre es algo muy viejo, algo del pasado. A fin de cuentas, Caroline Castillo se marchó de la isla hace décadas... Por cierto, ¿qué has estado haciendo todos estos años, Logan?

—Ya te lo he dicho. Trabajando de asesor.

—¿Para quién?

—Para gente que no te sonaría de nada.

—Cuéntamelo de todas formas.

Logan arqueó una ceja.

—Dime al menos de qué tipo de trabajo se trata… ¿Tiene que ver con el Derecho?

—Más o menos.

—¿Estás intentando incitar mi curiosidad, Logan? ¿O me estás mostrando esa parte dura de ti que procuras ocultar bajo una fachada elegante y educada?

Sus miradas se encontraron entonces y sólo se apartaron cuando el ruido que había a su alrededor cesó por completo.

Sam se acababa de subir a una mesa y había pedido la atención de los allí reunidos. Sin embargo, Logan apenas prestó atención a las informaciones de su amigo, que despertaban amargas quejas entre los presentes; estaba más ocupado pensando en lo que había dicho Annie.

De haberse tratado de otra persona, no le habría dado importancia, pero se trataba de ella.

Cuando Sam dejó de hablar, Annie dijo:

—No sé si podré vivir sin electricidad.

—Bueno, yo puedo hacerlo perfectamente —comentó él.

La curiosidad de Annie por Logan todavía no había encontrado las respuestas que necesitaba cuando fue a buscar a su sobrina y regresaron a la casa de la playa, aquella noche.

Logan no las acompañó y Annie intentó convencerse de que lo prefería así. Encendió unas cuantas velas y calentó agua en el hornillo; aunque tuviera que pasarse varias horas calentando agua, estaba decidida a lograr que Riley se bañara.

Pero el gas del hornillo se gastó pronto, y aunque la joven pudo bañarse, ella no tuvo tanta suerte.

Minutos más tarde, Riley apareció en la cocina. Se sentó y dijo:

—La vela del cuarto de baño ya se ha consumido.

—Logan dijo que traerá más velas cuando venga a darte las pilas para tu reproductor de CD.

Logan había desaparecido tras la charla de Sam en el centro social, sin dar más explicaciones que comentar que llevaría suministros más tarde.

—Bueno, eso será si quedan pilas. La gente lo está gastando todo rápidamente —comentó Riley.

—Sobre las pilas no puedo hacer nada, pero por las velas no te preocupes. Si es necesario, utilizaremos las que tenemos guardadas en la tienda. Seguro que cuando viniste a la isla no pensaste que acabarías viviendo de este modo...

—Que no tengamos electricidad no significa que arda en deseos de regresar a mi casa —advirtió Riley.

—Sea como sea, la guardia costera volverá mañana o pasado. El sheriff me ha dicho que puede arreglarlo para que os lleven a Logan y a ti al continente. Creo que deberías ir.

—Está bien. Iré al continente.

Annie entrecerró los ojos, con desconfianza.

—Sí, claro. Ir al continente no significa que tengas intención de volver a casa, ¿verdad?

Riley no contestó.

Annie se acomodó junto a su sobrina e intentó encontrar algo que decir, algo que pudiera convencerla.

—Riley, quiero que sepas que no hay nada que no puedas contarme a mí. Tal vez, si confiaras…

Riley se levantó.

—Me voy a la cama.

—Está bien… Buenas noches.

La chica se marchó a su habitación y cerró la puerta. Annie se acercó al teléfono y descolgó el auricular, aunque sabía que todavía no habían arreglado la línea.

Aunque estaba acostumbrada a la tranquilidad, el silencio de la casa le resultó excesivo. De modo que decidió ocupar su tiempo en algo útil.

Tomó una toalla, un albornoz y un frasco del champú que preparaban en su tienda y se dirigió a la playa; una vez allí, encendió un fuego y puso un caldero con agua a calentar.

Después, lo dejó y volvió a entrar en la casa para asegurarse de que su sobrina estaba bien. Llamó a la puerta de su dormitorio, pero al no obtener respuesta decidió pasar. Suponía que se habría quedado dormida y así era; estaba tumbada en la cama.

Temiendo que pudiera enfriarse, avanzó con mucho cuidado y la cubrió con una manta. Luego regresó a la playa y comenzó a desnudarse para lavarse allí mismo. De no haber hecho tanto frío, se habría quitado toda la ropa; pero en tales circunstancias le pareció poco conveniente.

Por supuesto, no tenía miedo de que la vieran.

Nadie vivía en las cercanías y por otra parte, no se veía nada salvo las estrellas y la luna. Lamentablemente, se quedó helada en el proceso y ya había empezado a temblar cuando terminó de secarse el pelo.

Recogió todas sus cosas y dejó la hoguera encendida para que se apagara sola. Después, regresó hacia la casa y se llevó un buen susto al distinguir un brillo de color rojo.

—Logan, ¿eres tú?

—Siento haberte sobresaltado…

Logan estaba sentado en el muelle, fumando un cigarrillo. Automáticamente, Annie se preguntó cuánto tiempo llevaría allí y cuánto tiempo habría estado observándola.

Sin embargo, se dijo que no tenía importancia. La hoguera estaba a cierta distancia del muelle y seguramente no habría visto nada. O tal vez sí. En realidad, su problema era otro: había decidido hacer algo tan extraño como lavarse medio desnuda en la playa, a pesar del frío, porque en el fondo deseaba que Logan la viera.

—¿Annie? —preguntó él, al notar su gesto de preocupación—. ¿Te encuentras bien?

Capítulo 10

L OGAN se levantó, alarmado, porque Annie parecía a punto de desmayarse. Pero ella se limitó a parpadear y a cerrarse el albornoz.

—Sí, estoy perfectamente. Es que me he asustado al verte. No sabía que fumaras…

—Intento fumar poco.

—Ah… Había salido a lavarme el pelo.

—Ya lo veo —dijo él—. He traído velas y pilas.

—Magnífico —comentó, algo nerviosa—. Riley estará encantada. Necesita las pilas para su reproductor de CD.

—Lo sé, me lo dijo.

—Sí, claro —repuso, incómoda.

—También he traído más gas para el hornillo. Pero casi no queda en el centro, así que tal vez quieras guardarlo para cocinar o para alguna otra cosa útil.

—Y supongo que otro baño para Riley no es una cosa urgente, ¿verdad?

—No, probablemente no. Te habría traído algún farol, pero ya no quedan.

—¿Cuánto te has gastado? Quiero devolverte el dinero.

—Olvídalo, Annie. Y entra en la casa... Estás temblando.

Annie abrió la puerta de la cocina.

—Riley se ha dormido, así que esta noche no nos molestará.

—Me alegro mucho. Tener que salir a buscarla bajo aquel diluvio fue una de las peores experiencias de mi vida.

—Eso me recuerda que no podrás dormir en su habitación, pero puedes hacerlo en el sofá si quieres. Es bastante cómodo, aunque no sé si suficientemente largo para ti. Si lo prefieres, vete al centro social o a alguna otra casa.

—¿Pretendes invitarme a dormir en tu sofá o intentas evitarlo? —preguntó con curiosidad.

—Buena pregunta... Digamos que no me gustaría que se repitiese lo que pasó esta mañana.

—Ni a mí.

—Bien, entonces, tú eliges.

Annie entró en la casa y Logan se quedó afuera.

Al cabo de unos segundos, encendió otro cigarrillo y se dedicó a contemplar el mar, siempre tan distinto. Sólo llevaba dos días en la isla y sabía que en otras circunstancias habría sido más que suficiente para desear salir corriendo de allí, pero la presencia de Annie lo cambiaba todo.

Aunque ella hubiera olvidado lo que había pasado entre ellos, años atrás, él seguía recordándolo
perfectamente. Y aunque en su vida había muchas
cosas de las que se arrepentía, aquélla le parecía la
peor de todas.

Aquella noche, Sam le había ofrecido una cama
en su casa; pero Logan había preferido volver. En el
fondo, albergaba esperanzas.

Apagó el cigarrillo, se levantó y entró por la
puerta de la cocina. Apenas un segundo después oyó
una voz:

—Quiero que sepas que no salí a la playa para
proporcionarte un espectáculo erótico.

Logan se detuvo.

—Pensaba que te habrías ido a dormir…

—Pues obviamente no lo he hecho —dijo ella—.
En todo caso, y con independencia de lo que hayas
visto, insisto en que no lo he hecho por ti. De modo
que si estás buscando que alguien se desnude ante
tus ojos, será mejor que busques en otra parte.

Logan no había visto gran cosa. Apenas había
distinguido sus piernas contra el brillo del fuego, y
su espalda cuando se había agachado para quitarse el
jersey. En sus acciones no había nada seductor, y sin
embargo le habían resultado increíblemente desea-
bles.

—¿Y bien? —preguntó ella.

—No he visto nada —mintió él.

—Me alegro. En ese caso, iré a buscarte una
manta y unas sábanas para que duermas en el sofá, si
es que tienes intención de quedarte aquí.

—Sí, gracias.

Annie se marchó y regresó un par de minutos después con lo prometido.

—Aquí lo tienes. Espero que estés caliente con esto…

—No creo que el calor sea un problema —dijo él, con ironía.

—Ya… Bien. Entonces, buenas noches.

Annie ni siquiera sabía por qué no se había marchado todavía. Estaba allí, parada, sin hacer nada, aunque era consciente de que tentaba a su suerte; cuanto más tiempo permanciera a su lado, más posibilidades había de que la tocara.

—Bueno, debo advertirte de que tenía intención de calentar agua y de lavarme aquí mismo, en la cocina. De modo que si no quieres tener tu propio espectáculo, te sugiero que te marches.

Annie entreabrió la boca y se pasó una mano por el pelo.

Él la miró y pensó que lo estaba volviendo loco.

—Annie…

La mención de su nombre bastó para que la mujer recobrara la cordura. Lo miró y, sin decir ni una sola palabra más, se marchó.

Durante la madrugada, horas antes del amanecer, una segunda tormenta azotó la isla.

Annie se levantó al oír los tremendos truenos y esa vez no perdió el tiempo; saltó de la cama y salió de la habitación a toda prisa.

Riley todavía estaba en su dormitorio cuando su tía entró.

—Vaya, qué lástima. Pensaba que estaba soñando... —dijo la joven.

—Con un poco de suerte no será tan mala como la última —comentó Annie.

—Ojalá, porque no me gustaría tener que dormir en la bañera.

En ese momento oyeron la voz de Logan.

—¿Por qué no? Los jóvenes sois muy flexibles —bromeó.

—Desde luego, son mucho más flexibles que yo —murmuró Annie.

Tras asegurarse de que su sobrina estaba bien, Annie quiso cerrar la puerta; pero Logan se lo impidió.

—Creo que deberíamos dejarla abierta...

—No si os vais a pasar toda la noche hablando —protestó Riley.

Logan sonrió y los dos adultos se dirigieron a la cocina. Ella quiso encender una vela, pero él se le adelantó.

—Aunque sé que los peligrosos son los rayos, confieso que esos truenos me dan pánico. ¿Estás seguro de que debemos quedarnos en la casa?

—No me apetece volver a la ciudad bajo la lluvia, a no ser que sea estrictamente necesario.

—Es una pena que le devolvieras el coche a Leo.

Annie se aproximó a la ventana para mirar al exterior. En realidad, lo hacía por ocupar su mente en algo. Ella no llevaba más ropa que un pijama; y él, sólo unos pantalones.

—Parece que el viento no sopla tan fuerte.

—Menos mal... Pero vuelve a la cama, Annie. Te despertaré si el clima empeora.

—Ni siquiera estaba dormida.

—Vete a la cama de todas formas.

Ella dudó al ver que tenía una pequeña herida en un brazo.

—¿Cómo te has hecho eso? —preguntó.

—Me corté cuando estaba arreglando el techo.

—Deja que te lo mire…

—No es nada, en serio, no tiene importancia.

—Preferiría echarle un vistazo. Si no es demasiado profunda, tengo algunos remedios que…

—¿Si te dejo que me mires la herida te marcharás a la cama? —la interrumpió, desesperado.

—Trato hecho.

—En ese caso, adelante.

Annie fue al lavabo y regresó con su botiquín de primeros auxilios y con una toalla que acababa de humedecer. Lo llevó al salón, lo invitó a sentarse en el sofá y ella se acomodó sobre unos cojines para tener más fácil acceso a la herida.

—Puedo hacerlo yo, no te molestes —dijo él.

Ella lo miró y sacó un tubo del botiquín.

—Está bien, haz lo que quieras —continuó Logan—. Por lo visto, estás acostumbrada a salirte con la tuya.

Annie le extendió la crema sobre la herida, que resultó ser apenas un rasguño, y después le masajeó el brazo suavemente, hasta que entró en calor. Logan gimió.

—¿Te sientes mejor?

—Cómo no… Cualquiera sabe qué lleva ese linimento que me has puesto. No quiero ni pensarlo.

—Lleva cayena, pimienta y unas cuantas hierbas

más. Pero créeme: si te la pusieras por error en los ojos o en una herida profunda, descubrirías un nuevo significado de la palabra dolor.

—¿Pimienta? ¿Cayena? Oh, Dios mío…

—Te sentirás mejor, ya lo verás. También puedo prepararte un té de hierbas si quieres. Tal vez un poco de valeriana o de sauce negro…

—No, gracias, no quiero nada. ¿También haces encantamientos? Empiezo a pensar que en el fondo eres de este sitio. Se dice que los dueños de la vieja mansión eran brujos.

—Ahora entiendo lo de la maldición, pero no temas. Mis remedios funcionan. Son remedios tradicionales que se han utilizado desde hace siglos —explicó ella.

—En cualquier caso, creo que ya puedes dejar de ponerme pimienta en el brazo —dijo él, exasperado.

Aunque las condiciones en las que estaban viviendo resultaban más bien duras, Annie sintió ganas de reírse. No tenían electricidad ni agua caliente ni teléfono y media casa seguía destrozada, pero Logan terminó consiguiendo que sonriera, y no fue una sonrisa medida, sino una sonrisa amplia y verdadera.

Annie cerró el tubo, lo guardó en el botiquín, se secó las manos con la toalla y se levantó.

Estaba segura de que no conseguiría conciliar el sueño, pero decidió aceptar la sugerencia de su invitado.

—Buenas noches, Logan.

—Buenas noches, Annie.

Annie avanzó por el oscuro pasillo hasta llegar a su dormitorio, y una vez dentro, se metió en la cama. En el exterior se oía el sonido de la lluvia y los truenos.

Cansada, se tapó con la manta hasta el cuello y cerró los ojos.

Segundos más tarde se había quedado dormida.

Capítulo 11

TRES días en la isla.

Logan se encontraba en la calle, contemplando la colorida casa que su padre había convertido años atrás en consulta médica, aunque el edificio tenía un aspecto más familiar que profesional.

Como la puerta estaba abierta, entró directamente.

Su padre estaba con un paciente. No lo supo por la recepcionista que estaba sentada tras un escritorio, en la sala delantera, sino porque podía oír el murmullo de las voces a través de las finas paredes. Así que avanzó hacia una silla y se sentó.

Junto a la silla había un viejo barril que reconoció inmediatamente. De niño se sentaba en las rodillas de su padre mientras Hugo hacía solitarios con las cartas.

Se metió las manos en los bolsillos y miró por la puerta abierta. Desde allí se podía ver el tejado del local de Maisy, las altas palmeras que lo rodeaban y, más allá, el mar.

Volvió a fijarse en el barril, aburrido, y entonces notó que encima había una pequeña caja de madera labrada. No era precisamente una maravilla, pero le sorprendió mucho; no en vano la había hecho él mismo en el colegio, en vida de su difunta madre. La abrió y tal y como esperaba encontró dentro una baraja de cartas.

Cerró la caja, algo perturbado, y volvió a recepción.

Hugo acababa de salir de la consulta y estaba charlando con su paciente, una mujer de avanzada edad. Naturalmente, notó su presencia; sin embargo, era un profesional y no se acercó a su hijo hasta que la mujer salió del edificio.

—He oído que estás saliendo con la joven Annie —dijo, sin más preámbulos.

Logan se dirigió a la sala de espera para que la recepcionista no pudiera oírlos.

—Ya no es ninguna niña. Por cierto, ¿sabes qué pasó con Caroline?

Hugo frunció el ceño.

—¿Por qué te interesa Caroline precisamente ahora?

—Porque Sara y Annie quieren la vieja mansión.

—No, sólo quieren las tierras —le corrigió.

—Si ya lo sabías, ¿por qué no ayudas a tu hija?

—¿Cómo? ¿Prestándole dinero? Sabes de sobra que no tengo nada. Como no venda las tuberías de la casa…

A Logan no le pareció un comentario divertido.

—Al menos podrías decirle cómo puede localizar a Caroline.

Hugo parecía no sentirse muy bien. Se sentó en una silla y dijo:

—Caroline se marchó de la isla hace años, antes de que naciera Sara, cuando tú todavía eras un niño. Y no la volví a ver.

—Pero era el amor de tu vida…

Hugo lo miró a los ojos.

—¿Lo preguntas o lo afirmas?

—Lo afirmo. Es un hecho.

—Sólo según la versión de tu madre.

—Bueno, supongo que ella debía de saberlo.

Hugo apretó los labios, pero no dijo nada.

—¿Adónde fue cuando se marchó de Turnabout?

—No lo sé.

—No te creo.

—Pues siento no poder ayudarte al respecto. Como siento no haber sido capaz de convencer a tu madre de que estaba equivocada.

—No estaba equivocada.

—Lo estaba, pero no lo reconocerías nunca porque eres tan cabezota como ella —observó—. La diferencia es que tu madre tenía mejores motivos que tú.

—Por supuesto; sabía la verdad sobre su marido, sobre Caroline y tú. ¿Por qué no le concediste el divorcio? ¿Por qué no dejaste que se marchara?

—Sé que crees que tu madre todavía seguiría con vida si nos hubiéramos divorciado, pero me temo que no sabes la verdad porque nunca has querido saberla. Para ti es más fácil culpar a tu padre, así que sigue haciéndolo, adelante —declaró Hugo—. Sigue creyendo lo que quieras. Odiabas esta isla y me odiabas a mí. Ni siquiera habrías aceptado mi dinero cuando estudiabas en la universidad.

—¿Es que tenías dinero para gastarlo en mí? —preguntó con ironía.

Sin embargo, Logan pensó que su padre tenía razón. Si le hubiera ofrecido dinero, lo habría rechazado a pesar de que lo necesitaba. Y como consecuencia de su falta de recursos económicos, al final había aceptado la oferta de un hombre que algunos tenían por santo y otros por el mismísimo diablo.

De hecho, ni siquiera él estaba seguro de lo que era.

—Me da igual si sigues saliendo con Caroline o si no la has visto en varias décadas. Sólo quiero saber dónde vivía la última vez que supiste algo de ella.

—Te estoy diciendo la verdad, no sé nada de ella. ¿Crees que yo no me lo he preguntado? La única familia que tenía eran sus padres, pero ni siquiera ellos volvieron a verla… Sólo sé que era una mujer joven que nunca había salido de Turnabout.

—Y te aprovechaste de su inocencia.

—Márchate, Logan. Tengo trabajo que hacer —dijo su padre, con frialdad.

—Te aprovechaste de ella y te libraste de mi madre por esa mujer.

—Tu madre me dejó a mí, Logan, y lo hizo mucho antes de que yo contratara a Caroline. Ni siquiera sabía que estaba embarazada de ti cuando se marchó; tuve que contratar a un detective privado para que la encontrara y tardó un año en hacerlo. Para entonces, tú ya tenías seis meses de edad.

—Ya. Y nos trajiste de vuelta a Turnabout, donde mi madre tuvo que soportar la presencia de tu amante. ¿Es que la tomabas por tonta? ¿Es que pensaste que no se daría cuenta de lo que la recepcionista y tú hacíais en la consulta?

Hugo lo miró con intensidad y preguntó:

—¿Por qué has vuelto a Turnabout?

Logan sintió un profundo dolor y le devolvió la mirada a su padre. Se parecían mucho y eran de la misma altura, pero en su opinión, no podían ser más diferentes.

—Porque me gustaría corregir algunos errores.

Entonces, Logan se dio la vuelta y se marchó.

Llevaban tres días sin electricidad.

Annie miró las cajas del almacén y maldijo su suerte; varios clientes estaban esperando sus pedidos, pero no podía enviarlos porque no había ningún medio de transporte disponible.

—Tus productos huelen fatal.

Era Riley. La joven ya había dejado claro, varias veces, que prefería ayudar a Maisy antes que trabajar con ella en la tienda. Obviamente, no le interesaban las hierbas ni las flores.

Sin embargo, Annie sabía que su verdadero interés por Maisy no tenía nada que ver con el local, sino con Kenny Hobbes. Resultaba evidente que estaban saliendo.

—Por fortuna, mis clientes no piensan lo mismo que tú.

Riley puso cara de pocos amigos, pero empezó a mirar las etiquetas de los frasquitos.

—Huele como a regaliz. Y odio el regaliz.

—Entonces, intentaré no ponértelo para cenar.

Annie siguió trabajando en la cesta que estaba preparando, hasta que diez minutos más tarde, se oyó la voz del novio de Riley.

—Ah, por fin te encuentro… Esta tienda está llena de cosas raras. ¿Seguro que no vendéis nada ilegal?

—No —respondió Annie—, pero me resultaría fácil envenenar a alguien si me apeteciera.

—Guau… Oye, Riley, ¿tienes trabajo que hacer o puedes salir un rato?

Riley miró a su tía y preguntó:

—¿Puedo?

Annie asintió.

—Está bien, pero nada de puestas de sol. Ya sabes a lo que me refiero.

Riley se ruborizó y asintió.

—Ah, y quiero que estés en el centro social a la hora de cenar.

Los dos adolescentes salieron de la tienda y se cruzaron con Logan, que entraba en aquel momento.

—Hola, Annie…

Annie lo miró y se preguntó dónde habría estado todo el día. Se había afeitado y se había cambiado de ropa. Llevaba unos vaqueros tan desgastados que parecían blancos y una camiseta de la Universidad de Los Ángeles, pero su expresión era tan extraña que preguntó:

—¿Te encuentras bien?

—Sí, perfectamente —respondió, mientras miraba las cajas del almacén, preparadas para el envío—. Veo que has estado trabajando.

—Sí. Esos son los últimos pedidos que recibimos antes de la tormenta. Pero no puedo enviarlos sin transporte.

—Y supongo que habrás perdido otros muchos pedidos por culpa del mal tiempo —dijo él.

—Qué se le va a hacer...

Annie terminó la cesta que estaba preparando, la introdujo con sumo cuidado en una caja de cartón y la dejó sobre las demás. Acto seguido, se limpió las manos en el delantal que llevaba puesto e intentó pensar en otra cosa que la mantuviera ocupada.

No quería quedarse sin hacer nada porque corría el peligro de dejarse llevar por el deseo.

—¿Qué tal está tu brazo hoy? —preguntó ella.

—Bien, muy bien. ¿Y tu rasguño?

—Bah, eso no fue nada —respondió, en pleno intercambio de naderías—. Por cierto, ¿sabes cuándo van a arreglar la electricidad y el teléfono?

—No.

Logan tomó una ramita de romero y la olió.

—No parece que eso te moleste demasiado.

—Soy un hombre paciente.

Ella arqueó una ceja.

—Si tú lo dices...

Annie tomó un tarro de crema, lo metió en una bolsa con el logotipo de la tienda, recogió las llaves y se dirigió a la salida posterior.

—¿Adónde vas? —preguntó él.

—A llevar esto a Darla Towers. Y después, a las plantaciones.

—Todavía están cubiertas de agua.

—Suelen estarlo.

Logan la siguió y ella cerró la puerta con llave.

—Cuando vivía aquí, nadie cerraba las puertas con llave…

—Pensaba que no te gustaba Turnabout.

—Y no me gusta.

—Sin embargo, lo has dicho como si echaras de menos aquellos tiempos.

—No, sólo echo de menos los tiempos en que la gente no tenía que cerrar sus casas con llave.

—Yo sólo cierro la tienda porque dentro está la caja registradora, el ordenador y los productos que vendemos. En Turnabout no suele pasar nada, pero de vez en cuando roban y casi siempre suele ser algún turista. Sin embargo, nunca cierro la puerta de mi casa.

Comenzaron a caminar hacia el domicilio de Darla, una casa que se encontraba no muy lejos del local de Maisy.

—Por cierto, ¿dónde vives? —preguntó ella.

—En ningún lugar en particular.

Annie se detuvo y dijo:

—Logan, si no quieres que me meta en tus asuntos, sólo tienes que decirlo.

—No es eso. Lo he dicho en serio.

—No puedo creer que seas un vagabundo.

—Yo no he dicho eso.

—Bueno, está bien. Si no quieres decírmelo, no lo hagas.

Annie siguió caminando.

—¿Siempre entregas tus productos en persona?

—No, pero no tiene sentido que abra la tienda estos días. Si alguien necesita algo, me lo pide directamente. Como Darla.

—Créeme, anoche no se sentó a nuestra mesa para pedirte cremas, sino para ponerme sus senos de silicona delante de la cara.

—Oh, vamos, Logan… Es una buena mujer, aunque está pasando una mala temporada.

—Vaya, no sabía que ahora fueras defensora de causas perdidas…

—¿Es que no te gusta cómo soy?

—Al contrario. De hecho, ahora me pareces mucho más interesante que antes.

Aquel comentario la desconcertó.

—Pues no tengo ninguna intención de resultarle interesante a nadie.

—Bueno, hay cosas que no se pueden evitar.

—De todas formas, eso de ser interesante es muy relativo. Hay bichos de ocho patas que son muy interesantes y gente que es muy interesante en la cama, por ejemplo —comentó ella.

Logan bajó la mirada y observó sus piernas. Ella pensó que no las encontraría particularmente atractivas, porque llevaba un vestido que casi le llegaba a los tobillos y zapatos con calcetines.

—Yo sólo veo dos piernas…

Annie siguió caminando. Cuando llegaron a la casa de Darla, hizo la entrega del pedido y se marchó calle abajo.

—Te recuerdo que tus plantas están en dirección contraria, Annie.

—Sí, pero estamos cerca del establecimiento de Maisy y quiero ver si Riley está bien.

—El chico con el que está saliendo me recuerda a alguien. Adivina a quién.

—A Iván Mondrago, ¿verdad? —preguntó, refiriéndose a un viejo conocido de su juventud.

—En efecto. Y no estoy seguro de que debas permitirle que salga con él.

—No soy la madre de Riley, Logan, y ni siquiera sé si sería una buena madre.

—Pero ahora eres lo más parecido que tiene a una madre y eres responsable de ella. Deberías mantenerla alejada de ese chico.

—¿Qué quieres? ¿Que la encierre? Eso no serviría de nada. Además, tiene que aprender sus propias lecciones. Tal vez lo hayas olvidado, pero los adolescentes también tienen problemas, como los adultos y hasta los niños. Y a veces deben tomar decisiones.

—Le estás dando demasiado margen porque tus padres no confiaban en ti.

—Eso es lo que creía entonces, pero ahora no opino lo mismo. Ellos tenían razón. Confiaban en mí y traicioné su confianza. Y en cuanto a Riley… el problema no es ella sino Kenny.

—Annie, no te engañes a ti misma. Los modales en la mesa y el tipo de cuchillo que se debía utilizar para cada plato eran lo único en lo que tus padres no se equivocaban.

Annie se rió, aunque la situación no le parecía nada graciosa.

—Bueno, me voy al local de Maisy. ¿Vienes conmigo?

—No, gracias.

Ella supo enseguida por qué no quería ir. Temía encontrarse con Hugo. Al pensar en ello, volvió a sentir una intensa tristeza. Ella no hablaba con sus padres desde hacía tiempo, pero a diferencia suya, no recordaba que Hugo hubiera hablado mal de su hijo ni una sola vez.

—De acuerdo. Entonces, nos veremos a la hora de cenar.

—Allí estaré.

Annie se tomó la frase como una promesa y una maldición.

Sintió una extraña sensación en el estómago y justo entonces comenzó a llover suavemente.

Pasaron varios segundos sin que ninguno de los dos abriera la boca. Y al final, ella extendió un poco los brazos, con las palmas hacia arriba, y dijo:

—Parece que el cielo está empeñado en dar un buen baño a Turnabout.

—Es posible. Pero sea cual sea la razón, estás preciosa bajo la lluvia.

Annie se quedó muy quieta cuando Logan se acercó, la besó en los labios y se marchó.

Todavía seguía allí, tocándose los labios con un dedo, cuando oyó la voz de una persona muy conocida.

Era Sara.

—¿Annie?

—¡Sara! ¿Cuándo has llegado?

—Eso es lo de menos ahora. Pero dime una cosa… ¿El hombre que te estaba besando no era mi hermano, por casualidad?

Capítulo 12

LA cena en el centro social ya había terminado. Los vecinos de Turnabout se habían recuperado del susto del huracán y poco a poco iban recobrando su humor habitual. La gente charlaba animadamente junto al fuego e incluso algunos se habían atrevido a bailar al son de una banda local que resultaba tan entusiasta como poco profesional.

—Es una especie de fiesta —dijo Riley, con una sonrisa—. ¿Dejarás que me quede aquí esta noche, tía? En casa no tengo nada que hacer.

—No hay problema siempre y cuando te quedes aquí de verdad. No quiero encontrarte con Kenny en la misma situación en la que te encontré hace un rato, cuando llegué. ¿De acuerdo?

Annie los había descubierto cuando estaban a punto de besarse y le había sentado bastante mal.

—Kenny se va a quedar con sus padres. Ya te lo he dicho antes —le recordó su sobrina.

Era cierto.

Annie se dijo que debía recordar que Riley no era la buscapleitos que ella había sido a su edad. No atraía los problemas, no se parecían en nada y no era justo que la tratase como si fuera de otro modo.

—Está bien. Si tienes algún sitio donde puedas dormir esta noche, quédate.

Riley y Annie cruzaron la sala y se encontraron con el director del instituto, quien, según había anunciado Sam después de la cena, iba a encargarse de mantener el orden en el centro social. El hombre le aseguro que la presencia de Riley era bienvenida, porque podía echar una mano con los más pequeños, y Annie se quedó bastante más tranquila.

Cuando su sobrina desapareció entre la multitud, sintió cierta angustia. Todavía no había averiguado por qué razón había huido de sus padres; seguía tan ignorante a ese respecto como cuando Riley se presentó en la puerta de su casa.

En ese momento, apareció Logan.

—Ah, hola —dijo, algo sobresaltada—. ¿Sabes que Sara está en la isla?

Su amiga la había sometido a un intenso interrogatorio después de contemplar el beso que Logan le había dado. La quería muchísimo, pero nunca le había contado que había estado enamorada de él. Y tener que explicarle lo que él estaba haciendo en la isla y lo que ella sentía, la había dejado completamente agotada. Además, el descubrimiento de la pequeña aventura de Riley y Kenny añadió más incomodidad a la tarde.

—Sí, me han dicho que consiguió cruzar el canal. Debió quedarse en el continente.

—Bueno, Sara sabía lo que había pasado y lógicamente quiso venir a echar una mano. Hay gente a quien le gusta estar en su hogar.

—Sí, y hay gente tan afortunada que tiene un hogar —puntualizó él.

Annie lo miró de forma extraña.

—¿Qué sucede?

—Nada. Pero ya que está en la isla, ¿no crees que deberías ir a verla? Se quedó encantada cuando supo que te habías dignado a venir de visita... ¿O es que piensas evitarla, tal y como haces con tu padre?

—Si eso es lo que te molesta, puedes estar tranquila. Ya he visto a mi hermana. Y a mi padre, por cierto.

—No estoy molesta.

Logan no la creyó. Sus ojos estaban vidriosos y sus mejillas algo ruborizadas. O estaba enfadada o borracha, pero dudaba que la última opción fuera posible; según le habían contado, no probaba el alcohol.

—Entonces, ¿es por Riley? Yo diría que se está divirtiendo...

—Sí, es verdad. Se va a quedar aquí a pasar la noche.

Logan la miró y Annie se estremeció. Excluido el alcohol, ya sólo quedaban dos posibilidades: o le preocupaba su sobrina o reaccionaba de ese modo por su presencia.

La agarró del brazo y dijo:

—Ven conmigo.

—No pienso acompañarte a ningún sitio. Me voy a casa.

—Como quieras. En ese caso iré por el cochecito de golf y te llevaré.

—No necesito que me lleves. Llevo cinco años haciendo este camino a pie y seguiré haciéndolo cuando te hayas ido.

—Todavía sigo aquí.

—Es una lástima, porque si te hubieras llevado ya a Riley...

—Se habría escapado otra vez —la interrumpió—. Lo sabes perfectamente, así que deja de comportarte de ese modo y dime qué diablos es lo que te inquieta tanto.

—Dijiste que estarías aquí a la hora de cenar —le espetó, sin darse cuenta de lo que decía.

—Tenía cosas que hacer.

—Bueno, de todas formas no es asunto mío. Sara...

—Sara ya me ha dado su opinión.

La hermana que recordaba Logan como una jovencita pelirroja y tranquila, se había convertido en una mujer preciosa, de largas piernas y cabello rizado, que resultaba tan poco callada y tranquila como Hugo. Y esa hermana, precisamente, le había dicho que no le parecía buena idea que besara a su mejor amiga si no pretendía llegar a nada con ella.

Logan había estado a punto de decirle que no tenía intención de hacer nada que pudiera causarle el menor dolor, pero naturalmente no lo hizo. Sin embargo, deseaba a Annie. La deseaba con locura y de hecho estaba sorprendido consigo mismo por haber

sido capaz de controlar sus emociones hasta entonces.

—Te llevaré a casa.

—Ya te he dicho que no lo necesito.

—Pero puede que yo sí.

Annie se quedó perpleja. Lo miró, contempló sus
ojeras y por primera vez pensó que realmente no conocía a aquel hombre, que él tampoco era quien había sido. Pero a pesar de que pretendía mantener las
distancias, no fue capaz de resistirse a la tentación.

Tragó saliva y asintió.

La tensión pareció desaparecer automáticamente
del rostro de Logan, que la acompañó al vehículo de
Leo.

En esa ocasión, Annie no se empeñó en conducir.
La luna iluminaba el camino y ella procuró mantenerse alejada de él para no rozarlo siquiera. Había pasado
varios años construyendo la vida que tenía, haciendo
amigos, levantando el negocio, organizándolo todo y
avanzando por el camino de la responsabilidad. Se había concentrado completamente en ello, como si quisiera borrar a la joven rebelde y extrovertida que había sido, y durante todo ese tiempo se había logrado
convencer de que lo había conseguido.

Sin embargo, en el corto espacio de tres días, su
vida había sufrido un vuelco y no sabía si era por
Logan, por la tormenta, por Riley o por las tres cosas
a la vez.

Se preguntó por qué seguía empeñado en dormir
en su casa. Comprendía que no quisiera hacerlo en
casa de Hugo porque se llevaba mal con él, pero ya
que Sara había regresado, podía alojarse con ella.

En cualquier caso, sabía que habría sido capaz de rogarle que se quedara a su lado. Aquel hombre le gustaba demasiado por mucho que intentara negarlo.

Cuando llegaron a la casa, Annie se bajó del vehículo. Logan no la siguió. Se alejó antes de que ella pudiera entrar en la casa, como si no tuviera razón alguna para quedarse.

Annie entró, se dirigió al dormitorio y se agachó para sacar de debajo de la cama la bolsa donde guardaba el hilo y las agujas de coser; se le había soltado un botón. Pero en lugar de eso, cambió de opinión y sacó las cajas con las fotografías.

Después, decidió salir al muelle y se sentó en la tumbona a contemplar su vida entera en imágenes.

Ni siquiera había terminado el primer álbum, cuando sus ojos ya se habían llenado de lágrimas.

—¿Annie?

Era Logan.

—Siento aparecer así, pero he llamado a la puerta y no contestabas…

Annie cerró los ojos para disimular su emoción.

—Pensaba que te habías marchado…

—Sí, pero he vuelto. ¿Podemos entrar un momento?

—No, no quiero hacerlo. La casa está demasiado vacía.

Logan suspiró y se sentó. Después, la alzó como si fuera una niña y la sentó sobre sus rodillas para intentar animarla.

—Annie… No llores. Todo se arreglará, ya lo verás.

—No, no lo hará…

Había perdido el control de la situación y estaba llorando sin poder evitarlo. Y sorprendentemente, sin saber cómo ni por qué, se inclinó sobre él y lo besó en los labios.

La boca de Logan estaba fría como la noche.

—Annie…

—Bésame.

Logan gimió y ella deseó volver a saborearlo, volver a tocarlo, sentir aquellas manos en su cuerpo.

—Bésame —repitió.

—Quiero mucho más que un beso, Annie. Tú no eres…

Annie lo interrumpió tomando la iniciativa y besándolo otra vez.

—Yo también quiero más —dijo en un susurro—. Lo quiero todo.

Logan tomó la cara de Annie entre sus manos y la obligó a mirarlo. Los ojos del hombre parecían tan oscuros como el cielo nocturno, pero no resultaban menos intensos por ello.

—¿Estás segura?

Ella asintió.

—Sí.

Esperaba que Logan devorara su boca, pero la besó suave y dulcemente, como probando.

Annie no quería eso. No quería que la tratara con delicadeza.

—Logan…

—No digas nada.

Logan alzó una mano y le secó las lágrimas con un dedo. Después, se inclinó sobre ella y la besó en la comisura de los labios con una infinita dulzura de la que ella nunca le habría creído capaz.

—No te haré daño —dijo.

De haber tenido fuerzas para ello, Annie se habría reído. Pero se limitó a quedarse en silencio, dejando que la acariciara y que explorara los rasgos de su cara y la curva de su cuello, bajando poco a poco hacia la parte superior de sus senos.

Aquello era una verdadera tortura.

—Eres tan bella… Más bella que nunca.

En ese momento, Annie recordó la noche de la fiesta de la boda de Will. Entonces también le había dicho que era muy guapa, pero para añadir después que también era una niña mimada y egoísta.

—No pensemos en el pasado —dijo ella—. El pasado ya no existe.

—Es cierto. Ya no existe. Se ha ido.

—Hazme el amor, Logan. Hazme el amor ahora…

Annie no perdió el tiempo. Se quitó el vestido por encima de la cabeza y dejó que cayera al suelo. Pero debajo llevaba una camiseta.

Logan se inclinó y comenzó a besarla en el vientre y en los senos mientras se afanaba por quitarse la camisa. Sin embargo, aquello no era suficiente para ella. Quería sentirlo desnuda, sin barrera alguna.

Ella le ayudó con la camisa y él hizo lo propio con la camiseta de Annie, que sintió frío. Supuso que debía tener un aspecto muy extraño; ya sólo llevaba el sujetador, las braguitas y los zapatos con calcetines blancos.

Acto seguido, Logan la tomó en brazos y la llevó

al interior de la casa. Se dirigió directamente a su dormitorio, sin tropezar con nada a pesar de la oscuridad, y Annie casi agradeció que la falta de electricidad los ocultara. De ese modo se sentía menos cohibida.

La dejó sobre la cama. Después, le quitó los zapatos y los calcetines y la besó en las piernas.

—Logan, no sé si puedo...

—Tranquila. Nos lo tomaremos con tanta calma como quieras. Haremos lo que necesites.

Annie necesitaba superar el pasado, sacarse de dentro todo lo que había acumulado durante años. Y eso se podía expresar de una forma tan directa como sencilla:

—Te necesito a ti.

Se arqueó contra él, tentándolo, y él la besó de forma apasionada. Era una sensación maravillosa, única, inmensamente seductora. Y cuando al cabo de unos minutos se apartó un poco, sólo pudo oír sus aceleradas respiraciones; un sonido que la acompañaría el resto de su vida.

—Todavía podemos detenernos si quieres...

La voz de Logan sonaba ronca.

—¿Todavía? —preguntó ella, aunque no quería detenerse.

—Por supuesto que sí. Si no estás preparada, podemos dejarlo.

—Se nota que eres más fuerte que yo —dijo, arqueándose otra vez—. Porque yo no podría detenerme aunque quisiera.

Él comenzó a besarla y a acariciarla; esa vez, sin contenerse.

Cubrió de besos sus hombros, sus muslos y sus senos. Después, introdujo una mano entre sus piernas y acarició suavemente el sexo de Annie. Estaba tan excitada que creyó que él podría oír los latidos de su corazón. No era precisamente virgen, pero a todos los efectos aquello era nuevo para ella. Nunca había experimentado nada tan intenso.

—¿Seguro que quieres que sigamos?

—Sí.

—En tal caso…

Logan se tumbó a su lado y estuvieron besándose y acariciándose un buen rato, apretados el uno contra el otro, hasta que él se apartó repentinamente y dijo:

—Espera un momento.

Annie no tardó en comprobar por qué se había alejado. Había sacado un preservativo y se lo había puesto.

—Piensas en todo —dijo ella, divertida.

—Por supuesto. Siempre hay que estar preparado.

A partir de ese momento no hubo más palabras. No hubo nada salvo gemidos, jadeos y la sensación del contacto de sus cuerpos.

Annie pensó que probablemente Logan podía protegerla de sí misma. Pero mientras se amaban, mientras la noche transcurría entre besos y caricias, también pensó que ella también podía protegerlo a él.

Annie abrió los ojos, sobresaltada. Se incorporó levemente, apoyándose en los codos, y Logan le acarició el cabello.

—¿Te encuentras bien? —preguntó.

Ella se quedó callada un momento. No sabía qué la había despertado, pero la casa estaba en silencio y no se oía ninguna tormenta en el exterior. Por la luz de la habitación, supuso que estaba a punto de amanecer.

—Sí, estoy bien.

Annie lo miró y olvidó el sobresalto de inmediato. Su visión bastó para excitarla otra vez, para hacer que la sangre volviera a recorrer sus venas.

Su cabello parecía más oscuro que nunca contra la almohada blanca, y su cuerpo resultaba de un moreno cobrizo contra las sábanas. Pero por muy atractivo que fuera, lo que la volvía completamente loca no era su cuerpo sino aquella mirada intensamente íntima, como un rayo de sol que abriera sus pétalos.

Se dejó llevar por el deseo y se inclinó sobre él hasta que sus labios estuvieron a escasos milímetros de la boca de su amante. Después, dobló una pierna sobre su cuerpo y apretó los senos contra su pecho. Él llevó las manos a sus caderas y la penetró suavemente.

Logan gimió. Apretó los dedos sobre el cuerpo de Annie, que gritó sin poder evitarlo, y los dos empezaron a moverse al unísono, como si fueran una única persona.

Al parecer, la realidad era mejor que los sueños.

Capítulo 13

LOGAN aprovechó que Annie seguía dormida para prepararle un baño caliente. Cuando ella se despertó y fue al cuarto de baño, se sorprendió al descubrir el inesperado gesto de ternura y más aún al verlo con gesto agobiado y cargando dos cacerolas repletas de agua caliente. Se inclinó hacia adelante y lo abrazó mientras pensaba que hasta el hombre más práctico podía actuar como un auténtico inexperto.

—Hola —dijo él, mientras dejaba las ollas en el suelo—. De haber sabido que llenar la bañera iba a costarme tanto trabajo...

Annie sonrió con complicidad, le acarició una mejilla y se apartó para quitarse el albornoz y meterse en el agua. Se sentó lentamente y recostó la espalda contra la bañera. La sensación era tan placentera que, aunque estaba ansiosa por ir al centro social a buscar a Riley, suspiró y se convenció de que no pasaría nada si se esperaba un poco más.

—Gracias. Me siento como si estuviera en el paraíso... —murmuró—. Métete conmigo, Logan. El agua está perfecta.

—La he calentado para ti... —se excusó.

Ella se sumergió en la bañera hasta que el agua le rozó la barbilla y sonrió con picardía.

—Hay espacio suficiente para ambos —afirmó—. Vamos, entra y deja que te enjabone la espalda.

—¿Y qué puedo hacerte a cambio?

—Lo que quieras —respondió Annie, mordiéndose el labio inferior.

—De acuerdo. Hazme sitio —ordenó él mientras se quitaba los pantalones.

La mujer tragó saliva ante la visión; esa vez, no había sombras ni marañas de sábanas en las que ocultarse, sólo su amante en toda la esplendorosa virilidad de su desnudez. Con un suspiro ahogado, se movió hacia el centro de la bañera.

Logan se metió en el agua, la abrazó por la cintura, la atrajo hacia él y agarró el jabón.

—¿Hierbas de la isla? —preguntó, oliendo la pastilla.

—Por supuesto.

—Huele a ti —le susurró al oído.

Annie le quitó el jabón de las manos, se dio la vuelta y recostó la espalda contra el extremo opuesto de la bañera; sabía que si permitía que la tocara con las manos jabonosas, perdería el control definitivamente.

—Quiero ir a buscar a Riley cuanto antes —dijo.

—¿Antes de que Kenny la encuentre? —preguntó Logan mientras le enjabonaba las piernas—. Tranquila, es temprano todavía. Nos hemos despertado al amanecer y nadie irá al centro social hasta dentro de un buen rato.

—En un día normal, trabajaría en el campo antes de abrir la tienda...

Entonces, sintió que Logan la estaba acariciando y quiso resistirse.

—¿Es que no te cansas nunca?

Él la miró con malicia, recuperó el jabón y la rodeó con sus piernas.

—Nunca es suficiente... —aseguró.

Consciente de las intenciones de Logan, Annie se llevó las rodillas al pecho y se enjuagó los muslos con determinación. Él se rió enternecido por el pudor que mostraba con semejante gesto.

Tras jugar durante algunos minutos a disputarse el jabón, Logan aceptó a regañadientes usar la maquinilla de Annie para afeitarse. Después, la observó con abierta fascinación mientras ella se depilaba las piernas con una destreza admirable.

Annie se sentía algo avergonzada por la situación. Tal vez bañarse con un hombre era algo común para otra mujer; para ella, en cambio, no. Jamás se había sentido tan expuesta ni tan endiabladamente feliz.

Pero a pesar de todos sus temores, se convenció de que lo mejor era actuar con naturalidad.

—¿Cómo es un día normal para ti? —preguntó mientras se humedecía el pelo para lavarse la cabeza —. Quiero decir, ¿cómo es cuando no estás atrapado en una isla que odias, tratando de convencer a la hija de un amigo para que regrese a casa?

Annie había hablado en tono amigable y sonreía de manera burlona; sin embargo, aquella pregunta inocente, había servido para recordarle a Logan que sus días en Turnabout estaban contados.

—Es más normal de lo que crees —contestó.

Acto seguido, el hombre le alcanzó una cacerola con agua limpia para que se enjuagara el cabello y sin decir una palabra más, se puso de pie. Se inclinó hacia adelante con intención de ayudarla a salir de la bañera, pero se detuvo al ver que Annie lo miraba con sus grandes y preciosos ojos verdes.

Aquella mirada que entremezclaba miedo y fascinación era capaz de derretir un iceberg. Logan comprendió que era mejor que se alejase de allí cuanto antes. Salió de la bañera y se excusó:

—He dejado agua en el fuego.

Con la esperanza de que no se hubiera consumido, se envolvió en una toalla y salió del cuarto de baño.

Al llegar a la cocina descubrió que el agua no se había evaporado pero que la llama estaba apagada. La bombona de gas estaba vacía y sólo les quedaba una más.

Logan suspiró y maldijo en voz baja. Lamentablemente, Turnabout no tenía población suficiente como para justificar que se solicitara asistencia al gobierno nacional y encima, para disgusto de Sam, los concejales de la isla les habían asegurado a todas las organizaciones de emergencias que estaban en condiciones de sobrellevar la situación por sus propios medios. Pero la realidad era bien distinta; ni se habían ocupado de reparar el sistema eléctrico ni habían hecho nada por conseguir provisiones. Lo único que habían logrado, y con creces, era ganarse el odio de la población.

Él no tenía dudas sobre lo acertado que había sido marcharse de la isla; nunca lo había dudado. Había regresado a Turnabout por un motivo concreto y con la absoluta certeza de que saldría de allí en cuanto resolviese el problema. La tormenta, por supuesto, no habría sido ningún obstáculo para él.

Sin embargo, no podía negar que se sentía mucho más inquieto ante su marcha de lo que había imaginado.

Respiró hondo y se pasó una mano por la cabeza. Lo único que tenía que hacer era regresar al cuarto de baño, atraer a Annie hacia él y evitar cualquier pensamiento prudente durante un rato. Sin embargo, prefirió esperar. Levantó la bombona vacía, la dejó a un lado con desgana y se dio la vuelta.

Ella acababa de entrar y estaba de pie en la puerta de la cocina, envuelta en una toalla y mirándolo con inquietud.

—Estás molesto —dijo ella.

Logan intentó ocultar la frustración que sentía.

—No —contestó.

Los ojos de Annie se posaron en la bombona durante unos segundos.

—Sabes que puedes hablar conmigo de lo que sea, Logan.

El comentario desató las alarmas de los dos. Se

habían metido en la piel del otro hasta volverse casi inseparables, pero en realidad nunca habían hablado de sus sentimientos.

—No estoy enfadado —insistió él.

Annie entrecerró los ojos y asintió con resignación.

—Será mejor que vaya a buscar a Riley.

—¿Eso es todo? —exclamó Logan— ¿No vas a discutir ni a cuestionar nada de lo que digo? ¿Sólo vas a acatar y a actuar como si nada hubiera pasado?

Al ver el gesto apesadumbrado de Annie, él sintió que se le partía el corazón.

—¿Qué es lo que quieres de mí, Logan?

—Quiero que dejes de actuar como si la vida fuera a castigarte si te equivocas; quiero que dejes de esconder la cabeza como un avestruz...

Annie apenas podía contener el llanto; sus preciosos ojos verdes brillaban como dos esmeraldas recién pulidas.

—La vida ya me ha castigado, Logan. Y la verdad es que me gusta mucho más la Annie que soy ahora que la que solía ser. ¿Tú puedes decir lo mismo? —replicó ella, moviendo la cabeza de un lado a otro—. No hace falta que contestes, sé que no dirías nada. Puedes venir aquí, hacerte el héroe porque Riley está angustiada, pasar algún buen rato con la buena de Annie, o mejor dicho, con la pobre y tonta de Annie, y luego largarte de nuevo con la sensación de que has cumplido con tu deber.

—Yo no he...

—Deberías mirarte al espejo, Logan. Necesitas tanta ayuda como el resto de los mortales. ¿Nunca permitirás que nadie te conozca tal cual eres? ¿Nunca abrirás tu alma y tu corazón?

—Te he abierto mi alma y mi corazón, Annie —aseguró él, en tono cansino.

Ella parecía asustada y triste, a juzgar por el gesto de su boca.

—Creo que los dos sabemos que hay parte de verdad en esa afirmación. Sin embargo, a pesar de lo que hacemos juntos, hay demasiadas cosas que no sabemos. Demasiadas cosas que ocultamos —dijo y desvió la mirada hacia el suelo—. Tú y yo somos tan parecidos, Logan. Nunca lo había notado, pero ahora lo veo claramente.

—Tú no te pareces en nada a mí.

Para él, Annie era alguien que sembraba, cultivaba, cosechaba y empezaba de nuevo. Alguien que construía. Él, en cambio, lo destrozaba todo.

—Tú abres el corazón sólo hasta donde te resulta cómodo —afirmó ella—, pero eso no basta. Te cierras y no te dejas llevar por tus sentimientos porque temes que te lastimen.

—Nada ni nadie me ha lastimado.

—En mi opinión, Logan Drake, sufres mucho más que cualquiera de nosotros.

Él la recorrió con la mirada.

—Si algo me lastima es desear tanto lo que se oculta bajo esa toalla.

Annie tragó saliva y, ante los sorprendidos ojos de su amante, se llevó una mano al pecho, se liberó de la toalla y la dejó caer al suelo. Después, caminó hacia él; tenía un cuerpo precioso, un verdadero festín de piel y curvas femeninas. Logan no daba crédito a sus ojos; cuando pudo reaccionar, tenía la espalda pegada a la encimera y los senos de Annie apretados contra su pecho desnudo.

—Lo que te está lastimando, Logan, está aquí —susurró y le apoyó una mano en el pecho a la altura del corazón—. Aquí.

Aunque el contacto era apenas un roce suave y ligero, él sentía como si lo estuvieran atizando con un hierro candente.

Acto seguido, ella se dio la vuelta para recoger la toalla y se marchó a su dormitorio. Unos segundos más tarde, Logan la oyó cerrar la puerta.

Tras un largo rato en silencio, se obligó a ir hasta la sala a buscar algo de ropa con la que vestirse. Cuando Annie apareció en la puerta principal, él estaba esperando afuera. Parecía sorprendida de verlo todavía allí, pero no dijo nada. Tampoco hizo comentario alguno mientras caminaban hacia el coche de Leo, que Logan había aparcado a un lado de la carretera la noche anterior.

Todo parecía indicar que sería un día casi primaveral; el sol que asomaba por el horizonte comenzaba a calentar el ambiente, no había nubes a la vista y soplaba una brisa suave y agradable. Sin embargo, el ambiente entre ellos era sombrío y cargado de tensión.

Subieron al vehículo y se dirigieron al centro social. Al llegar vieron una columna de humo saliendo de la chimenea. Alguien había armado varias mesas largas afuera, repletas de cubos con naranjas, uvas y albaricoques. También había una gran canasta con bollos y una bandeja con huevos revueltos.

Al menos el generador de electricidad estaba funcionando. Diego tenía un buen suministro de combustible en el puerto.

Maisy, que parecía ser la jefa del operativo, le hizo una seña a Logan y dijo:

—Has llegado justo a tiempo. Ven a ayudarme con estas mesas. Necesitamos más espacio.

Logan no tenía ganas de volver a ver a su padre, pero no iba a desairar a Maisy sólo porque estuviera con él. Annie miró al grupo, saludó entre dientes y entró al edificio. Maisy tomó a Logan del brazo y le explicó cómo estaba organizando todo.

—George está preparando el desayuno aquí. La cocina de mi local no funciona. Además, si no consumimos los alimentos perecederos pronto, tendremos que tirarlos —argumentó la mujer—. Para el caso, es mejor usar el generador. Mis clientes llegarán en cualquier momento.

En aquel instante, Annie apareció en la puerta.

—Logan, Riley no está —dijo, pálida—. Ni siquiera ha dormido aquí.

—La he visto esta mañana, Annie —afirmó Maisy—. Hace un rato estaba en la playa con ese chico, Hobbes...

—Kenny —balbuceó Annie, tensa.

Después, se volvió para ir a buscar a su sobrina, pero Logan la agarró de un brazo para detenerla.

—Es culpa mía—exclamó ella, con gesto desesperado—. Debería haberla llevado a casa conmigo.

Con un movimiento brusco se apartó de Logan y salió corriendo hacia la playa. Cuando estaba a mitad de camino, aceleró el paso y gritó:

—¡No! ¡Aléjate de ella!

Logan soltó una palabrota y saltó el muelle de piedra, preparado para lo peor. Annie se había lanzado sobre los adolescentes y había apartado a Kenny de su sobrina de un empujón. Riley estaba llorando desconsoladamente pero, aparte de las lágrimas, parecía estar sana y salva.

Annie se volvió hacia Kenny y lo agarró de la camiseta.

—¿Qué le has hecho? —preguntó, furiosa.

A pesar de que era varios centímetros más alto que ella, el chico parecía aterrorizado.

—Yo no... —balbuceó mientras trataba de zafarse.

Annie avanzó sobre él con gesto amenazador.

—Maldito seas, Drago —exclamó—. ¿Qué has hecho?

Logan la agarró de la cintura y la apartó de Kenny.

—Él no es Drago —le susurró al oído—. No es Drago, preciosa.

Acto seguido, miró al muchacho y al ver que intentaba escapar, le ordenó:

—No te muevas.

Aunque tenía que lidiar con el forcejeo de Annie, la voz de Logan sonaba notablemente calmada. Kenny no le caía bien, pero no podía permitir que Annie cometiera una locura.

—¿Estás bien? —le preguntó a Riley.

La joven estaba mirando a su tía con la boca abierta. Tenía los ojos llenos de odio y rebeldía y parecía dispuesta a escapar, pero no lo hizo. Sencillamente, asintió con la cabeza.

—¿Quién demonios es Drago? —preguntó Kenny, desconcertado.

Pero Annie estaba demasiado concentrada en librarse de Logan como para oírlo.

—Juro que si le has tocado un pelo a mi sobrina, tendrás que vértelas conmigo.

Logan la aferró con más fuerza y la maldijo cuando, en medio del forcejeo, le dio una patada en un tobillo.

—Cálmate, Annie. Estoy tratando de ayudarte.

—¡Entonces, suéltame!

—¡Sólo estábamos hablando! —afirmó Riley a gritos—. Estás loca, Annie. Loca.

—¿Hablando? —replicó la mujer en idéntico tono—. Estás llorando, Riley.

Los ojos de la joven parecían dos zafiros húmedos.

—¡Sí, hablando! Él por lo menos me escucha. Tú sólo quieres enviarme de regreso a casa para poder disfrutar de las puestas de sol con ese hombre —dijo, señalando a Logan.

De repente, Annie dejó de forcejear.

—No —contestó—. Riley, eso no es...

—Os he visto juntos —la interrumpió su sobrina—. Regresé porque por fin me sentía en condiciones de decirte lo que sé, pero estabas con él.

—¿Volviste a la casa?

Logan sintió la consternación que sacudía a Annie al oír a su sobrina.

—¿Cuándo, Riley? —preguntó.

—Tu ropa estaba en el suelo —dijo la chica, mirándolo con odio—, estabas en su habitación... No hay que ser un genio para saber lo que estabais haciendo allí.

Hizo una pausa, respiró hondo y dirigiéndose a su tía, agregó:

—No me sorprende que dijeras que podía quedarme en el centro social. ¡Querías librarte de mí, siempre has querido hacerlo!

—Eso no es cierto, mi vida —replicó Annie.

—¡No me mientas! ¡Estoy harta de que todos me mientan!

Annie se había inclinado para abrazar a la joven, pero se contuvo al oír la acusación.

—Nadie te está mintiendo —afirmó, con la voz atragantada—. Riley, cariño...

—Todos me están mintiendo. ¡Mi vida entera es una mentira! Nadie me quiere cerca. Tú me quieres fuera de la isla. Mis padres pretenden enviarme a un internado para olvidarse de que existo.

—Riley, sabes que eso no es verdad. Ellos te quieren. Ellos...

—Ellos aman sus trabajos —alegó la chica—. William Hess, nacido para ser el nuevo fiscal general. Todos me repiten una y otra vez lo grandioso que es. Si de verdad fuera tan listo y tuviera tanto talento como dicen, habría notado que nuestra casa dejó de ser un hogar hace mucho tiempo. Siempre ha dicho que éramos lo más importante para él, pero mentía y ha convertido la casa en el cuartel general de su campaña electoral.

—Pero eso se acabará en cuanto pasen las elecciones —aseguró Annie.

—Sea como sea, nunca está en casa. En cuanto a

mi madre, siempre está ocupada sacando a algún cliente de la cárcel. a veces nos pasamos varios días sin vernos —dijo Riley con la voz quebrada—. Le advertí que lo lamentaría, pero a él no le importó...

Logan se estremeció al comprender lo que sucedía.

—Has sido tú quien ha enviado esas cartas, ¿verdad, Riley? —preguntó él.

—¿Qué cartas? —dijo Annie con un hilo de voz.

La joven miró a Logan con detenimiento y confesó.

—Sí, fui yo, pero al parecer no sirvieron de mucho —declaró entre lágrimas—. Hice lo imposible para que se fijaran en mí, pero ni aun así conseguí llamarles la atención. Utilicé los sobres de mi madre, corté las letras de las revistas de mi padre y nada. Muy observadores, ¿no te parece?

—Will jamás habría pensado que su propia hija podía encontrarse entre los sospechosos —observó Logan.

—¿Sospechosos? —insistió Annie, visiblemente desconcertada.

—¡Yo no soy hija de Will! —gritó Riley.

Después, miró a Annie y con las mejillas humedecidas por el llanto, agregó:

—Soy hija de ella.

Capítulo 14

ANNIE sintió que se le aflojaban las piernas al enterarse de que Riley sabía la verdad. Estaba tan aturdida que apenas notó que Logan la había soltado; estiró una mano para tratar de alcanzar a su sobrina, a la hija que no había podido reclamar en todos esos años, pero la joven retrocedió para impedir que la tocara.

—Oh, Riley... —murmuró.

—¿Lo ves? Has mentido —dijo la chica, compungida—. Ellos han mentido. Todos mienten. Todos.

Annie pensó que Riley tenía razón. Todos le habían mentido, o al menos, no le habían dicho la verdad.

—¿Cómo te has enterado?

—Por la abuela Hess. Vino a buscarme al instituto el día que cumplí quince años y me lo contó —explicó Riley—. ¿No te parece encantador de su parte?

Lucía Hess no había tenido un sólo gesto de generosidad en su vida. Si esa vez había recurrido a la verdad había sido por simple crueldad: sabía que hiriendo a Riley lastimaría a Annie.

—¿Qué te ha contado? —dijo Annie con voz trémula.

—Todo.

Riley hizo una pausa para mirar a Kenny, que observaba la situación con recelo y fascinación, y continuó:

—¿Querías saber quién demonios era el tal Drago? —le preguntó.

Annie sintió que iba a vomitar y rogó en silencio para que Riley no siguiera adelante con sus revelaciones.

—Es mi padre —dijo la chica—. La abuela creyó que tenía derecho a saber que mi verdadero padre está en prisión por tráfico de drogas.

El joven la abrazó y se la llevó del lugar. Annie se llevó una mano a la boca y trató de seguirlos, pero Logan se interpuso en su camino.

—Deja que se vaya, Annie.

—Pero él es...

—Él no es Drago —afirmó Logan, mirándola a los ojos—. A mí tampoco me gusta Kenny, pero de momento, es la única persona con la que Riley no está molesta.

—¿Cómo pudo mi madre hacer algo semejante? ¿Herir a Riley? Ella jamás les ha hecho nada malo a mis padres, nunca los avergonzó ni les faltó al respeto. No es más que una chiquilla inocente —sollozó y se dejó caer de rodillas en la arena—. ¿Cómo ha podido, Logan? ¿Por qué?

Logan se sentó a su lado pero no trató de tocarla; parecía sólo querer rodearla, protegerla. Annie agradeció la delicadeza de su gesto, pero en aquel momento sentía que ya nada podía protegerla.

—Riley no puede seguir castigando a Will y a Noelle. A pesar de lo que Riley crea, Logan, la quieren como si fuera su propia hija —afirmó—. A veces, confiar en ese amor es lo único que me mantiene viva.

—Riley es inteligente, Annie. Está sufriendo, pero en cuanto descubrió la verdad vino a buscarte.

—Y le he vuelto a fallar.

—¿Cómo? ¿Por no leer su mente? Vamos, preciosa, no podías saber...

—Sabía que había algo más, lo presentía. No era sólo que no quisiera ir a Bendlemaier, había otro motivo.

—Probablemente, quería juzgarte con sus propios ojos. Si hubiera creído en todas las barbaridades que le dijo Lucía, no habría venido aquí.

—Y en lugar de desmentir las palabras de mi madre, Riley comprobó que estaba en lo cierto...

—Lo que descubrió fueron los hechos —dijo Logan, mientras se ponía de pie—, pero no sabe la verdad porque desconoce las circunstancias que rodearon a esos hechos.

Annie se pasó una mano temblorosa por el pelo y se enderezó, aunque teniendo cuidado de no mirarlo a los ojos. No podía, no tenía fuerzas. Se preguntaba cuál era la verdad. Los pocos días que Logan había pasado con ella habían bastado para que se metiera bajo su piel. Sin embargo, se iría y la dejaría en medio de una soledad insoportable. Había aceptado convertirse en la tía de Riley porque sabía que era lo mejor para su hija pero, en aquel momento, sentía que la muralla que había construido para reprimir la pena se desmoronaba ante los sensibles ojos de su amante.

—La verdad es que Will y Noelle adoptaron a Riley cuando tenía dos años —explicó Annie—. Y siempre la quisieron como si fuese su hija.

—¿Pero por qué no le dijeron la verdad? ¿Qué tenía de malo que supiera que eras su madre biológica? Estoy seguro de que habría entendido que eras prácticamente una niña cuando nació —afirmó él, tomándola de la barbilla para forzarla a mirarlo—. ¿Cuántos años tenías? ¿Dieciocho?

—Sí y veinte cuando reconocí la verdad —contestó ella, con crudeza—. La verdad era que era incapaz de brindarle a Riley la clase de cuidados que se merecía. Enfermó, Logan, tuvo una infección respiratoria que podría haberla matado y yo era demasiado pobre para pagar un buen médico y demasiado orgullosa como para pedir ayuda a la seguridad social. De no haber sido por Will y Noelle...

A Annie se le hizo un nudo en la garganta al recordar aquella terrible y dolorosa época.

—¿Y tus padres no te ayudaron? —preguntó Logan.

—¿Bromeas? Cuando descubrieron que estaba embarazada, trataron de obligarme a abortar. No querían que la sangre de los Hess se mezclara con la de Drago. Cuando me negué a hacerlo, me echaron de casa. Estoy segura de que creyeron que como no tenía dinero ni trabajo haría lo que querían.

—Pero no lo hiciste.

Ella se apoyó contra el muro de piedra que bordeaba la playa; le temblaban las piernas y no estaba segura de poder mantenerse en pie mucho más tiempo. Bajó la vista y se concentró en sus manos.

—Siempre hice lo que querían, Logan, pero por primera vez había algo que importaba más que satisfacer los deseos de mis padres. Estaba embarazada, iba a tener un hijo, un bebé inocente —relató, con voz trémula—. Sé que era demasiado joven para ser madre, pero era mi cuerpo y tenía derecho a decidir qué hacer con él. ¿Sabes qué fue lo último que me dijo mi madre? Que era tan inútil que sería incapaz de hacerme cargo de una criatura.

—¿Y qué hiciste?

Aunque Annie llevaba años sin hablar sobre aquella época, el recuerdo era tan vívido que parecía haber ocurrido el día anterior.

—Will y Noelle me ayudaron a encontrar un pequeño piso y se ocuparon de pagar el alquiler los primeros meses. Después, me negué a que siguieran haciéndolo porque no quería vivir de su caridad eternamente. Iba a ser madre y tenía que asumir mis responsabilidades —rememoró Annie—. Traté de conseguir un buen trabajo pero me fue imposible; me habían echado del instituto porque no querían estudiantes embarazadas y no tenía referencias laborales, así que mentí acerca de mi edad y conseguí un trabajo como camarera en un bar cercano a la universidad, aprovechando que al dueño le importaba más cómo rellenaba el uniforme que lo bien o mal que sirviera las copas. Tuve que renunciar cuando el embarazo se empezó a notar, pero para entonces había conseguido juntar algunos ahorros y podía pagar el alquiler por mi cuenta. Además, a los pocos días conseguí otro trabajo en el que no importaba tanto la figura.

—¿Sara estaba al tanto de lo que ocurría?

—Sara fue mi ángel de la guarda —dijo, emocionada—. Riley nació el día en que se suponía que ella debía presentarse a su examen final. Había prometido estar conmigo y no se apartó de mi lado hasta que nació la niña.

—Sara, siempre tan leal ...

—Riley era un bebé maravilloso, Logan. Todo lo hacía antes de tiempo. Andar, hablar —contó ella con la voz quebrada—. Sabía que se merecía más de lo que podía darle, pero no podía. Era demasiado egoísta.

—No hay ni un gramo de egoísmo en ti.

Annie movió la cabeza en sentido negativo.

—Lo había, créeme. Después, ella enfermó y, como siempre, Will y Noelle estuvieron allí para ayudarme. Y pensar que estaba tan celosa de Noelle cuando se casó con mi hermano…

Logan asintió con un gesto.

—Creía que iba a robarme a mi familia, pero estaba equivocada —continuó Annie—. Ella fue maravillosa y mucho más amable de lo que me merecía. A veces se quedaba cuidando a Riley cuando yo tenía que trabajar. Estaba preparando su tesis doctoral y sabes lo duro que es eso; sin embargo, siempre estuvo ahí para ayudarme con la niña.

—Sí, son todos unos santos...

Había cierto sarcasmo en el tono de Logan. Se moría de ganas de estrangular a George y Lucía Hess y, ciertamente, no le faltaban ganas de hacer algo parecido con Will y Noelle.

—Lo que no acabo de comprender es por qué no se limitaron a ayudarte con Riley —declaró—. O por qué, al menos, no le contaron que eras su madre antes de que lo averiguara por su cuenta. Tenía derecho a saber la verdad.

—¡Porque fui yo quien les suplicó que se la llevaran! —gritó Annie, cubriéndose la cara por vergüenza—. Casi se muere porque yo no me daba cuenta de lo enferma que estaba. ¡No estaba a salvo conmigo! Todo lo que mis padres me habían advertido era cierto. Lo mejor que podía hacer era dejar a Riley con gente que fuera capaz de ocuparse de ella. A Noelle le bastó echarle un vistazo para llevarnos directamente al hospital. Ella sabía cómo ser madre. Yo, no.

—¿Y Drago?

Annie puso cara de asco, como si oír ese nombre le provocara náuseas.

—Estaba en prisión. Nunca se lo conté. No he vuelto a hablar con él desde aquel día, después de la boda de Will. Ni siquiera le dirigí la palabra cuando nos arrestaron al día siguiente.

Logan se estremeció al oírla.

—¿No has vuelto a ver a Iván Mondrago? ¿Jamás?

—Cuando salió de la cárcel quiso ir a la casa, pero mi padre había contratado a un guardia de seguridad para impedir que se acercara y para garantizar que yo no saliera de allí —respondió Annie—. Creo que siempre creyeron que estaba involucrada en el asunto del tráfico de drogas.

Se detuvo un momento y lo miró a los ojos.

—¿Comprendes por qué no queríamos que Riley supiera que soy su madre, Logan? Habría preguntado quién era su padre biológico y no queríamos que se enterara de que era hija de un delincuente.

Él desvió la vista hacia el mar, pero en su mente tenía la imagen de Annie casi dieciséis años atrás. No podía dejar de pensar en lo que había sentido al entrar en ella. Estaba seguro de que entonces era virgen, por eso no comprendía por qué Annie insistía en que Drago era el padre de Riley si aseguraba que no lo había vuelto a ver después de la boda.

Nadie había hecho el amor con ella antes que Logan, pero Annie parecía haberlo olvidado.

—Tengo que ir a buscarla —dijo la mujer—. Hablar con ella, contarle...

—¿Contarle qué?

—No lo sé, pero no puedo permitir que siga creyendo que no es importante para sus padres —afirmó Annie, antes de marcharse.

Logan la observó mientras se alejaba y después se sentó con la mirada perdida en el océano. Estaba aturdido; Riley creía saberlo todo, pero ni siquiera la propia Annie conocía completamente la verdad. Él, sí: Riley era su hija. Y si Annie consideraba que Drago era un padre inapropiado para la pequeña, Logan temía lo que podría llegar a pensar si se enteraba de quién era él con exactitud.

En aquel momento apareció Sara y se sentó a su lado.

—¿Qué sucede? —dijo—. Tienes cara de haber perdido a tu mejor amigo.

—No tengo amigos —contestó él, sarcástico.

Sara sonrió, lo agarró del brazo y recostó la cabeza sobre el hombro de su hermano.

—Recuerdo que solíamos sentarnos aquí antes de que te marcharas de la isla.

—Pero si sólo eras una niña...

—Sí, pero me acuerdo —insistió ella—. Nos sentábamos aquí y les echábamos pan a los pájaros. Eran buenos tiempos.

—¿Buenos tiempos?

Logan casi no recordaba nada salvo el sufrimiento de su madre y lo horribles que eran sus panecillos, más apropiados para darle de comer a los pájaros que para desayunar.

—¿Por qué regresaste, Sara? Te has licenciado en la universidad con diploma de honor, podrías haber ido a cualquier otra parte.

Ella suspiró y Logan vio cómo recorría el océano con sus ojos azules. Los mismos ojos azules de Riley. Sus mismos ojos azules.

Se preguntó cómo no lo había notado. Desde que sabía la verdad, comenzaba a ver el parecido. Riley tenía el pelo rizado y el color de la piel de Annie, pero las cejas, la barbilla afilada y los ojos eran una clara herencia de los Drake.

—Turnabout es un lugar interesante —contestó

Sara, finalmente—. Parece algo detenido en el tiempo, pero hasta en eso tiene su encanto. Hay mucho por hacer, sin duda. Necesitamos encontrar alternativas para resolver el problema de la electricidad. Más generadores, una planta de energía solar o algún sistema de energía eólica que nos permita aprovechar el viento permanente de la isla.

—Deberías trabajar en el ayuntamiento. Nadie como tú para sacar a este lugar de la prehistoria.

—No todo es malo, Logan. No sé, yo siento que Turnabout tiene una mística muy especial, algo irresistible. Además, ésta es mi casa.

Para él, aquella isla sólo tenía malos recuerdos.

—A estas alturas, deberías estar casada y con hijos —opinó.

Sara no salía de su asombro.

—¿Casada y con hijos? Hablas como papá.

—¡Qué horror!

—Podría decir lo mismo de ti —señaló ella—, pero supongo que estás demasiado ocupado con tu vida de intrigas y misterios como para tener esposa e hijos. A menos que los estés ocultando en alguna parte por temor a que se enamoren de una isla a la que odias.

Logan cerró los ojos y tragó saliva.

—Papá te echa de menos... —comentó Sara, después de un largo silencio.

Pero Logan hizo caso omiso del comentario. No podía pensar ni en Hugo ni en Turnabout ni en su hermana pequeña.

—Riley sabe que Annie es su madre biológica —dijo, abruptamente.

Sara se llevó una mano a la boca y lo miró angustiada.

—Dios mío —murmuró—. Mentiría si dijese que me sorprende; tarde o temprano Riley lo iba a descubrir.

Entonces, Logan le contó lo que había hecho Lucía.

—Esa mujer es una arpía —afirmó la menor de los Drake—. ¿Y tú cómo te has enterado? ¿Te lo ha contado Annie?

—Sí, pero porque no tuvo más alternativa. Estaba presente cuando Riley le ha dicho que sabía la verdad.

Tras decir eso, miró a su hermana con ternura y agregó:

—Has sido una buena amiga para ella.

Sara pareció entristecerse ante el comentario.

—Ella también lo ha sido para mí —aseguró—, aunque yo no haya tenido que atravesar una situación como la suya.

—Mejor así.

—¿Puedo preguntar qué intenciones tienes con Annie? —preguntó ella, divertida.

—Sabes que odio que se metan en mis asuntos.

—Logan...

—Sara... —replicó entre risas y la besó en la cabeza—. Anda, ve a buscar a Annie, que necesita un amigo.

—¿Y qué hay de ti? ¿Qué es lo que tú necesitas?

Mientras se ponía de pie, Logan se dijo que llevaba dieciséis años necesitando lo mismo: redención. Creía que la obtendría al volver a Turnabout pero, bien al contrario, el regreso a la isla sólo había servido para empeorar su condena.

—Desayunar —respondió finalmente—. Necesito desayunar.

Sara sonrió, aunque con los ojos llenos de tristeza. Habían pasado años sin verse, pero les bastaba una mirada para decirse todo.

—Está allí, hermanito, esperando. Sólo tienes que extender la mano y pedir.

Acto seguido, la mujer se incorporó y se marchó por la playa.

Logan metió las manos en los bolsillos y miró hacia el mar.

«Extender la mano y pedir», repitió mentalmente. Era fácil de decir pero imposible de hacer.

Capítulo 15

EL cielo estaba azul y ya no quedaban rastros del temporal. Annie, en cambio, todavía debía afrontar la peor de las tormentas.

No le costó encontrar a Riley porque era la única persona que se hallaba en el comedor del hotel de Maisy; los demás se habían ido a desayunar al centro social. Cruzó el salón hacia el lugar donde la chica estaba sentada. Era la misma mesa en la que habían estado con Logan el día en que apareció en la tienda.

Annie se preguntaba cómo la vida de una persona podía cambiar tanto en cuestión de días. La respuesta era sencilla: la vida cambiaba todo el tiempo, y en su caso, lo había hecho en unos pocos días.

—La verdad siempre triunfa, Annie —solía decirle Will—. Deja de complicarte la vida.

Y no había nada más complicado para Annie que cruzar ese salón, viendo cómo Riley la miraba con una mezcla de pena y recelo que le partía el alma. Si para ella era una situación difícil, sin duda, para Riley era peor. Siempre lo había sido.

—Tendríamos que habértelo contado —dijo al llegar a la mesa.

—Sí.

Con los ojos enrojecidos por el llanto, Riley bajó la vista y se concentró en la naranja que tenía entre las manos. No dijo nada más, pero tampoco intentó marcharse. Annie se sentó en la silla opuesta y suspiró.

—Lamento haber acusado a Kenny de lastimarte.

—El hecho de que lleve un arete en el labio no lo convierte en alguien peligroso.

—Lo sé —afirmó la mujer—. Lo siento.

—¿Lo amabas?

—¿A Drago?

—No, a Logan. Has hecho el amor con él y tú misma me has dicho que no te acuestas con hombres a los que no amas. ¿Acaso era otra de tus grandes mentiras?

—Sí —dijo Annie, lacónica.

—Era mentira.

—No, quiero decir que sí, que lo amo —admitió ella con la voz entrecortada.

Era cierto; lo había amado en sueños durante dieciséis largos años. Amaba que mirara más allá de la superficie, que la hiciera sonreír cuando menos lo esperaba, que le preparara un baño caliente aunque eso le supusiera un enorme esfuerzo y que la hiciera sentir más viva que nunca cuando la acariciaba.

Y seguiría amándolo cuando se marchara, algo que seguramente haría pronto.

—Pero Logan no tiene nada que ver con esto, Riley —aseguró, mirando cómo la chica jugaba con la naranja—. Cuando eras una niña adorabas todo lo que fuera naranja. La fruta, las flores, la ropa. Todo.

—He pintado una de las paredes de mi habitación de naranja. Mamá lo odia.

—¿Por eso lo hiciste?

Riley no contestó.

—Solía hacer lo imposible para enfadar a mis padres —confesó Annie.

—¿Por eso te quedaste embarazada? ¿Para molestarlos?

—No, tú fuiste algo totalmente inesperado.

—Un castigo... —murmuró Riley.

Annie la tomó de la mano y la miró a los ojos.

—No, mi vida. Un premio, siempre has sido un premio para mí.

—¿Entonces por qué me abandonaste? —preguntó su hija, llorando.

—Porque te quería demasiado y no podía ocuparme de ti como te merecías.

—Podrías haber abortado; los abuelos nunca se habrían enterado.

Annie no podía soportar oír a Riley hablar de George y Lucía, pero no quería cargar a su hija con el peso de saber que sus abuelos habían sido los primeros en exigirle que interrumpiera el embarazo.

—Jamás me he arrepentido de tenerte —dijo, mirándola con los ojos llenos de lágrimas—. Nunca, ni antes de que nacieras, ni después. Siempre te he que-

rido, Riley. Y Will y Noelle también. Tendríamos
que haberte contado la verdad hace tiempo pero, por
favor, no creas que ha sido porque alguno de nosotros no te quería. Los tres te adoramos y siempre hemos anhelado lo mejor para ti.

—Mamá no puede tener hijos; me lo contó a raíz
de la decisión de enviarme a Bendlemaier —confesó
Riley entre sollozos—. Dijo que yo era la única hija
que tenía y que quería que tuviera todo lo mejor.

Annie asintió aunque hasta ese momento desco-
nocía el problema de Noelle. Sin embargo, tenía sentido. Su cuñada era dulce, bella e inteligente y jamás
había ocultado la adoración que sentía por Riley ni
sus deseos de ser madre. De haber podido, probablemente habría llenado la casa de niños.

—¿Por qué nos visitabas tan poco? —preguntó la
chica—. ¿Y por qué quieres que me marche de Turnabout?

Annie sintió que la verdadera pregunta de su hija
era por qué no la quería lo suficiente; una pregunta
que ella misma se había hecho cientos de veces al
pensar en sus padres.

—Porque es muy doloroso verte y tener que dejar-
te de nuevo —se sinceró—. Cuando llegaste aquí y
dije que quería que te fueras, fue porque el corazón
me pedía a gritos que te rogara que te quedaras y, más
allá de mi dolor, tu hogar es la casa de tus padres.
Ellos te han criado y te quieren con todo su corazón...

Las lágrimas le impidieron seguir hablando. Respiró hondo, trató de contener los sollozos y agregó:

—Y no importa lo enfadada que estés con la
campaña electoral de Will, con el trabajo de tu ma-

dre o con la basura que te ha dicho la abuela; el hecho es que quieres a tus padres, o de lo contrario,
ahora no estarías tan dolida.

Riley se quedó en silencio durante un buen rato.
Después, soltó la naranja y acarició la mano de Annie.

—¿Puedo venir a visitarte? —dijo, casi susurrando.

La mujer asintió. Riley se puso de pie, se acercó
a su madre y se fundieron en un sentido abrazo.

Annie se preguntó si iba a ser capaz de soportar
que una vez más se le partiera el corazón al separarse de clla.

Logan llegó a casa de Annie poco antes del ano-
checer.

—Está lista para volver a casa —dijo ella sin moverse del sofá—. Cuando quieras, podéis marcharos.
No volverá a escaparse.

Él cerró la puerta con un pie y dejó la estufa y el
pesado rollo de cable que llevaba en el suelo. Con
eso, Annie podría conectarse al generador que había
conseguido encontrar entre los trastos de Diego.

—¿Estás bien, preciosa?

—No —afirmó ella, con la voz ronca—, pero so-
breviviré. Es lo que mejor sé hacer.

—Quizá seas una superviviente, pero hay otras
cosas que sabes hacer mejor.

—¿Como anhelar imposibles? —suspiró ella y le
alcanzó un pedazo de papel—. Sam ha traído este
mensaje para ti. Creo que es algo que le transmitie-
ron por radio esta tarde.

Logan tomó la nota y se la guardó en el bolsillo.

—¿No la vas a leer?

Él movió la cabeza en sentido negativo.

—Dice: dos días. Eso es todo.

Era evidente que Logan no estaba interesado en el mensaje.

—¿Dónde está Riley? —preguntó.

—Se ha quedado en el local de Maisy; dijo que quería ayudarla con los niños. Creo que está tratando de tomar distancia para asimilar la situación.

—¿Has hablado con ella?

—Sí.

—¿Y le has dicho que crees que Drago es su padre biológico?

—¿Y quién más podría ser? —replicó Annie.

Logan sintió un dolor agudo en el pecho.

—¿Y le has contado eso a Riley?

—No, ella no preguntó sobre él y yo no mencioné el tema. Quién sabe las barbaridades que le habrá contado Lucía, no podía añadirle más angustia.

—Deja de hacerte cargo de los defectos de tus padres.

—No lo puedo evitar —reconoció mientras estudiaba la estufa—. ¿Para qué es eso?

—Te mantendrá caliente por la noche. He conseguido un generador para ti. Está en la entrada.

Annie pestañeó con aire seductor.

—Tú podrías mantenerme caliente —dijo, sonriendo con picardía—. Gracias, Logan. Sé que sería más fácil que si me quedara en el centro social, pero no me apetecía.

—Quieres estar en tu casa. Lo comprendo.

Ella asintió con la cabeza.

—Debo darte las gracias por haber evitado que lastimara a ese pobre chico —comentó ella—. No sé dónde tenía la cabeza. O sí. Y no quería que le pasara lo mismo a Riley.

En aquel momento, parecía tan frágil que Logan temía tocarla y que se partiera en mil pedazos.

—¿Qué es lo que no querías que le pasara?

—Nunca le dije a Drago que quería hacer el amor con él. No se lo dije a ninguno de los chicos con los que salía —puntualizó Annie—. Ellos veían la manera en que me vestía, cómo me comportaba, y suponían que era una chica fácil. Eso parecía molestar a mis padres, así que los dejaba coquetear conmigo con descaro. Sin embargo, jamás le prometí nada a ninguno.

—Lo sé.

—Le dije a Drago una y otra vez que no tenía la menor intención de acostarme con él. Teníamos un trato: él quería contar con un contacto en Bendlemaier y yo creía que eso bastaría para conseguir que me expulsaran de allí. Cuando descubrí que estaba vendiendo drogas, le dije que cancelábamos el trato. No quería involucrarme en algo así. Pero él no me creyó porque, al parecer, realmente creía que era una adolescente irreverente y desprejuiciada —explicó y se llevó las manos a la cabeza—. Fui una idiota, una imbécil que merecía lo que pasó. Yo me lo busqué.

—¿Qué dices, Annie?

—Había sobrado tanto champán y mis padres estaban furiosos porque había invitado a Drago...

—¿Bebiste más champán? —la interrumpió Logan—. ¿Aun después de lo que había pasado entre nosotros?

—Sí, me llevé una botella al dormitorio y creo que me la tomé toda. No recuerdo bien. Sé que me quedé dormida y que cuando me desperté por la mañana, estaba en mi cama, completamente desnuda y algo dolorida —relató, angustiada—. Antes de que pudiera levantarme de la cama, llegó la policía. Primero encontraron a Drago escondido en la bodega y después vinieron por mí.

Annie tenía los ojos llenos de lágrimas y le temblaban las manos.

—Él estaba en la casa aquella noche —continuó—, y aprovechó que estaba ebria para abusar de mí. ¡Dios mío, Logan! No sé qué es peor, si haber hecho el amor con alguien a quien despreciaba o haber estado tan borracha como para ni siquiera recordar que me violó. Lucía, por supuesto, me aseguró que lo había visto salir de mi cuarto antes del amanecer.

Logan la rodeó con sus brazos. Tenía que contarle la verdad, decirle quién era, lo que había hecho y cómo se ganaba la vida.

—Quizá Drago estuviera en tu habitación aquella noche, pero tú no. No estabas con Drago. Tú no lo elegiste.

—No lo sabes. ¡Ni siquiera lo sé yo!

—Pero yo, sí —aseguró Logan, tomándole la cara para mirarla a los ojos—. Lo sé porque esa noche estuviste conmigo en la habitación de invitados. Yo mismo te llevé hasta tu dormitorio por la mañana.

Ella lo miró aturdida.

—¿Cómo? Eso no puede ser cierto. Tú no me deseabas, me lo dijiste en la boda de Will. Tu nunca...

—Es la verdad, Annie. Viniste a mi habitación de madrugada, me desperté y estabas acostada a mi lado.

Aquella noche, no sólo había traicionado la confianza de Will sino que se había aprovechado del estado de ebriedad de Annie. En lugar de ordenarle que regresara a su dormitorio sin tocarle un pelo, la había besado y le había hecho el amor. La culpa por aquel acto indebido lo había torturado desde entonces y más, desde que sabía que Annie había vivido en la mentira durante todos esos años.

Le temblaban las manos. El hombre de acero que no se conmovía ante nada, el que actuaba con frialdad cuando no había otro recurso, estaba aterrorizado.

—Creí que lo recordarías —murmuró.

—¿Fue real? —dijo ella, mirándolo como si fuera la primera vez que lo veía—. Mi sueño de todos estos años, ¿era real?

—¿Qué sueño?

—Uno en el que tú y yo hacemos el amor —reveló Annie y se tapó la boca con una mano.

—¿Sueñas con esa noche?

—Mi psicoanalista dijo que era una negación inconsciente de lo que había pasado con Drago. Y yo sabía que él había estado en mi habitación, no sólo porque Lucía lo había dicho sino porque se había olvidado la chaqueta. Era una chaqueta de cuero que usaba siempre. La llevaba puesta en el cobertizo cuando tú...

—Era un recuerdo nuestro, Annie. No un sueño. Drago no abusó de ti antes de la boda. Nunca estuviste en tu dormitorio con él. Y estoy seguro de que no se acostó contigo mientras estaba en prisión.

Ella se puso pálida y empezó a temblar.

—Riley. Oh, Dios...

—Sí, Riley es mi hija.

Annie sentía que le iba a estallar la cabeza. Riley era hija de Logan, no de Drago. Era una realidad difícil de asumir y se sentía enferma por no haber notado el parecido y, sobre todo, por haber borrado de su memoria lo que había sucedido aquella noche.

—No te desmayes —murmuró él, empujándole suavemente la cabeza hacia adelante.

—No me voy a desmayar —aseguró y le apartó la mano de la nuca—. Lo sabías. Te habías dado cuenta de que eras el padre y no lo dijiste. ¿Planeabas hacerlo en algún momento o ibas a marcharte alegremente como si nada?

—¿Qué esperabas que dijera, Annie?

—No lo sé. ¡Algo, lo que fuera! Durante todo este tiempo, estos años, lo sabías.

—Lo único que sabía era que había hecho el amor contigo cuando no tendría que haberte tocado siquiera. Tendría que haberme detenido, podría haberlo hecho, pero no lo hice. Después te desmayaste, así que por la mañana te llevé en brazos hasta tu cama y me marché.

—Recuerdo que me sorprendí al ver que no estabas en la comisaría con Will, pero me dijo que habías tenido que irte a resolver unos asuntos de trabajo.

—Sí. En cuanto a estos días, empecé a pensar que te habían violado de verdad.

—No me extraña —ironizó ella—, soy un ejemplo de debilidad mental.

—Reconocí los síntomas, eso es todo. Y no pasa nada con tu salud mental.

—Salvo que he confundido a un chico de Denver con Drago.

—El agotamiento, la huida de Riley, la tormenta. Yo. Han sido demasiadas cosas juntas, Annie. Pero eso no significa que estés loca ni que representes una amenaza para nadie.

Ella se puso de pie y empezó a pasear por la sala. Miró a través de la ventana; el mar estaba revuelto y el cielo cada vez más cubierto de nubarrones que presagiaban una nueva tormenta.

—Tenemos que decírselo, Logan.

—Es mejor que no sepa que soy su padre.

Annie tensó las manos.

—¿Por qué no? ¿Porque temes que eso te obligue a serlo? —preguntó, molesta—. Riley ya tiene un padre, un hombre que, a pesar de lo que ella crea, la adora con locura. No puedes decirme que tiene derecho a saber quién soy y negarte a que sepa quién eres tú. No podemos seguir viviendo en la mentira, Logan. Mira lo que me ha pasado a mí por creer que Drago era el verdadero padre.

—Drago es un ladrón de medio pelo incapaz de vivir fuera de la cárcel. Nunca va a afectar a la vida de Riley.

—Si Lucía fue capaz de contarle a Riley que yo era su madre, ¿qué te hace pensar que no encontraría la forma de hablarle a Drago sobre su supuesta hija?

—Lucía jamás dijo nada antes, ¿qué ganaría haciéndolo ahora?

—¡No sé! ¡Ni siquiera sé por qué se lo contó a Riley! —contestó Annie, casi a gritos—. Hace siglos que dejé de intentar comprender a mis padres. Sin embargo, no voy a permitir que vuelvan a herir a Riley, Logan, y la única manera de evitarlo es diciéndole la verdad. Tiene que saber que eres su padre.

—No.

Annie lo miró con detenimiento, buscando una pista que le permitiera entender por qué se resistía a hablar con Riley.

—¿Qué es lo que te asusta tanto, Logan? ¿Temes que Riley te maldiga o algo así?

—Déjalo así, Annie.

Ella se arrodilló frente a él y mirándolo a los ojos, dijo:

—No puedo. Ya no. He ocultado la verdad durante demasiado tiempo porque creí que era mejor así. Pero estaba equivocada. Total y absolutamente equivocada.

Logan se puso de pie y se apartó de ella intempestivamente.

—Hay cosas que no sabes —afirmó.

—Será porque no me las has dicho —replicó, sentándose en el sofá con los brazos cruzados—. No eres un asesor de empresas.

—No.

—Jamás había conocido a un espía —comentó ella, sarcástica—. Eso fue lo que nos dijiste el primer día. Supongo que tendríamos que haberte creído.

—No, el espionaje no es mi especialidad.

—¿Y cuál es? —lo desafió—. Vamos, Logan, di algo que me convenza de que estás en lo cierto y que es mejor que Riley no sepa nada de ti. Porque, francamente, a menos que seas una especie de asesino feroz, no veo cuál...

—Lo soy.

Annie lo miró atónita.

—¿Qué?

—Quería ser abogado —explicó él—, pero no tenía dinero y no conseguía que me dieran una beca.

—Lo sé —dijo ella, frunciendo el ceño—. Pero qué...

—Déjame terminar. Fui contactado por una organización que se ocuparía de pagar el resto de mis estudios y de cancelar las deudas que tenía hasta entonces. A cambio, en cuanto me licenciara, trabajaría para ellos durante un tiempo.

—Eso no tiene nada de particular, muchos bufetes de abogados hacen contratos similares con los estudiantes destacados.

—Lo particular era el tipo de organización que me contrató.

—¿Organización? —preguntó, inquieta—. ¿Te refieres a la mafia?

Logan soltó una carcajada nerviosa.

—No. Hollins—Winword no es la mafia. Digamos que es un ejército privado que trabaja a nivel internacional.

—No entiendo.

—Es mejor que no lo hagas.

—¿Pero tienes alguna especialidad?

—Soy un limpiador, por así decirlo —respondió.

—Algo me dice que eso no significa que vayas por ahí con una fregona, pero sigue sin parecerme motivo suficiente como para ocultarle a Riley que eres su padre biológico.

Evidentemente, ella no había comprendido.

—Diablos, Annie… No es eso.

—Riley no va a pedirte un currículum, Logan. Eres una persona decente…

—Soy un francotirador —la interrumpió—. Me envían cuando me necesitan para resolver problemas sin solución.

Annie se puso de pie y lo observó con detenimiento; se notaba que estaba tratando de asimilar lo que acababa de oír.

— ¿Y por qué lo haces? ¿En beneficio personal? ¿Porque te gusta? Por tu expresión, diría que no.

—Quizá te equivoques. Me pagan muy bien —contestó él, en tono inexpresivo.

Durante años Logan había creído que hacía lo que quería, hasta que un día comprendió que era un vulgar asesino. Si él mismo había llegado a odiar su vida, era perfectamente lógico que los demás sintieran asco por él.

—Que te odies por algo no implica que Riley vaya a odiarte. Si no te gusta lo que haces, eres el único que puede cambiarlo.

Logan sabía que eran muy pocos los que habían conseguido abandonar su organización sin tener graves problemas.

—Bonita frase —murmuró.

Annie lo miró en silencio durante unos segundos y luego afirmó:

—Puede ser. Pero es cierta y es tuya, Logan. Me dijiste eso aquella noche, en el cobertizo. Me costó entenderlo, pero finalmente lo hice. ¿Por qué no puedes aplicártelo a ti mismo?

Annie se acercó a la encimera y recogió el jersey y el paraguas que había dejado allí.

—Me voy a la tienda —dijo.

—La tienda no se va a ir a ninguna parte, Annie. Ha sido un día difícil para...

—¿Para mí? ¿Para ti? ¿Para Riley? —exclamó ella—. A veces el trabajo es todo lo que tenemos. El mensaje que te ha traído Sam es un asunto laboral, ¿verdad? No quiero seguir hablando, Logan. Me voy a la tienda a ver a mi amiga, tu hermana... la tía de Riley.

Y tras decir eso, se marchó dando un portazo.

Logan se quedó solo. El papel que se había guardado en el bolsillo era pequeño, pero en aquel momento, pesaba una tonelada.

Capítulo 16

HACÍA cuatro días que no tenían electricidad. Annie suspiró y limpió el polvo de los estantes de la tienda. Por simple costumbre, miró hacia la ventana para ver la calle, pero se topó con el frío gris de la reja metálica. Suspiró de nuevo y se dio la vuelta. Había dejado la puerta abierta para que entrara un poco de luz y las campanillas que colgaban en la esquina superior tintineaban con la brisa. Era un sonido suave y agradable que contrastaba tanto con el estado mental de Annie como con el deprimente día de lluvia.

Riley salió del taller y dejó una taza en el mostrador.

—Ten, es chocolate caliente —dijo.

Annie sonrió y tomó la taza.

—Obviamente, Sara y tú habéis conseguido mantener el fuego encendido a pesar de la lluvia.

—Soy muy hábil para esas cosas —afirmó Sara, entrando con una taza en la mano—. Salí algún tiempo con un montañista y, entre otras cosas, me enseñó a encender el fuego en cualquier circunstancia.

La menor de los Drake le guiñó un ojo a Riley y la chica hizo una mueca cómplice. Se notaba que se llevaban muy bien.

Annie suspiró y bebió un sorbo de chocolate. No había visto a Logan ni sabía nada de él desde el día anterior. Por el tamaño de la isla, eso sólo podía significar que estaba ocultándose en alguna parte para evitar encontrarse con alguien, incluida ella. Y Riley.

Observó a la joven y a Sara por un momento y se le llenaron los ojos de lágrimas. Dejó la taza en el mostrador y levantó las cajas con velas que había preparado más temprano.

—Voy a ir a llevarle estas cosas a Maisy.

—Te ayudaremos.

—No tiene sentido que nos mojemos todas —argumentó Annie—. Regresaré enseguida.

Había rechazado la oferta porque no quería llorar delante de ellas, pero vaciló al ver la cara de Riley.

—A menos —continuó—, que de verdad queráis venir.

La chica relajó el gesto y asintió.

—Iré a buscar un paraguas —dijo y se marchó al taller.

A Annie se le escapó un sollozo y Sara la agarró del brazo.

—Estoy aquí, corazón —susurró—. Apóyate en mí.

De repente, Annie pasó de la angustia a la furia. Estaba furiosa con Logan por negarle la posibilidad de contarle a Sara toda la verdad y molesta con el remitente del mensaje que Sam le había dado para Logan. La nota decía dos días y ya había pasado uno. No había que ser un genio para imaginar que eso significaba que se marcharía pronto, y una cosa era imaginar que Logan abandonaría la isla y otra bien distinta era tener la certeza de que lo haría.

Riley regresó con el paraguas y las tres salieron de la tienda. En pocos minutos llegaron al hotel de Maisy y la chica aprovechó para ir a ver a Kenny mientras su madre y Sara llevaban las velas al despacho.

Ver a Logan sentado junto al escritorio de Maisy, fue una sorpresa. Pero ver a Hugo Drake inclinado sobre su hijo con una aguja de sutura en la mano, fue todavía más impresionante.

Annie se quedó paralizada en el pasillo. Sara corrió hacia allí para mirar la herida.

—¡Por Dios, Logan! ¿Tratabas de matarte o qué? Por poco no te has rebanado el cuello.

Annie dio un grito ahogado y Logan volvió la cabeza para mirarla.

—Maldición, hijo, quédate quieto o te harás otra cicatriz como ésta.

Annie sintió que se le nublaba la vista.

—¿Cómo te has hecho semejante corte? —preguntó Sara.

—Haciendo algo estúpido, sin duda —comentó Hugo.

—Maisy, te pedí que no llamaras a mi padre —dijo Logan.

—¿Preferías desangrarte con tal de que no te tocara? —exclamó Hugo sin dejar de trabajar—. Deberías haber ido a mi consultorio, pero no. Eres más terco que una mula.

—Igual que alguien a quien conocemos y querernos —intervino Maisy, señalando a Hugo con la mirada—. Deja de gruñir y cura a tu hijo.

—Lo único que quería era una venda —protestó Logan.

—Te he dicho que no te movieras. Eso incluye no hablar —lo reprendió su padre—. ¿O acaso quieres seguir perdiendo sangre?

—Sigo sin saber cómo te has hecho eso —insistió Sara—. Parece como si te hubieran clavado un puñal.

De repente, Annie se desvaneció. Logan se puso de pie de un salto, apartó a su padre del camino y la sujetó antes de que se golpeara la cabeza contra el suelo.

—¡Por Dios, Logan! —exclamó Maisy, tratando de apartarlo—. Deja que tu padre termine.

—Pero...

Ella lo miró con enfado y le indicó que regresara a la silla. Después se sentó junto a Annie y le frotó las manos.

Sara también se agachó. Tenía los ojos abiertos como platos y los movía sin parar.

—La estás manchando de sangre —le dijo a su hermano y le alcanzó una gasa.

Logan se la apretó contra la mandíbula y, con cuidado, apoyó la cabeza de Annie sobre un cojín.

—Está agotada.

—¿Y tú no? —preguntó Sara, arqueando las cejas—. Deja que papá termine, Logan.

Annie abrió los ojos lentamente y lo miró aturdida.

—¿Qué ha...? —balbuceó—. Oh, lo siento.

—Ssss. Quédate recostada —le ordenó Logan, acariciándole el pelo.

—¿Qué te ha pasado en la cara?

—Un alambre de púa que se soltó.

—Tendrás que tomar antibióticos, hijo —informó Hugo—. Ahora, vuelve aquí.

—Deja que tu padre termine —le suplicó Annie—. Por favor.

Logan suspiró con fastidio, volvió a la silla del despacho de Maisy y aceptó seguir con las curas.

—Si utilizara el mismo tono para pedirte que te quedes en la isla, ¿también aceptarías? —preguntó Hugo.

—Cierra la boca —gruñó Logan.

—Eres un canalla frío e insensible.

—En algo teníamos que parecernos, papá.

Logan sintió una mano firme sobre su hombro. Levantó la vista y vio que se trataba de Maisy. Estaba irritada y le brillaban los ojos de rabia.

—Debería encerraros aquí hasta que aprendierais a comportaros civilizadamente el uno con el otro —manifestó.

—Alguien encontraría nuestros cadáveres —declaró Hugo, sarcástico.

Maisy levantó las manos. Esa vez, no hizo ningún intento por mantener la calma.

—Idiotas. Los dos. Tú, Hugo, porque nunca les

contaste a tus hijos que su madre padecía una depresión y que cuando no tomaba la medicación, convertía tu vida en un infierno. Y tú —dijo, señalando a Logan—, porque fuiste incapaz de ver que tu padre sufría más que vosotros. Tu madre no se suicidó por su culpa, lo hizo a pesar de él.

—Él le dio motivos para estar deprimida —afirmó Logan.

—Basta, ya no lo soporto —exclamó Maisy, pateando el suelo.

Hugo la miró como si se tratase de una absoluta desconocida.

—Mujer, no tienes derecho a hablarles sobre Madeleine.

Ella frunció el ceño.

—¿Que no tengo derecho? Tu hija creció prácticamente sin madre. ¿Crees que no tiene derecho a saber por qué?

Maisy hizo una pausa para mirar a Logan y a Sara, que desde el suelo la miraba atónita, y continuó.

—Madeleine estaba enferma desde mucho antes de que vosotros nacierais —aseguró—. Era demasiado orgullosa para admitirlo en público, aunque eso no significaba que la gente no lo supiera. Si nadie dijo nada fue porque este pueblo acostumbra a respetar las decisiones de sus habitantes. ¿Pero qué sentido tiene mantener el secreto después de todos estos años si sólo sirve para herir a sus seres queridos?

Hugo terminó de suturar la herida de Logan y después le puso una inyección con antibióticos en el brazo. Guardó el instrumental en su maletín, encendió un puro y se volvió hacia Maisy.

—Eres una vieja fastidiosa.

—Y tú, un viejo cascarrabias.

Hugo refunfuñó, se dio media vuelta y se marchó. Sara se puso de pie y corrió a abrazar a Maisy.

—No te preocupes. A papá no le duran mucho los enfados.

—Lo sé —afirmó la mujer mientras se acomodaba el vestido—. Sara, véndale la herida a tu hermano. Y tú, Annie, ve a la cocina y dile a George que te dé alguno de los bizcochos que hizo ayer en el centro social. Necesitas comer algo.

Y sin decir una palabra más, Maisy abandonó el despacho a toda velocidad.

—No me atrevo a desobedecer las órdenes de la comandante Maisy —murmuró Sara.

Tomó las gasas que Hugo había dejado en el escritorio y cubrió la herida de Logan. Después, se limpió las manos, miró a Annie y a su hermano y se apresuró a salir de allí.

Annie se puso de pie y él saltó de la silla para ayudarla. En cuanto la tocó, Annie empezó a temblar.

—¿Te duele? —preguntó, rozándole la venda.

—No tanto como la aguja que Hugo me ha clavado en el brazo.

—¿Qué estabas haciendo para cortarte con un alambre?

—No importa.

—En otras palabras: no es asunto mío.

Logan la miró con gesto desesperado.

—¿Dónde está Riley? —quiso saber.

—Con Kenny.

—En ese caso, vamos a buscarla.

—¿Logan? —vaciló ella, impresionada.

—Se lo diremos juntos.

Al final, Riley se tomó la noticia mejor de lo que suponían. Observó a Logan durante un rato y comentó:

—Ahora comprendo de quién he heredado los ojos azules.

Annie relajó las manos y Logan asintió.

—Creí que habías dicho que no era tu novio —le dijo Riley a su madre—. Ni ahora ni antes.

—No lo era. Nosotros...

—Nunca tuvimos tiempo de ser novios —interrumpió Logan, mirando a Annie—. Pero éramos amigos.

—¿Y entonces cómo no sabías que tía Annie estaba embarazada de mí?

—Porque la abandoné —admitió Logan —. Y lo lamento muchísimo.

Le estaba hablando a Riley pero Annie sabía que las palabras eran para ella.

—Sabes que no necesito otro padre —afirmó Riley, a la defensiva—. Ni otra madre...

Annie sintió que le quemaban los ojos. No por lo que Riley acababa de decir sino porque entendía hacia dónde se dirigía con ese comentario.

Logan asintió después de un momento.

—Lo sé, ya tienes padres.

—Eso lo hace más fácil para ti, ¿verdad?

—Riley... —murmuró Annie.

—¿Qué? —replicó la chica—. Él nunca se hizo cargo de nada. Sólo hizo el amor contigo y se marchó. Ni siquiera vino a Turnabout por su propia cuenta. Vino porque mi padre lo contrató para que me llevara de vuelta a casa. Apostaría a que papá no sabe nada de todo esto. De lo contrario, habría contratado a otro.

—Puede que tengas razón —afirmó una voz ronca desde el fondo del salón.

Annie se volvió para mirar. Riley pegó un salto y tiró la silla al suelo. Logan se puso de pie lentamente y miró al hombre a los ojos mientras trataba de reprimir las ganas de estrangularlo.

—Hola, Will —dijo.

—Riley —susurró Annie —, puedes ir a buscar a Kenny. Estoy segura de que aún te está esperando.

—Pero...

—Por favor.

Finalmente, Riley accedió; se metió las manos en los bolsillos y caminó hacia su padre.

—Sigo enfadada contigo —declaró.

—Lo suponía.

—¿Dónde está mamá?

—En casa, esperándonos.

La chica siguió avanzando y cuando llegó a la puerta, se volvió y exclamó:

—Te lo advierto, papá: sé amable o me enfadaré mucho más.

Los adultos esperaron hasta estar seguros de que Riley se había marchado. Entonces, Annie se volvió hacia la mesa, apoyó los codos y hundió la cabeza entre las manos.

—¿Cuánto has oído?

Logan observó cómo el otro hombre se aflojaba la corbata mientras se acercaba a la mesa.

—Lo suficiente —respondió Will y miró a su viejo amigo con recelo.

Después de un largo rato, Logan también se sentó.

Finalmente, Will rompió el silencio.

—Quién habría imaginado todas estas casualidades...

—Yo no —aseguró Logan—. ¿Por qué recurriste a Cole?

—¿Te reclutaron mientras estabas en la universidad?

—Ésa no es una respuesta.

Will hizo una mueca con los labios.

—No. Siempre me molestó que hubieras desaparecido de esa forma; sin embargo, no estaba dispuesto a hacer nada por buscarte. Noelle había sido tu pareja, pero se había casado conmigo.

Annie levantó la cabeza y los miró sorprendida.

—¿Qué? —exclamó—. No sabía nada.

—Sí, salimos durante un tiempo —admitió Logan—. Después conoció al guapo de tu hermano y ya no tuvo ojos para nadie más. Ni me molestó entonces, ni me molesta ahora.

No obstante, Logan seguía teniendo la horrible sensación de que todos ellos habían sido manipulados.

—¿Cómo conociste a Cole? —insistió.

—No eres la única persona con la que habló cuando estábamos en la universidad.

Logan arqueó las cejas, se acomodó en la silla y se rió

—No me lo creo, Will. Eres un personaje público, jamás te utilizarían.

—No lo hicieron, pero quedó el contacto y nos intercambiábamos favores de tanto en tanto. El tipo tiene un par de años más que yo, pero... —Will se contuvo y movió la cabeza en sentido negativo—. Eso no importa. Lo cierto es que cuando Riley se escapó, automáticamente pensé en él.

—¿Le contaste que era adoptada?

Will asintió.

—Creí que él mismo se ocuparía de venir aquí y quería que estuviera preparado —explicó—. No sabía qué le había dicho mi madre a Riley, lo único que sabía era que estaba recibiendo cartas con amenazas y que quería a mi hija sana y salva.

—Pero Cole no vino, me envió a mí.

—Parece que su estilo es delegar —ironizó Will.

—Todos los que trabajan con Cole son investigados al detalle. Más, durante los primeros años de servicio.

—¿Y?

—Esto estaba en mi expediente desde el principio —afirmó Logan, furioso—. Debilidades de Logan Drake: traicionar a su mejor amigo, acostándose con su hermana menor.

—Basta —dijo Annie—. Esto no conduce a ninguna parte. No has traicionado a nadie, Logan. Díselo, Will; dile que no te ha traicionado.

—Sólo si me promete que no te sedujo para vengarse de mí por haberme casado con Noelle.

Annie se estremeció y miró a Logan con los ojos vidriosos.

—¡Genial! Siempre todos quieren más a Noelle. Mi hermano, mi hija y tú.

Acto seguido, la mujer se puso de pie y se fue furiosa de la sala sin mirar atrás, ni siquiera cuando Logan gritó su nombre.

—¿Vas a reclamarla? —preguntó Will.

—¿El qué?

—La custodia de Riley. Puedes hacerlo, ¿sabes? Es justo decirte que tienes derecho, aunque te advierto que pelearé por ella.

—¿Annie es invisible para ti? ¿No has visto lo que ha pasado?

—Se ha marchado. Siempre hace lo mismo. Cuando las cosas se ponen duras para ella, las deja.

Logan cerró los puños.

—¿Sabes qué, Will? Annie ha insistido todo el tiempo en que Riley tenía que estar con Noelle y contigo porque erais los mejores padres que podía tener y yo nunca lo puse en duda. Hasta ahora.

Cuando Logan salió a buscar a Annie, se topó con Riley en las escaleras del hotel de Maisy. La chica le echó un vistazo y comentó:

—Mi padre y tú ya no sois tan amigos, ¿verdad?

—De momento, no —admitió él—, pero no tiene por qué ser así eternamente.

A Riley se le llenaron los ojos de lágrimas.

—No tendría que haber venido a Turnabout. Así, nadie se habría enfadado con nadie. Salvo la abuela

Lucía, aunque creo que ella está peleada con el mundo.

—Quizá tengas razón en lo que atañe a Lucía, pero no es culpa tuya que todos estén molestos. Nosotros somos los adultos, tú sólo eres una criatura pidiendo respuestas.

—La tía Annie dice que lo mejor para mí es quererlos a todos. Supongo que eso te incluye.

A Logan se le hizo un nudo en la garganta.

—No estás obligada a quererme, Riley. Ni siquiera me conoces.

—Ella te quiere. Me lo ha dicho.

Él no supo qué decir.

—Papá no va a marcharse de Turnabout sin mí —afirmó la chica—. Para él, la tía Annie es un bicho raro.

—Se equivoca.

—Lo sé. Pero no quiero dejarla sola.

Riley se quedó mirando a Logan, esperando que le asegurara que Annie no estaría sola.

—Annie no querría preocuparte —dijo, finalmente.

Había sido una respuesta tonta, un torpe intento de reprimir la necesidad de llevarse a Annie y a su hija a un sitio donde nada ni nadie pudiera herirlos. Pero era imposible. Su vida estaba gobernada por un mundo que requería organizaciones como Hollins—Winword y personas como Coleman Black. Y ese mundo no congeniaba con el mundo de Annie.

—Será mejor que vaya a ver a mi padre antes de que le dé un infarto —señaló Riley.

Sin embargo, no se movió ni un centímetro.

—No te pongas un arete en el labio como Kenny —suplicó Logan—. Y no dejes de criticar a Will por dedicarle demasiado tiempo a su campaña electoral. Y no vayas a Bendlemaier si no quieres.

Una lágrima rodó por la mejilla de Riley y él se la secó con mano temblorosa.

—Y jamás olvides que eres tan bella como tus dos madres —agregó.

Riley se mordió el labio inferior, asintió y se dirigió hacia la puerta. Pero cuando estaba a punto de llegar, retrocedió y corrió a abrazarlo con todas sus fuerzas. Logan sintió que se le paraba el corazón.

Cuando ella entró en el hotel, suspiró y se sentó en la escalera. No tenía fuerzas para moverse. Apoyó los codos en las rodillas y se observó las manos mientras pensaba que Annie no era un bicho raro sino alguien mucho más fuerte y noble que todos ellos juntos.

Justo en ese momento, oyó el inconfundible sonido del motor del coche de Hugo y levantó la vista justo cuando estaba aparcando junto a él.

—Maisy cree que tal vez quieras que te lleve a casa de Annie —dijo su padre, con resignación—. Ya sabes cómo es cuando se le mete una idea en la cabeza. ¿Y bien? ¿Subes o no?

Logan subió al vehículo y Hugo arrancó dando un bandazo.

—Eres abuelo.

Hugo no parecía sorprendido.

—Sara me lo ha contado todo. Ya no eres un niño, Logan...

—Eres insoportable.

—Lo mismo digo —replicó su padre con una sonrisa irónica—. Es de familia.

En cuanto Hugo aparcó el coche, Logan se bajó de un salto y entró corriendo a la casa de Annie. Estaba sentada en el sofá, llorando y con un álbum de fotos a un lado.

—Vete, Logan —dijo, sin siquiera mirarlo.

Él no le hizo caso y se sentó frente a ella.

—No me importó cuando Noelle se fue con tu hermano —declaró.

Ella se encogió de hombros.

—Eso pasó hace mucho tiempo, ya no importa.

Logan le tomó las manos; estaban frías.

—Sí que importa. No debes creer que Riley la quiere más que a ti.

—Lo sé. Ellos son los únicos padres que conoce. Y yo no soy capaz de...

—No digas eso.

—Es la verdad —exclamó ella—. He defraudado a mi propia hija de la peor manera.

—Entonces eras una criatura, Annie. Ahora no lo eres.

—Ahora es demasiado tarde.

—¿Lo es?

Ella lo miró con asombro.

—Si quieres tenerla contigo, Annie, te ayudaré a enfrentarte a ellos.

—¿Y qué pasaría si ganamos el juicio por la custodia?

—Bueno...

—Te marcharías de todas maneras —afirmó ella, con voz ronca—. Dime que estoy equivocada.

Logan no pudo hacerlo. En lugar de eso, inclinó la cabeza y dijo:

—Me aseguraré de conseguir comida y todo lo que haga falta en la isla. Haré que traigan un barco nuevo para Diego y la isla no correrá el riesgo de volver a quedar aislada.

Aunque Logan nunca había recurrido a los contactos que había conseguido gracias a su trabajo, esa vez estaba dispuesto a hacerlo.

—Los concejales del ayuntamiento se están ocupando de eso —aseguró ella.

—Los concejales han permitido que Turnabout se quede aislada. Si fuera por ellos, la declararían una nación independiente —replicó Logan, enfadado—. Ha sido así durante cincuenta años y seguirá así durante otros cincuenta más. Si esperas que hagan algo productivo, será mejor que empieces a plantar algo más que caléndula y lavanda en tus campos o te morirás de hambre.

—Me parece que estás exagerando.

—¿Exagerando? Vamos, Annie...

—De acuerdo, puede que tengas razón —concedió ella y cambió de tema—. Lamento lo que dijo Maisy sobre tu madre.

—Yo también. Nada es lo que parecía. Ni en mi familia, ni en la tuya —manifestó y la miró con inquietud—. ¿Y si estás embarazada de nuevo?

Annie se puso pálida.

—Pero si hemos tenido cuidado.

La primera vez lo habían hecho; la última, no. Se habían despertado al amanecer y ella se había deslizado sobre él sin darle tiempo a nada, igual que hacía dieciséis años, cuando lo sorprendió en la habitación de invitados de la casa de George y Lucía Hess, desnuda, besándolo en la boca y acariciándole el sexo con sus dedos torpes e inocentes.

—¿Qué harías si estuvieras embarazada, Annie? —insistió.

—No me interesa ser madre soltera y no te imagino viniendo a cenar o cambiando pañales.

—Annie...

—¡Lo haría mejor que la primera vez! —gritó ella—. ¿Estás satisfecho?

—Te equivocas si crees que lo hiciste todo mal. Querías a Riley lo suficiente como para saber qué era lo mejor para ella. Deja de torturarte por eso.

—En cualquier caso, no estoy embarazada, así que no te preocupes.

Él se preguntaba si realmente estaba preocupado o sólo buscaba una excusa para no separarse de ella. De pronto oyó el sonido de un motor sobre la casa y vio el gesto de Annie al reconocer de qué se trataba.

—¿Eso es un helicóptero? —preguntó, angustiada—. Se la está llevando ahora mismo, ¿verdad? Sin siquiera dejar que se despidiera.

Acto seguido, se puso de pie y corrió hacia afuera. Miró hacia el cielo y dijo:

—¿Se ha ido? ¿Riley se ha ido sin que pudiera decirle adiós?

Logan sabía que el piloto daría otra vuelta.

—Will no ha venido en helicóptero, Annie.

—Pero... —balbuceó antes de comprender lo que sucedía—. Es para ti, ¿no es cierto?

—Sí.

El helicóptero volvió a sobrevolar la casa buscando un claro donde aterrizar. Logan sabía que el único lugar posible era la vieja mansión. Sus días en Turnabout terminarían en pocos minutos. A pesar de lo enfadado que estaba con Cole por haberlo manipulado de esa manera, forzándolo a encontrarse con Annie y con su hija, tenía un trabajo urgente que cumplir. Se volvió para mirar la pequeña casa de playa de Annie y pensó que en menos de una semana, aquel lugar se había convertido en su primer hogar en muchos años. Entró a buscar la chaqueta y aprovechó para echar un vistazo al álbum que se encontraba sobre el sofá. Estaba lleno de fotos de Riley, de cuando era pequeña. Suspiró y se puso el álbum bajo el brazo.

Annie lo miró salir de la casa. Sin duda había visto lo que se llevaba, pero no dijo nada.

—Hasta que la central eléctrica vuelva a funcionar, Diego se ocupará de traerte el combustible que necesites para el generador —la informó Logan—. Y Sara te va a traer otro hornillo eléctrico. Maisy ha dicho que Leo estaba instalando uno de sus hornos en el centro social... El generador de allí es más grande, así que podrías usarlo cuando necesites secar tus hierbas.

—Siempre supe que te irías, sé que aquí no hay nada que te importe, pero no esperaba que fuera tan pronto.

Él se acercó, le tomó la cara y la besó durante un largo y doloroso rato.

—Tú me importas, Annie Hess.

—¿Por qué? ¿Porque ahora sabes que tenemos una hija?

—No. Por ti. Me importas tú.

—Pero no lo suficiente como para quedarte…

El helicóptero volvió a pasar sobre ellos. Logan alzó la vista y maldijo a Cole por obligarlo a marcharse.

—Lo suficiente como para saber que la vida que llevo no es buena para ti —declaró.

Después, se apartó de Annie y corrió a la vida que había elegido tiempo antes y que hacía que se odiara a sí mismo. Atrás dejaba a una mujer a la que no debía haber amado, pero también a un amor del que nunca se arrepentiría.

Capítulo 17

SETENTA y dos días sin Riley. Setenta y cinco sin Logan.

Annie quitó el chocolate que estaba calentando al fuego y miró el océano a través de la ventana. Lo hacía todos los días. Al principio, contaba los minutos. Si había conseguido dejar de pensar en ellos durante cinco minutos, podría hacerlo durante cinco horas, cinco días. Tal vez, en cinco meses, o años, la sensación de vacío desaparecería.

Llenó una taza de chocolate caliente y le echó algunas galletas, como solía hacer Riley. Eran los primeros días de mayo y hacía demasiado calor para tomar algo así, pero el clima no era un obstáculo para su ritual diario.

Levantó el sombrero que había dejado en la encimera y se lo puso. Aquel día estaba plantando romero; las semillas que había recogido en el campo habían echado raíces y llenaban la casa con su particular perfume.

Antes de que pudiera alcanzar la puerta, sonó el teléfono. Annie contestó mientras se ponía unos guantes de jardinero.

—¡Annie! —exclamó Riley al otro lado de la línea.

Como siempre le ocurría al oír la voz de su hija, a la mujer se le paró el corazón. Sonrió y se apoyó el auricular en el hombro.

—¿Qué tal ha estado el debate?

—Hemos ganado, por supuesto.

—Te dije que lo haríais.

Entre tanto, Annie levantó los tiestos de romero y los cargó hasta la furgoneta que tenía aparcada en la entrada. El vehículo había llegado un par de días después de que Logan se marchara, junto a un cargamento de provisiones y herramientas.

—¿Cómo anda todo lo demás? —preguntó, sentándose en la furgoneta.

—Mamá ha renunciado a su trabajo, pero probablemente ya te lo haya contado ella. Estamos tomando clases de piano juntas. Quiere que toquemos a dúo. ¿Qué te parece?

Por el tono de voz, Riley parecía cansada, pero Annie era capaz de oír más allá. No todos los asuntos familiares estaban resueltos, pero su fuga había servido para hacerlos comprender que necesitaban pasar más tiempo juntos.

—Cuando vengas a visitarme este verano —dijo Annie—, podrás tocar en el piano del centro social.

—Lo dudo —afirmó la chica—. Me tengo que ir, Annie. Sólo quería contarte cómo había salido el debate. Ya sabes, el equipo de Bendlemaier ha sido campeón estatal durante cuatro años seguidos. Mi escuela les va a dar una buena patada en el trasero el próximo año. Espera y verás. Por cierto, el otro día recibí carta de Logan.

A Annie se le congeló la sonrisa.

—Qué bien, ¿y qué decía?

—No mucho. Está viajando un montón; el sello era de Alemania. Me preguntó si seguía hablando con Kenny Hobbes y le escribí para contarle que el tipo era un imbécil, pero no pude enviar la carta porque el sobre de Logan no tenía dirección en el remite.

Nunca había una dirección. Annie sabía que Logan le había escrito a Riley varias veces durante las últimas semanas. En general, no decía mucho salvo que estaba pensando en ella. Y el gesto parecía ser suficiente para Riley, para quien asumir que él era su padre, y no Drago, había resultado menos traumático que el saber que Annie era su verdadera madre.

Desde entonces, Annie había ido a Olympia dos veces y Riley tenía planeado pasar un mes de vacaciones en Turnabout.

No siempre era tan fácil. Riley no era siempre dulce y encantadora; después de todo, era una Hess. Pero era mejor de lo que Annie había imaginado y, gracias a la influencia tranquilizadora de Noelle, Will había dejado de torturarse con la idea de que Logan reclamaría la custodia de su hija.

Quizá, Annie debía darle las gracias a Lucía por

haber revelado la verdad. Había quitado muchos velos buscando herir a sus hijos y lo que había conseguido era ayudarlos a sanar viejas heridas.

—Me tengo que ir. Mamá está tocando la bocina. Tenemos clase de piano. Te quiero.

Riley se despidió a toda prisa y colgó el teléfono sin esperar respuesta.

—Yo también te quiero —murmuró Annie.

Después, la mujer echó la cabeza hacia atrás y miró al cielo. El calor del sol le acarició la cara. Finalmente, suspiró, agarró los guantes y la taza de chocolate y salió de la furgoneta. Desvió la vista hacia el tronco del árbol que se había traído del Castillo. Los concejales no se ponían de acuerdo sobre qué hacer con el tronco, pero Sam le aseguró que podía tenerlo en el jardín.

Sin embargo, Annie no estaba mirando el tronco sino lo que había tallado en él. Pero se obligó a dejar de mirarlo. Pasaba demasiado tiempo contemplándolo, así que pisó el acelerador y se dirigió hacia la carretera que conducía a la casa del Castillo. Por suerte, sólo le llevaría unos minutos llegar allí, porque Sara la estaba esperando en la tienda. Era primavera, la isla se estaba llenando de turistas y en Island Botánica tenían mucho trabajo.

Aparcó tan cerca de la casa como pudo y salió del vehículo. Había olvidado la idea de cultivar cerca de la valla y en lugar de eso había plantado en dirección a la casa. De momento, sólo había conseguido que prendiera una Santa Rita colorada, pero era mucho más de lo que había conseguido hasta entonces.

Sacó el romero del vehículo y cargó la maceta hasta la casa, decidida a plantarla en uno de los jardines laterales.

—Bonito sombrero.

Annie se detuvo. Se le aflojaron las manos y se le resbaló el tiesto.

—He ido a buscarte a la tienda.

—Como ves, no estoy allí —dijo ella, sin pensar.

Annie lo recorrió con la mirada. Tenía el pelo más largo, estaba bronceado, apenas se le notaba la cicatriz y tenía los ojos más azules que el océano.

—¿Qué haces aquí, Logan?

Él siguió caminando y se alejó del viejo y derruido caserón. Vestía una camisa blanca y unos pantalones color caqui y para ella estaba más guapo que nunca. Hizo un gesto hacia la Santa Rita que crecía en la pared y comentó:

—Tenías razón. Puedes hacer que las plantas crezcan en cualquier parte.

—Logan...

—Veo que tienes la furgoneta. ¿Funciona bien?

—¿Por qué no le revisas el motor y lo compruebas?

Él no le contestó, pero sonrió divertido.

Annie se cruzó de brazos.

—La furgoneta me ha sido de gran ayuda —afirmó—. Gracias. Las ventanas están perfectas, el nuevo tejado es mejor de lo que la cabaña merece. Ahora bien, ¿puedes decirme qué estás haciendo aquí?

—Quería que tuvieras todo lo que necesitabas.

—Puedes estar tranquilo —dijo ella—, soy la envidia de la isla.

La casa de Annie, además de las de Sara, Maisy y Hugo, era una de las pocas que tenía un generador de electricidad propio y con potencia suficiente como para iluminar el pueblo entero durante varios siglos.

—Por suerte no hemos necesitado utilizar los generadores —añadió la mujer—, pero nunca se sabe...

—Así que tienes todo lo que necesitas.

Logan se acercó a ella y levantó el tiesto de romero del suelo.

—¿Dónde querías poner esto? —preguntó.

Annie le indicó dónde dejar la planta y sacó las herramientas de la camioneta. Acto seguido, se arrodilló junto a la maceta y, con las manos temblorosas, se puso los guantes. Si Logan quería actuar como si su presencia fuera algo natural, ella le seguiría el juego. Que él hubiera tallado sus nombres en aquel tronco infernal no significaba que tuviera que estar esperándolo durante setenta y cinco interminables días.

Sacó una pala pequeña de la caja de herramientas y la hundió en la tierra. Unos segundos más tarde, Logan se agachó a su lado, agarró una pala y comenzó a excavar con destreza.

—No me mires tan sorprendida —murmuró—. No pensarás que Sara es la única que aprendió algo de jardinería al crecer en esta maldita roca, ¿verdad?

Annie soltó la pala y se sentó.

—Sinceramente, no sé qué pensar. ¿Qué estás haciendo aquí, Logan?

Él también se sentó y apuntando con el mango de la pala hacia la Santa Rita, preguntó:

—¿Cómo has conseguido que creciera eso?

—Te lo he dicho mil veces: no hay nada malo en esta tierra.

—Sí, pero en cuarenta años, eres la única que ha sido capaz de demostrarlo —afirmó él, mirando a su alrededor—. Solía venir aquí cuando era niño.

—Lo recuerdo. A ver las puestas de sol, decías.

—Antes de eso —dijo, con una sonrisa tímida—. Cuando era un niño, venía para asustar a mi madre. Siempre temió que alguien se cayera por el acantilado que está detrás de la casa.

—¿No estás harto de tantos recuerdos?

A Annie no le preocupaba sonar malhumorada. Lo estaba. La había abandonado, había estado lejos durante mil ochocientas interminables horas.

—Todavía no has encontrado al dueño, ¿verdad?

—No.

Logan asintió con la cabeza y se puso de pie. Dio algunas paladas más y volvió a sentarse.

—Renuncio —protestó.

—Yo no te he pedido que me ayudaras con esto. No te he pedido nada, ni he esperado nada de ti —aseguró ella, sin poder detener su verborrea—. ¡Te marchas dejando ese mensaje en el tronco para mí y después simplemente apareces y actúas como si todo estuviera de maravilla! Para que lo sepas, podría haber estado embarazada cuando te fuiste, aunque aquel día lo negara.

En realidad, Annie no se había quedado embarazada y eso la había aliviado y entristecido a la vez.

Logan le recorrió el cuerpo con la mirada. Era delgada pero estaba llena de curvas. Llevaba puestos unos pantalones cortos, de color verde, que dejaban sus preciosas piernas a la vista.

—No estabas embarazada. Llamé a Sara varias veces. Sé que no podrías haberle ocultado ese secreto y que ella me lo habría contado.

—Le envías cartas a Riley —murmuró Annie, con voz trémula—, llamas a tu hermana...

—Sí —admitió él—. Pero he regresado por ti.

Ella lo miró con frialdad.

—No juegues conmigo, Logan.

—Te ayudaré a encontrar al dueño de este lugar.

Annie se sorprendió ante el repentino cambio de tema, pero se recuperó rápidamente.

—¿Y cómo piensas hacerlo?

—Conozco a mucha gente.

No tenía sentido que negara sus conexiones. Y por otra parte, se sentía tan inseguro que quiso demostrarle que podía ser útil.

—No me debes ningún favor, Logan. Puedo arreglármelas sola. Además, debería haberme librado de todo esto...

—¿Y por qué no lo has hecho?

—Porque era tuyo.

—¿Quieres decir que has encontrado el tronco del árbol?

—Sí. Sam se aseguró de ello, aunque tú no quisiste admitir que te habías cortado mientras lo transportabais. Por lo que veo, la herida ya ha cicatrizado...

—¿Sabes una cosa? Lo que grabé iba en serio.

Ella no parecía muy convencida.

—¿De verdad? Logan ama a Annie... ¿Era una especie de premio de consolación o algo así?

Logan no dijo nada al respecto. Sabía que se merecía el comentario.

—¿Cómo está Riley?

—Llámala y descúbrelo tú mismo. Supongo que está creciendo a pesar de las muchas imperfecciones de sus padres, incluidas las tuyas. Pero si eso es todo lo que querías decir, será mejor que me vaya. Sara me está esperando.

—Annie, he dejado mi trabajo.

—¿Por qué? Pensaba que lo era todo para ti…

—Quería hacer algo distinto, crear en lugar de destruir. Sin embargo, todos sabemos que abandonar a Coleman no es tan fácil. Cuando te elige, te elige para siempre.

—Suena peligroso…

Logan pensó que Cole lo era, aunque el mayor peligro no era él sino las agencias que trabajaban al margen de la ley.

—Bueno, digamos que no se lo tomó muy bien.

—¿Te hizo daño?

Logan se rió con suavidad y la tomó de la mano.

—Si lo hizo, ¿serías capaz de cortarle el cuello?

—Puede ser.

—Annie, eres la persona a quien más respeto en este mundo —le confesó.

—Respeto —repitió ella.

—Sí. En cambio, supongo que yo no puedo esperar semejante cosa de ti.

—¿Por qué dices eso?

—Porque los hechos hablan por sí mismos. Te he abandonado no una, sino dos veces.

—¿Los hechos? Los hechos no dicen necesariamente la verdad, Logan. Cuando yo tenía diecisiete años sabía lo que quería y quise tomarlo, pero me convenciste de que las cosas no son siempre así.

—Y sin embargo, no logré detenerte…

—No, pero olvidemos esa noche. Pertenece al pasado, a un pasado que ya no podemos cambiar y que no necesitamos cambiar porque hemos creado algo distinto.

Ella se humedeció los labios y él la miró a los ojos. Eran los ojos de la mujer de su vida.

—Supongo que los dos podríamos haber tomado otras decisiones a lo largo de estos años, Logan —continuó—. Tal vez podríamos haberlo hecho mejor, pero al menos Riley está exactamente donde debe estar. Es lo correcto por mucho que me duela. Como fue lo correcto para mí que abriera la tienda con Sara… Yo amo esta isla. Es mi hogar.

—¿Y te gustaría compartirlo?

—Eso depende de que fueras en serio cuando grabaste esas iniciales en el tronco.

—Lo sentía de verdad, Annie.

—¿Y durante cuánto tiempo lo sentirás?

—Durante toda la vida.

—¿Por qué?

—Porque me han dicho que consigues que crezcan cosas en cualquier parte. Y aunque no estoy seguro de que yo merezca la pena, tal vez tengas suerte conmigo en uno o dos siglos —bromeó.

Ella se inclinó sobre él y dijo:

—A veces las personas necesitamos un buen reto…

—Annie, yo no quería que mi oscura vida se cruzara en tu mundo luminoso. Pero cuando me marché, fue como si llevara tu luz conmigo. No podía olvidarte, no quería hacerlo, y me odiaba por mi trabajo... Así que decidí volver. Y te aseguro que estar sin ti todos estos días ha sido un verdadero infierno.

Logan se detuvo un momento antes de continuar. Miró hacia la vieja mansión y añadió:

—El día que recuperamos el tronco, Sam dijo que no debía pensar en lo que la isla podía darme, sino en lo que yo podía darle a ella. Pues bien, quiero devolverle ese caserón.

—¿Restaurándolo o derribándolo?

—Restaurándolo, por supuesto... Te amo, Annie. Eres la primera mujer a quien se lo digo y serás la última.

Annie permaneció un buen rato en silencio, estremecida. Después, alzó la mirada. Sus ojos se habían llenado de lágrimas.

—¿La última? Espero que no... La mansión es muy grande y sería una pena que no aprovecháramos las habitaciones. Me gustaría tener al menos una hija, una pequeña que se acostumbrara a oír lo mucho que la quiere su padre.

—¿En serio? ¿Después de todo lo que ha pasado todavía quieres...?

—Todavía lo quiero todo. Y lo quiero contigo, Logan Drake, sólo contigo.

Entonces, Annie lo besó. Y fue la decisión más fácil de todas.

JULIA™

MARIE FERRARELLA
CORAZÓN
AMADO

HARLEQUIN™

Prólogo

ES un buen hombre —dijo Sheila Barret.
Se refería a su sobrino, el chico al que había acogido en su casa cuando su hermana y su cuñado habían fallecido en un accidente de tráfico.

De eso habían pasado casi veinte años. Micah Muldare era más un hijo que un sobrino para ella y, como madre, se preocupaba por él. En su opinión, tenía motivos para estar preocupada. Micah se había convertido en un hombre emocionalmente solitario.

—Desde que su mujer, Ella, falleció, solo se dedica a trabajar —añadió, apretando los labios para intentar contener la ola de tristeza que la invadía al pensar en él—. Es como si siempre estuviese intentando dejar atrás el dolor.

Sheila no solía sincerarse tanto con nadie, ni siquiera con su buena amiga Maizie Sommers, pero había llegado a un punto en el que necesitaba ayuda con su sobrino, ya que la situación estaba cada vez peor.

—¿Y con sus hijos? —le preguntó Maizie—. ¿No me has dicho que tiene dos niños? ¿Cómo es con ellos?

Sheila asintió e hizo una breve pausa para dar un trago al té exótico que había pedido. Maizie, que era agente inmobiliaria, había sugerido que quedasen en aquella cafetería para charlar de lo que le preocupaba. Al parecer, aquel era un trabajo ideal para ella.

Además de tener su propia empresa inmobiliaria, Maizie, junto con sus dos mejores amigas de toda la vida, Theresa Manetti y Cecilia Parnell, se entretenían haciendo de casamenteras. Habían empezado emparejando a sus propios hijos y habían tenido tanto éxito que, después, habían empezado con los de sus amigos. Sheila lo sabía y por eso, preocupada por Micah, había acudido a ella.

—Gary y Greg —le confirmó Sheila—. Tienen cuatro y cinco años, y los adora. Pero los pobres cada vez ven menos a su padre porque este se pasa el día trabajando. Y eso no es bueno, para ninguno.

—El trabajo nunca es un buen sustituto de una buena relación —afirmó Maizie.

Sheila no podía estar más de acuerdo.

—Los niños necesitan una madre y Micah, alguien a quien querer y que lo quiera —le dijo a su amiga, un tanto incómoda—. No suelo inmiscuirme en su vida…

—Y seguro que él te lo agradece, pero a veces hay que dar un pequeño empujón a aquellos a quienes queremos. No hay nada de malo en ello —le aseguró Maizie.

—Se disgustaría mucho si se enterase de que estoy hablando de su vida así…

Maizie sonrió a su amiga.

—No te preocupes. Trataremos el tema con la máxima discreción. A ver qué puedo hacer. No falta mucho para el día de la madre —comentó—. Te llamaré antes.

Maizie empezó a darle vueltas al asunto. La operación Micah Muldare había comenzado en el momento en que Sheila se había sentado con ella a la mesa.

Capítulo 1

ASÍ que a esto se debía tanto secreto, tantas risas y murmullos».

Micah Muldare estaba sentado en el sofá, mirando el regalo con el que sus hijos lo habían sorprendido. Un regalo que no había esperado, ya que conmemoraba un día que, a su parecer, nada tenía que ver con él. Lo acababa de desenvolver y estaba encima de la mesita del café.

Sus hijos, Greg, de cuatro años, y Gary, de cinco, estaban sentados encima de él, cada uno a un lado, sin parar de moverse. Los dos eran rubios, de ojos azules y constitución delgada, eran idénticos.

«Iguales que Ella».

Micah intentó no pensarlo. Ya habían pasado dos años, pero seguía sin estar preparado.

Tal vez lo superase algún día, pero todavía no lo había hecho.

—¿Te gusta, papá? —le preguntó Gary, el más vivo de los dos, sonriendo ligeramente y mirándolo con toda su atención.

Micah miró la taza que había encima de la mesa.

—La verdad es que no me esperaba algo así —le contestó a su hijo—. Lo cierto es que no esperaba ningún regalo hoy.

Era el día de la madre. Era evidente que llevaba dos años haciendo de padre y de madre, pero no había imaginado que le harían un regalo aquel día.

La taza había estado envuelta en lo que parecía un rollo entero de papel de regalo. Gary había anunciado orgulloso que había sido él quien la había envuelto.

—Yo he puesto el celo —había añadido Greg enseguida.

Y Micah había alabado el trabajo de ambos.

La taza llevaba una inscripción que decía: *A la mejor mamá del mundo*, y estaba decorada con flores rosas y amarillas. Micah la miró y sonrió mientras sacudía la cabeza. Al menos, sus hijos tenían el corazón donde tenían que tenerlo.

—Umm, chicos, creo que estáis un poco equivocados con el concepto —les dijo.

Gary lo miró confundido.

—¿Qué es un concepto?

—Es una idea, una manera de…

Micah se interrumpió bruscamente. Era ingeniero y trabajaba en el departamento súper secreto de sistemas de defensa con misiles de Donovan Defense, una importante empresa nacional, así que estaba acostumbrado a dar explicaciones enrevesadas. Dada la tierna edad de sus hijos, decidió que lo mejor sería ser breve y conciso.

Así que volvió a intentarlo.

—Es una manera de entender algo. Lo cierto es que estoy muy emocionado, chicos, pero tenéis que entender que yo no soy vuestra mamá. Soy vuestro papá.

Luego miró a los dos niños por si tenían alguna pregunta o duda.

—Ya lo sabemos —le respondió Gary—, pero a veces haces cosas de mamá.

—Sí, como preparar galletas cuando estoy enfermo —añadió Greg.

Y Micah no pudo evitar pensar que aquello sucedía con demasiada frecuencia. Greg había sido prematuro y había tenido varias complicaciones de salud que habían hecho que tuviese que entrar y salir del hospital con cierta frecuencia hasta los dos años.

Y debido a toda la medicación que había tenido que tomar, su sistema inmunitario se había visto afectado. Por eso se ponía enfermo con más asiduidad que su hermano.

Y cada vez que eso ocurría, Micah estaba muy atento por si desarrollaba otro brote de neumonía.

La última vez, un año y medio antes, Greg había estado a punto de morir.

Micah se aclaró la garganta y puso los hombros rectos. Su difunta madre, Diane, lo había enseñado a aceptar todos los regalos con agradecimiento.

—Bueno, entonces, muchas gracias —les dijo a sus hijos, sonriéndoles de oreja a oreja.

Los niños sonrieron también.

—Nos ha ayudado tía Sheila —le contó Gary.

—Sí, nos llevó a la tienda —intervino Greg—, pero el regalo lo elegimos yo y Gary. Y lo compramos con nuestro dinero.

—Gary y yo —lo corrigió Micah automáticamente.

Él niño negó con la cabeza.

—No, papá, tú no, yo —insistió—. Yo y Gary.

Micah pensó que ya tendría tiempo para corregir su gramática cuando fuese un poco mayor.

—Qué maravilla —dijo en voz alta—. Estáis creciendo demasiado deprisa. Cuando queramos darnos cuenta, estaréis casados y tendréis vuestras propias familias.

—¿Casados? —repitió Greg con el ceño fruncido.

—¿Con una niña? —preguntó Gary con incredulidad, horrorizado con la idea.

—Sí, claro —respondió Micah a sus hijos, intentando no reírse de sus caras.

—¡Qué asco! —exclamó Gary, tapándose la cara.

—Sí —gritó Greg también, imitando a su hermano—. ¡Qué asco!

Micah puso un brazo alrededor de los delgados hombros de su hijo pequeño y lo acercó a él. Echaría de menos aquello cuando los niños creciesen, echaría de menos los momentos en los que sus hijos hacían que se sintiese como si fuese el centro del Universo.

—Ya me lo diréis dentro de diez o quince años —bromeó.

—Claro que sí, papá —le contestó Gary muy serio.

—¡Claro que sí! —repitió Greg para no quedarse fuera.

Sheila Barrett, tía de Micah, observó la escena desde la puerta del salón con una amplia sonrisa. Vivía cerca de allí, pero en casa de su sobrino se sentía más a gusto que en la suya propia. Cuidaba de los niños cuando Micah estaba trabajando, salvo si alguno estaba enfermo, cosa que ocurría con frecuencia.

—Han elegido la taza ellos —le dijo a Micah, para que no pensase que había sido idea suya—. Cuando la han visto, no han querido ninguna otra cosa. Han pensando que era perfecta para ti.

—Y tú no has intentado hacerles cambiar de opinión, ¿verdad?

Sheila se encogió de hombros.

—Yo creo que tienen el mismo derecho a desarrollar el gen de ir de compras que una niña.

—Qué democrática —dijo Micah sonriendo.

Su tía Sheila siempre había ido un poco contra corriente. Y él había aprendido a pensar de manera poco ortodoxa gracias a ella.

—Bueno, para agradecéroslo, os voy a invitar a comer a todos.

—¿A tía Sheila también? —preguntó Greg.

—Por supuesto, sobre todo a tía Sheila —le respondió Micah a su hijo pequeño—. Al fin y al cabo, ella sí que es aquí como una mamá.

Claramente confundido, Greg se giró a mirar a la mujer que los llevaba todos los días al colegio. Por las tardes los recogía y estaba con ellos hasta que su padre volvía a casa, en ocasiones, ya era de noche cuando se marchaba a su casa.

—¿Tía Sheila tiene hijos? —le preguntó Greg a su padre, sorprendido.

Sheila sonrió.

—Tengo a tu padre —contestó.

Tenía un vínculo muy especial con el hijo de su hermana. Micah tenía doce años cuando sus padres habían fallecido en un accidente de tráfico durante las vacaciones. El niño también había resultado herido y había tenido que ser ingresado en el hospital. En cuanto Sheila se había enterado, había dio a buscarlo. Se había quedado a su lado hasta que se había recuperado y después, se lo había llevado a casa y lo había criado como si hubiese sido suyo.

Greg la estaba mirando con los ojos muy abiertos.

—¿Papá también fue pequeño?

—Por supuesto que fue pequeño —le aseguró ella—. Y bastante granuja.

—Eso se lo acaba de inventar —le dijo Micah a sus hijos—. Era un niño muy bueno.

—Cuando estabas dormido —admitió Sheila.

—¿Nos cuentas alguna historia de cuando papá era niño? —le pidió Gary entusiasmado.

Sheila estaba sonriendo tanto que casi no se le veían los ojos.

—Por supuesto.

—De eso nada —intervino Micah—. Ya os las contará cuando seáis mayores.

Gary frunció el ceño.

—¿Por qué?

—Eso también os lo explicaré cuando seáis mayores —le prometió su padre antes de cambiar de tema de conversación—. Ahora, ¿a quién le apetece una pizza?

—¡A mí! —gritaron los niños al unísono.

Micah miró a su tía, que se había sentado en el cómodo sillón que había enfrente del sofá en el que estaba él con los niños.

—¿Qué te parece si vamos a ese restaurante italiano que te gusta tanto, Giuseppe's?

Los niños se pusieron a dar saltos. Sheila se puso en pie también.

—Menos mal que es un sitio en el que lo niños son bien recibidos —comentó Micah.

—Sí, menos mal —comentó Sheila, poniendo

una mano en el hombro de cada niño para llevarlos hacia la puerta.

—Ya no queda nadie a quien impresionar —le dijo Kate Manetti Wainwright a su amiga, Tracy Ryan, asomando la cabeza por la puerta de su despacho.

Era domingo y el bufete estaba cerrado. O tenía que haberlo estado. Tracy pensó que Kate debía de haberla oído escribir en el ordenador.

Levantó la vista del documento en el que estaba trabajando.

—Estás aquí —le dijo.

—Aunque se supone que no debería estarlo —comentó ella—. Solo he pasado a recoger el jersey que me olvidé el viernes. Y, además, yo no cuento.

—Para mí sí que cuentas —le dijo Tracy, sonriendo a su amiga—. Y, para tu información, no estoy intentando impresionar a nadie, solo intentaba quitarme algo de trabajo.

Kate puso los ojos en blanco.

—Ya trabajas el doble que el resto. ¿Cómo es posible que tengas que adelantar trabajo?

Tracy encogió los delgados hombros.

—Ya basta —le dijo a la que había sido su amiga desde la universidad—. ¿No deberías estar en otra parte?

Al fin y al cabo, era el día de la madre y Kate tenía la suerte de tener todavía a la suya.

—Sí, y quiero que me acompañes —le contestó esta, como si se le acabase de ocurrir la idea.

En vez de negarse automáticamente, Tracy sintió la necesidad de tener más información para poder encontrar un buen motivo para decirle que no. Kate no aceptaba fácilmente un no por respuesta.

—¿Y adónde se supone que tengo que acompañarte?

—A Giuseppe's. Lilli y yo vamos a llevar a mi madre allí para celebrar el día de la madre —le contó Kate, refiriéndose a la esposa de su hermano Kullen.

Tracy negó con la cabeza.

—Tengo que quedarme a terminar este informe.

—No voy a aceptar un no por respuesta, Trace —informó Kate a su amiga.

—Es el día de la madre —replicó esta—. Seguro que a tu madre no le apetece ir a comer con una oveja perdida.

—Si dices eso es que no conoces a mi madre, además, no eres ninguna oveja perdida —le aseguró Kate—. Eres como de la familia. Como la hermana que mi madre jamás consiguió darme.

Tracy contuvo un suspiro. El día de la madre siempre le resultaba muy duro por dos motivos, porque su madre, a la que había adorado, ya no formaba parte de su vida desde hacía casi tres años. Y, además, porque su fugaz matrimonio, que había empezado y terminado cuatro años antes, la había dejado embarazada y llena de ilusiones. A Tracy siempre le habían encantado los niños y la idea de ser madre la había emocionado mucho, pero la emoción se había tornado en tragedia al dar a luz a un niño prematuro… y muerto.

Aquello, más que el dolorosamente efímero matrimonio, la había dejado con la sensación de que había personas que estaban hechas para vivir siempre solas. Y se enfrentaba a ello del mismo modo en el que se enfrentaba al resto de cosas que la abrumaban: encerrándose en su trabajo. Así evitaba tener tiempo para pensar, para darle vueltas a su situación.

Cuando la soledad la invadía, como le ocurría en ocasiones, trabajaba un poco más hasta que conseguía volver a aturdirse.

Lo importante era no sentir. Dado que era una persona cariñosa, intentaba encauzar sus emociones hacia los casos que llevaba y las personas a las que ayudaba.

—No voy a aceptar un no por respuesta —repitió Kate—. Y no te preocupes, no te he preparado ninguna cita a ciegas. Jackson está fuera de la ciudad, así que iremos solo chicas. Venga. Será divertido.

Al ver que Tracy no cedía, continuó diciéndole:

—Eso puede esperar, no se va a ir a ninguna parte, salvo que de repente le salgan patas.

Kate estaba decidida a que su amiga la acompañase, aunque tuviese que sacarla del despacho y llevarla al restaurante a la fuerza.

Tracy suspiró por fin, se rindió. Se suponía que era mejor estar rodeada de gente agradable a estar allí sola.

—Está bien, supongo que es buena idea, pasar la tarde entre chicas —admitió.

—¡Genial! —exclamó Kate, dándole la vuelta al escritorio para tocar varias teclas y guardar el documento en el que Tracy había estado trabajando antes de apagar el ordenador—. Hecho.

Luego agarró a Tracy del brazo y la ayudó a levantarse del sillón.

—Sabía que vendrías —añadió—. Vamos. No quiero hacer esperar a mi madre. Ah, por cierto, ¿te he contado que Nikki y Jewel también van a venir con sus madres?

Kate habló en tono interrogativo, pero Tracy ya sabía que lo que estaba haciendo su amiga era darle más información poco a poco.

—Espero que no te importe —continuó—. Mi madre y esas mujeres son amigas de toda la vida y se lo pasará mejor si está con ellas.

¿Cuál era el refrán que tanto había utilizado su madre? «De perdidos, al río», recordó Tracy mientras dejaba que su amiga la sacase del despacho.

Tracy había visto a Theresa Manetti un par de veces, en la boda de Kate y en la de Kullen, y le recordaba un poco a su propia madre. Por eso le había caído bien desde el principio, lo mismo que las otras dos mujeres a las que acababa de conocer y que esta le había presentado como «sus mejores amigas desde tercero»: Maizie Sommers y Cecilia Parnell.

Si unía las características de las tres mujeres, se encontraba prácticamente con su madre. Saboreó la experiencia un momento y luego decidió disfrutar de la compañía de cada una de las mujeres de manera individual.

—Ves —le dijo Kate—. Te dije que iba a ser una tarde de chicas.

Theresa se echó a reír.

—Yo creo que dejé de ser una chica el siglo pasado —le dijo a su hija.

—Lo importante es la actitud —le advirtió Maizie—. Yo no envejezco nunca.

Theresa contuvo una carcajada y le preguntó a Cecilia:

—¿Cómo se llama la Peter Pan femenina?

—Felicidad —contestó Tracy sin dudarlo.

Maizie asintió y sonrió al oír aquello.

—Me gusta tu manera de pensar, Tracy —dijo antes de tomar la carta y empezar a leerla—. ¿Qué os gusta?

—Él —respondió Theresa Manetti, que no estaba mirando la carta, sino al hombre que había tres mesas más allá.

Maizie miró al hombre moreno al que se refería su amiga y fingió sorpresa. En realidad, las tres, Cecilia, Theresa y ella, sabían dónde estaría sentado Micah Muldare, ya que habían hablado de ello con Sheila.

—¿Qué decías de Peter Pan? —bromeó Maizie, inclinándose hacia delante—. Creo que conozco a la mujer que está con él.

Todas las mujeres de la mesa miraron en la misma dirección que Theresa.

—¿No es un poco mayor para él? —preguntó Cecilia.

—Es su tía, Sheila Barret. Le vendí un piso hace unos años —les explicó Maizie, mirando concretamente a Tracy.

—Entonces, en realidad es una clienta no una amiga —dijo esta.

—Es ambas cosas —respondió Maizie sonriendo.

—Mamá enseguida hace amigos —comentó Nikki.

Tracy miró hacia la mesa en cuestión.

—Qué niños tan ricos —dijo sonriendo ampliamente.

Maizie asintió.

—Sí, y he oído que el padre está haciéndolo fenomenal, educándolos él solo. Sheila lo ayuda siempre que puede, por supuesto, pero no hay nada que pueda sustituir el amor de una madre, ¿verdad?

La pregunta iba dirigida a Tracy, pero fue su propia hija, junto a las de Theresa y Cecilia, la que respondió:

—No, madre, claro que no.

Maizie rio con suavidad. Aquello tenía muy buena pinta. Tracy sonreía con sinceridad al mirar a los niños y eso era muy importante.

Pronto tendrían otra pareja más.

Solo era cuestión de tiempo.

Capítulo 2

MAIZIE esperó a que Sheila mirase hacia su mesa para saludarla con la mano.

Al verla, Sheila sonrió y le devolvió el saludo. Eso hizo que los hijos de Micah se diesen la vuelta para ver quién saludaba a su tía.

—Gary, gírate —le pidió Micah a su hijo mayor.

—Ya estoy girado —le contestó el niño.

Micah tardó un momento en darse cuenta del problema de comunicación. Con cinco años, su hijo lo entendía todo de manera literal.

—Vuelve a girarte hacia este lado —le dijo.

—Ah, de acuerdo.

Gary volvió a sentarse recto y miró a su tía.

—¿Conoces a esas señoras? —le preguntó muy serio.

—¿A qué señoras? —preguntó Micah, girándose él también, pero no viendo nada fuera de la normal.

Gary se volvió otra vez y señaló con el dedo.

—A esas señoras.

—No señales —lo reprendió pacientemente su padre.

El niño lo miró confundido.

—Si no señalo, papá, ¿cómo vas a saber en qué mesa están las señoras?

Sheila contuvo una sonrisa.

—En eso tiene razón, Micah —le dijo a su sobrino.

—Lo sé —admitió este suspirando antes de alborotar el pelo de Gary—. Tiene todo lo necesario para ser un buen abogado. Qué pena que no pueda serlo ya, me vendría bien.

—¿Por qué? —le preguntó Sheila, más tensa de lo normal—. ¿Estás diciendo que necesitas un abogado, Micah?

—Probablemente —le respondió este—. Olvídalo. No vamos a estropear el día hablando de abogados. Solo quiero disfrutar de una cena con mis tres personas favoritas.

Pero Sheila no se quedó satisfecha con la respuesta. Tocó la mano de su sobrino y lo miró a los ojos.

—Pues yo no voy a poder disfrutar si no me

prometes que me contarás qué ocurre en cuanto lleguemos a casa.

—De acuerdo.

—No se me va a olvidar —le advirtió ella.

—Lo sé.

—Está bien —le dijo Sheila, abriendo la carta—. Que empiece la fiesta.

—No has contestado a mi pregunta, tía Sheila —le recordó Gary, con su habitual tenacidad.

Sheila miró de nuevo a su sobrino.

—Tienes razón, sería un buen abogado —le dijo, antes de mirar al niño—. ¿Cuál era la pregunta?

—Si conoces a esas señoras —repitió el niño en tono ligeramente exasperado. Luego miró a su padre—. A las que no puedo señalar.

—Conozco a algunas. La señora que me ha saludado me vendió el piso. Y las otras dos son sus amigas de toda la vida.

—¿No tiene amigas jóvenes? Además de tú —añadió Gary sonriendo de oreja a oreja.

Sheila, que tenía al niño a su izquierda, se inclinó y le dio un fuerte abrazo.

—Eres el mejor regalo que me han hecho nunca —le dijo.

—Me estás aplastando, tía —protestó el niño.

Ella lo soltó de inmediato.

—Lo siento, me he dejado llevar —se disculpó en tono de broma.

Greg arrugó la nariz como si no entendiese nada.

—Si estás aquí. Nadie te ha llevado a ninguna parte —comentó.

Greg miró a su alrededor, como si quisiese asegurarse de que nadie se acercaba de repente a llevarse a su tía. Su mirada se cruzó con una de las mujeres que estaba sentada en la otra mesa y él se tapó el rostro con ambas manos.

—¿Qué te pasa? —le preguntó Micah a su hijo.

—Que esa señora me está mirando —le contestó Greg riendo.

Entonces fue Micah quien se giró a mirar a la otra mesa y vio que había ocho mujeres. Siete de ellas estaban charlando y la octava, la rubia, a la que Greg debía de referirse, estaba mirando hacia allí.

Sus miradas se cruzaron durante un largo segundo y ninguno de los dos la apartó.

Tenía una sonrisa bonita. La vio mover los labios y después se dio cuenta de que había dicho «qué niños más ricos». A Micah solo se le ocurrió responderle también en silencio: «Gracias».

Ella sonrió todavía más y Micah se dio cuenta de que no podía apartar la vista. Tenía una sonrisa casi hipnótica e increíblemente tranquilizadora al mismo tiempo.

—¿Por qué no haces ruido? —preguntó Greg—. Has movido la boca, pero sin hablar.

—Está utilizando su voz interior —le informó Gary a su hermano pequeño—. Yo sí que puedo oírla.

Greg solo tenía cuatro años, pero se daba cuenta de cuando alguien le mentía.

—No, no puedes.

—Sí que puedo —replicó Gary.

—Chicos —intervino Micah—, ¿no os he dicho que no os peleéis?

—Sí —contestaron los niños al unísono, bajando la vista.

Satisfecho al ver que iban a portarse bien al menos durante cinco minutos, Micah fijó su atención en la carta. El camarero se estaba acercando a su mesa.

—Venga, vamos a pedir antes de que pase el día de la madre —le dijo a los pequeños.

—¿Por qué no me lo habías dicho? —le preguntó Sheila a su sobrino.

Parecía consternada, molesta y preocupada al mismo tiempo.

—Lo he hecho —respondió Micah.

Casi acababan de entrar en casa cuando su tía le había preguntado qué problema tenía. Habían estado en el restaurante dos horas y Sheila había disfrutado de la comida, pero había llegado el momento de ponerse serios.

—¿Qué ocurre y por qué piensas que vas a necesitar un bogado? —había querido saber ella.

Quería que se lo contase todo.

Micah le había hecho un resumen, dejándose algunos detalles que su tía no tenía por qué saber.

Sheila lo había escuchado en silencio, sin hacer ningún comentario, pero era evidente que estaba disgustada.

—Además —le dijo él—, es domingo. No creo que pueda hacer mucho hasta mañana.

Todo había surgido el viernes por la tarde y se había pasado todo el sábado intentando hacerse a la idea.

—Por supuesto que se puede hacer algo —lo contradijo Sheila, yendo a por el teléfono que había en la cocina.

Que él supiese, no había ningún buen bufete de abogados que abriese los domingos.

—¿A quién vas a llamar? —le preguntó en tono sarcástico a su tía.

No era un experto en el tema, pero, en su opinión, cualquier abogado que trabajase en domingo tenía que estar desesperado, ser demasiado caro o muy malo. Y no necesitaba ninguna de esas tres cosas. Necesitaba a un abogado bueno y que cobrase unos honorarios razonables.

Sheila lo miró por encima del hombro antes de marcar.

—¿Te acuerdas de la mujer que me ha saludado en el restaurante?

Micah se acordaba de ella y de la rubia alta con la que había cruzado la mirada. Había tenido un *déjà vu*, la sensación de haber estado allí anteriormente.

Pero, por supuesto, no era así. Debía de ser culpa de los nervios.

Intentó centrarse de nuevo en la pregunta que le había hecho su tía. Solo podía haber un motivo por el que esta le estaba preguntando por la otra mujer.

—¿Es abogada? Pensé que habías dicho que te había vendido el piso.

No quería herir los sentimientos de su tía, sobre todo, en un día como aquel. Era consciente de que esta le había abierto su casa, y su corazón, sin que nadie se lo pidiese.

—Normalmente, las personas que se dedican a hacer dos cosas no hacen bien ninguna de las dos —comentó en tono diplomático.

Los niños estaban sentados en el suelo viendo la televisión. Micah no quería que se enterasen de nada de la conversación. Desde el viernes, no había hecho más que pensar en las posibles consecuencias de lo ocurrido, si las cosas salían mal.

Aunque prefería no pensarlo. Tenía que criar a sus hijos y todavía tenía que pagar muchas facturas del hospital, tanto de Ella como de Greg. Eso significaba que debía mantenerse frío y estar siempre preparado. Preparado para defenderse, preparado para responder a las acusaciones y, en cierto modo, para llegar al fondo de aquello y saber cómo habían podido implicarlo en aquellas acusaciones penales.

Lo único que sabía era que él era inocente. Lo difícil iba a ser que todo el mundo lo creyese. Mientras tanto, tenía que conservar su trabajo al mismo tiempo que se preparaba emocionalmente para las acusaciones que iban a hacerle.

—Maizie no es abogada —le contestó Sheila—, pero tengo que hablar con otra de las mujeres de la mesa, Theresa Manetti.

—¿Es ella la abogada? —le preguntó Micah.

Sheila suspiró. Lo más sencillo habría sido confesar que Maizie lo había organizado todo para que su sobrino conociese a una mujer guapa y soltera que, casualmente, también era abogada. Pero si lo hacía, Micah se negaría a contratar sus servicios, por buena que fuese. Así que decidió no contarle la verdad.

—No, Theresa tiene un negocio de catering, pero su hijo y su hija son los dos abogados.

—Hay muchos tipos de abogados, tía —le dijo él—. Lo que voy a necesitar es un abogado penalista.

Gary, que, al parecer, había estado escuchando, lo miró horrorizado.

—Papá, ¿te van a meter en la cárcel? —preguntó, con los ojos como platos.

—¡No! —exclamó Greg, sin esperar a que respondiese su padre y corriendo a abrazarlo.

Micah suspiró. Siempre había intentado proteger a sus hijos, pero era evidente que no podía tenerlos encerrados en una burbuja.

—No me van a meter en la cárcel —les aseguró—. Solo quiero hacerle unas preguntas a un abogado. Nada más. No os preocupéis.

Sheila estuvo a punto de creerlo. Lo habría hecho si no lo hubiese conocido tan bien. Micah solo mentía para evitar hacer daño a los demás y en esos momentos estaba intentando hacerles creer que todo iba bien.

Pero no era así.

Llamó por teléfono a Maizie, que descolgó al cuarto tono. Sheila le hizo un resumen de lo ocurrido.

—Hablaré con Kate directamente —le dijo Maizie cuando hubo escuchado toda la historia.

No podían permitir que la historia progresase de manera natural y gradual. El sobrino de Sheila necesitaba ayuda jurídica, cuanto antes, lo que significaba que necesitaba a Tracy desde un punto de vista profesional más que personal.

Al principio, Kate no entendió el motivo de la llamada de Maizie, pero la escuchó con paciencia e intentó responder a sus preguntas.

—Sí —le dijo a la amiga de su madre—. Tracy es muy buena. Y muy trabajadora. Hoy he tenido que sacarla del bufete a rastras.

—Entonces, quieres decir que ya está ocupada —comentó Maizie con decepción.

Kate se echó a reír al oír aquello.

—Lo cierto es que Kate siempre encuentra tiempo para los casos nuevos. Yo creo que casi no duerme. Lo que quería decir es que seguro que quiere estudiar el caso del sobrino de tu amiga. Y si piensa que pueda ganarlo, se lo dirá. Que yo sepa, nunca ha perdido un caso —admitió con cierta envidia—. Te daré su número de teléfono móvil, aunque, conociéndola, seguro que ha vuelto a su despacho. Así que apunta el número de allí.

Maizie apuntó ambos números, se despidió y después llamó a Sheila para dárselos.

Sheila, a su vez, le dio los teléfonos a Micah.

—Toma —le dijo.

Habían pasado menos de veinte minutos desde que le había hecho un resumen a su tía de lo ocurrido, dejando fuera los detalles más escabrosos, que esta no necesitaba saber.

Miró ambos números de teléfonos.

—¿Cuál es el del mejor abogado? —preguntó.

—Ambos pertenecen a la misma —respondió Sheila, señalando el del despacho—. Este es del bufete. Según mi amiga, estará allí ahora. En su despacho. Trabajando.

Micah se sintió reflejado. Si no tuviese a sus hijos, o si estos hubiesen sido mayores, se habría refugiado en el trabajo. No porque este lo tranquilizara, sino porque lo mantenía ocupado y así no tenía tiempo para pensar.

Para recordar.

Ni para lamentar.

—De acuerdo —dijo, haciendo amago de meterse el papel en el bolsillo.

—Llama ahora —le dijo su tía, agarrándole la mano—. Cuanto antes empieces a solucionarlo, antes pasará.

Tenía razón. Sacó su teléfono móvil y empezó a marcar el número. No podía tomarse a la ligera una acusación de traición y espionaje.

Al quinto tono oyó que saltaba el contestador automático y dejó un mensaje con su nombre, su número de teléfono y poco más. Iba a colgar cuando oyó que le decían.

—¿Hola? ¿Señor Muldare? Soy Tracy Ryan. ¿En qué puedo ayudarlo?

Era una voz suave, melódica, que causó en él una reacción que lo pilló completamente desprevenido.

Capítulo 3

TRACY tuvo que esperar varios segundos a que el hombre que estaba al otro lado del teléfono respondiese.

¿Habría colgado? ¿O estaría reconsiderando sus opciones? Si era así, Tracy tenía la sospecha de saber el motivo. Por teléfono, parecía más joven de lo que era. Y la juventud no solía generar confianza en los clientes. Por eso siempre prefería hablar con ellos cara a cara la primera vez.

Medía un metro setenta, era delgada y rubia, y aunque sabía que nunca la confundirían con un árbitro de fútbol, al menos no parecía una colegiala, que era lo que su ex le había dicho que parecía por teléfono. En realidad, tenía veintinueve años.

—¿Señor Muldare? —repitió—. ¿Sigue ahí?

Él se dio cuenta de que había estado a punto de pedirle que le pasase con su madre, cuando la abogada era ella.

—Micah —le dijo—. Llámame Micah.

Al fin y al cabo, si aquella iba a ser su abogada, iban a tener que pasar más de un rato juntos.

—De acuerdo, Micah, ¿en qué puedo ayudarte?

—Eres abogada penalista, ¿verdad?

—Exacto —respondió ella. Luego esperó a que él continuase hablando, pero solo lo oyó suspirar—. ¿Tiene algún problema, señor… Micah?

Él rio, más bien con desdén que con alegría.

—¿Cronológica o alfabéticamente? —preguntó.

—¿Disculpa?

—Que no sé por dónde empezar —admitió Micah sin poder evitarlo.

—En mi experiencia, lo mejor es empezar por el principio.

Al ver que volvía a hacerse el silencio al otro lado del teléfono, Tracy decidió hacer algunas preguntas.

—¿Por qué no empiezas contándome de dónde has sacado mi nombre y mi número de teléfono? ¿Lo has encontrado en Internet o…?

—Lo ha conseguido mi tía, se lo ha dado una de sus amigas. No estoy seguro, pero creo que ha sido una buena amiga de una amiga —dijo, dándose cuenta de que todo aquello era ridículo—. La verdad es que es la primera vez que hago algo así… buscar un abogado —le explicó—. Tampoco suelo divagar de esta manera.

—Seguro que no —le dijo Tracy—. Cualquier persona se pondría nerviosa si necesitase a un abogado penalista. ¿Por qué no quedamos en mi despacho mañana y me cuentas por qué piensas que necesitas mis servicios?

—Me parece bien. ¿A qué hora?

Tracy miró su agenda. Tenía todo el día completo. Suspiró.

—¿Qué tal a última hora? —sugirió por fin—. Mañana ni siquiera tengo libre la hora de la comida, pero podría verte sobre las cinco y media.

—A las cinco y media —repitió Micah, así no tendría que pedir salir antes de tiempo del trabajo—. Allí estaré.

Ya iba a colgar cuando Tracy le preguntó:

—Ah, Micah, solo para saber a qué nos enfrentamos, ¿cómo es de grave el presunto delito del que se te acusa?

Micah miró por encima de su hombro para ver si los niños lo estaban escuchando. Ambos seguían sentados en el suelo, viendo la televisión.

Tomó aire y respondió:

—La palabra traición podría definirlo.

—Ah —dijo ella, haciendo una pausa de un segundo para reconsiderar la palabra y asimilarla—. ¿Te acusan de traición? ¿En serio?

—En resumen, sí. Traición —repitió Micah,

esperando que la mujer con voz de adolescente se disculpase y le dijese que no podía ayudarlo.

Pero lo que le contestó fue:

—De acuerdo. Entonces, hasta mañana a las cinco y media.

—A las cinco y media —repitió Micah, sintiéndose aturdido y, por primera vez en dos días, esperanzado.

Aturdido porque todavía no podía creer que le estuviese ocurriendo algo así, y esperanzado porque al menos había dado el primer paso para resolver aquella pesadilla.

Nunca había sido un santo, ni había pretendido parecerlo, pero cualquiera que lo conociese sabía que se sentía orgulloso de su trabajo, ya que ayudaba a defender el país al que amaba. No era capaz de vender información secreta a sus enemigos.

Y, no obstante, la empresa en la que llevaba trabajando desde que había terminado la universidad lo creía culpable.

—Papá —lo llamó Gary, interrumpiendo sus pensamientos y haciéndole un gesto para que se acercase—. Ven. ¡Es gracioso!

—Me vendrá bien algo gracioso —respondió él.

Dejó el teléfono móvil y fue a sentarse en el sofá, justo detrás de donde estaban sus hijos. Miró a Greg, que estaba hecho un ovillo, medio dormido.

—Pues parece que Greg se ha dormido viendo eso —le dijo a su hermano.

Gary hizo un gesto de desdén a su hermano.

—Es un bebé —dijo—. Todavía duerme la siesta.

Luego, miró a su padre por encima del hombro.

—¿Quieres que lo despierte? —le preguntó.

—No, gracias. Déjalo dormir. Probablemente lo necesita.

—Bebé grande —dijo Gary entre dientes.

Un segundo después se estaba subiendo al sofá, aprovechando que su hermano se había quedado dormido para poder tener a su padre para él solo.

—Estamos los dos solos, ¿verdad, papá?

Justo entonces, Sheila salió de la cocina. Había terminado de guardar los restos de comida que habían llevado del restaurante en la nevera.

—¿Qué tal ha ido? —le preguntó a su sobrino, sentándose a su lado.

—Supongo que bien —le respondió él—. He quedado mañana en su despacho.

—Bien. Ya verás como todo ha terminado antes de que te des cuenta —le prometió, sonriéndole cariñosamente y dándole una palmadita en la mano—. Ya verás.

—Shhh —dijo Gary, llevándose un dedo a los labios—. Tenéis que escuchar. Os estáis perdiendo lo mejor.

—No —lo contradijo Sheila, mirándolo y sonriendo—. Lo mejor está aquí.

—Esto es lo bueno —le dijo Gary a su padre y a su tía justo antes de volver a clavar la vista en la pantalla.

«Sí», pensó Micah, mirando a sus dos hijos, «esto es lo bueno». Y no podía permitir que una falsa acusación se lo quitase.

Al menos, lucharía para evitarlo.

El último cliente de Tracy se marchó pronto, así que le dio tiempo a respirar un poco antes de que llegase Micah Muldare.

Traición. Aquello era nuevo. Nunca había llevado un caso de traición, ni ella, ni ninguno de los demás abogados del bufete.

Pero la única manera de aprender era aprendiendo, ¿no? Intentaba ver cada nuevo reto como una oportunidad para crecer como persona.

Cada reto profesional, se corrigió.

No tenía ningún interés en crecer ni expandirse personalmente, por mucho que dijese Kate.

Su breve matrimonio había sido un desastre y no tenía ningún interés en repetirlo.

Eso significaba que no salía con hombres ni se veía con ningún compañero del sexo opuesto para nada que no fuese meramente profesional.

Y hablando de aquello…

Tracy se miró el reloj. Eran las cinco y treinta y cinco. Su último cliente del día llegaba oficialmente tarde.

¿Dónde estaría?

Tal vez hubiese debido insistir en que le dijese quién la había recomendado. Su tiempo era dema-

siado valioso como para desperdiciarlo allí sentada, esperando.

Pasaron otros cinco minutos y Tracy decidió
que ya había esperado bastante. Había llegado la
hora de marcharse a casa, darse un baño de espuma y comerse un trozo de pizza fría.

Le había gustado mucho la comida de Giuseppe's. Tanto, que había pedido una pizza para lle-
vársela a casa. Se había tomado un par de trozos la
noche anterior y tenía pensado cenar esa noche el
resto.

Su teléfono sonó, interrumpiendo sus pensamientos. Como eran las seis menos cuarto, no
supo si responder o dejar que saltase el contestador automático.

Tal vez fuese el cliente perdido, que llamaba
para decirle que llegaba tarde.

Por fin decidió responder.

—¿Dígame?

—Lo siento, señorita Ryan, soy Micah Muldare. Me temo que no voy a poder ir a verla esta tarde.

Parecía sincero.

—Espero que no le haya ocurrido nada grave
—respondió ella de manera mecánica, imaginán-
dose ya la bañera llena de agua.

—Mi hijo pequeño tiene fiebre y la canguro
está en un atasco —le explicó él—. No puedo dejar a mis hijos solos en casa. Son demasiado pequeños.

—Sus hijos —repitió ella.

De repente, apareció en su cerebro una imagen. La de los dos niños del restaurante.

No, no podía ser.

—¿No comería ayer por casualidad en Giuseppe's, con una señora mayor y dos niños rubios, preciosos? —le preguntó.

Iba a pensar que estaba loca, pero no había podido evitarlo.

—No me habían dicho que fuese adivina —comentó Micah. La pregunta le había pillado completamente desprevenido.

—No lo soy —respondió ella—. Yo también estaba allí.

Micah no pudo evitar pensar en la mujer que había sonreído a sus hijos.

—¿Eras tú? —le preguntó sin más preámbulos.

—Era yo —respondió Tracy sin dudarlo, relajándose un poco al saber quién era su interlocutor—. Espero que el niño se ponga bien pronto.

—Greg tiene fiebre con frecuencia —le contó él, sin entrar en detalles—. Y no quiero arriesgarme a que se ponga peor, si no, me los llevaría a los dos conmigo.

Tracy asintió. Le gustaba aquello. Le gustaba que Muldare antepusiese sus hijos a todo lo demás.

Después de pensárselo medio segundo, tomó una decisión.

—La verdad es que iba a marcharme a casa después de reunirme contigo, ¿por qué no me das tu dirección y me acerco a la tuya? —le propuso—. Tengo que admitir que estoy bastante intrigada con el caso. Eres la primera persona que acude a mí acusada de traición.

A él le gustó que alguien se sintiese intrigado. Él solo podía sentirse agobiado por el tema.

Lo pensó durante quince segundos exactos y decidió que no tenía nada que perder.

—¿Seguro que no te importa? —le preguntó.

—¿Por qué iba a importarme? Si me importase, no habría sugerido la idea —dijo, tomando un bolígrafo y arrancando una hoja del calendario—. ¿Dónde vives?

Greg tosía de fondo, distraído, Micah respondió.

—En Bedford.

—Bedford es una ciudad muy grande, ¿te importaría concretar un poco más?

—Lo siento.

De repente, Micah tenía la sensación de que todo se le venía encima. La acusación, la fiebre de Greg, el atasco en el que estaba su tía. Él siempre había odiado ir en coche, desde que sus padres habían tenido el accidente.

Por fin recitó el nombre de su calle.

—No —dijo Tracy con incredulidad.

—¿Pasa algo? —preguntó él.

Tracy miró la dirección que acababa de escribir. Aunque pareciese increíble, vivían en la misma urbanización.

No obstante, no quiso darle aquella información a su posible cliente porque valoraba demasiado su intimidad.

Así que se limitó a responder.

—No, es solo que me ha sorprendido. Conozco la zona bastante bien —dijo, mirándose el reloj—. Estaré allí en media hora. ¿Os parece bien a ti… y a tu esposa?

Que lo hubiese visto en el restaurante con sus hijos y su tía no significaba que no estuviese casado.

Esposa. La palabra todavía le dolía después de tanto tiempo. En vez de contestarle que ya no estaba casado, o que su mujer había fallecido, dijo:

—Solo somos los niños y yo. Y tía Sheila —añadió.

—Supongo que se trata de la guapísima mujer castaña que estaba sentada a tu mesa —sugirió Tracy.

Micah se echó a reír. Seguro que a tía Sheila le encantaba oír que la describían así.

—Se lo diré en cuanto la vea. Le va a alegrar el día —contestó.

Tracy se dio cuenta de que le gustaba oírlo reír. Era un sonido agradable, que le hacía sentirse bien.

«Ha sido un día muy largo y tal vez debieras marcharte a casa», pensó.

Pero no podía hacerlo después de haberle dicho a Muldare que iba a ir a verlo. Pensaría que era una rubia tonta. Imagen contra la que, como rubia natural, llevaba luchando toda la vida.

—Estaré allí en menos de media hora —repitió antes de colgar.

Cansada o no, esbozó una sonrisa antes de salir por la puerta de su despacho.

Capítulo 4

LA urbanización en la que vivía Tracy era una de las más antiguas de Bedford. Y también una de las más pequeñas.

Maizie Sommers, la agente inmobiliaria que le había vendido su casa le había hablado muy bien de la zona. Según ella, en Bedford Ranch había setecientas cincuenta casas. La agente había calificado la urbanización de «acogedora».

Para Tracy, el adjetivo acogedor le hacía pensar en chimeneas y edredones calentitos, pero después de un tiempo viviendo allí, era cierto que le iba bien a aquella urbanización. También le había alegrado que no fuese un lugar lleno de normas y prohibiciones acerca de todo, desde el número de horas que los residentes podían tener las puertas del garaje abiertas, a cuándo y si podían dejar el coche aparcado en la calle.

Pero lo que más le había gustado de la tranquila urbanización era que podía pintar la valla de su sencilla casa de dos pisos del color que quisiera sin tener que presentar una solicitud por triplicado y esperar a que le diesen permiso.

Era evidente que Muldare apreciaba aquella libertad tanto como ella. Si no, habría preferido una de las urbanizaciones nuevas y más rígidas, en las que había casas más grandes y modernas.

La suya contaba además con una escuela elemental en el perímetro sur, Los Naranjos.

Se preguntó si los hijos de su posible cliente irían allí.

Cuando Maizie le había vendido la casa, también se lo había comentado a ella.

—Cuando tengas hijos, verás que es una escuela excelente.

Lo que no había sabido la agente inmobiliaria es que eso no iba a ocurrir. Tracy adoraba a su madre, que la había criado sola, ya que nunca había conocido a su padre, pero pensaba que los niños necesitaban un padre y una madre. Y después de la humillante experiencia que había tenido con Simon, no volvería a casarse jamás, lo que le cerraba la puerta a la cuestión de los hijos.

Tracy tomó la curva que había justo antes de llegar a casa de Muldare, que vivía más cerca de ella de lo que había pensado. Solo había un coche aparcado en el camino, pero Tracy decidió no aparcar a su lado, por si llegaba alguien mientras estaba allí.

Salió de su viejo sedán blanco y anduvo hasta la puerta de la casa. A su exmarido siempre le había gustado hacer ostentación de riqueza. Le había dado igual que no pudiesen comprarse coches caros ni un yate. Las deudas le habían parecido un incómodo detalle del que Tracy había tenido que hacerse cargo mientras él conducía un coche que costaba lo mismo que una entrada para una casa en una de las mejores zonas de la ciudad. Cuando había intentado hacerle ver la diferencia entre sus salarios y su ritmo de vida, él le había dicho que era una cascarrabias.

Tocó el timbre y oyó las primeras notas de la quinta sinfonía de Beethoven. ¿Era un amante de la música clásica? ¿O el timbre habría estado incluido en la casa y no se había molestado en cambiarlo?

Esperó a que la música terminase y volvió a tocar. Muldare tenía que estar en casa. O tal vez no había sido capaz de decirle que no fuese y aquella era su manera de escapar del problema.

A lo mejor se había enterado del bufete en el que trabajaba y pensaba que sus servicios le iban a costar demasiado caros.

Tracy no le había dicho que, si aceptaba el caso, trabajaría de manera gratuita. Antes de comprometerse quería conocer los detalles. Si lo primero que le decía era que no iba a cobrarle, él querría que aceptase el caso, cosa que no podría hacer si no estaba segura de que era inocente, o si no veía ninguna posibilidad de ganarlo.

Estaba a punto de llamar y de escuchar el comienzo de la sinfonía de Beethoven por tercera vez cuando la puerta se abrió de repente. Al otro lado estaba su eventual cliente.

—Estaba empezando a pensar que había anotado mal la dirección —le dijo ella, para romper el hielo—. Hola, soy Tracy Ryan.

Y le tendió la mano.

—Y yo soy Micah Muldare, pero ya lo sabes —respondió él, contestando lo primero que se le pasó por la cabeza.

—Sí, ya lo sé.

Sus manos se unieron y a Tracy le gustó la sensación, el calor, pero se dijo a sí misma que, antes o después, tenían que separarlas.

Bajó la vista a la mano de Muldare y, después, la subió a sus ojos, esperando.

Él se dio cuenta de que llevaba demasiado tiempo mirándola y sonrió de repente, solo un instante, mientras la soltaba.

Era evidente que estaba preocupado. ¿Sería por el caso? ¿Por su hijo? Probablemente, por una mezcla de ambas cosas. Tracy recordó el viejo dicho de que los problemas nunca vienen solos.

Como Muldare seguía sin moverse, bloqueándole el paso, le preguntó:

—¿Puedo pasar? Una primera entrevista aquí en la puerta dejaría mucho que desear.

Hasta ella se sorprendió con el comentario.

—Ah, lo siento —dijo Micah, echándose a un lado para dejarla pasar—. Supongo que no pensaba que serías tan joven. No es que tenga nada de malo, que seas joven, pero...

—Te aseguro que, en este caso, juventud no es sinónimo de inexperiencia —le aseguró ella mientras entraba.

La casa le resultó acogedora. Y tenía encanto. Era evidente que era una casa con amor... y sin señora de la limpieza, pensó intentando no pisar un peluche que había en el suelo. Si ella hubiese podido escoger, habría elegido amor. La casa que había compartido con Simon siempre había estado limpia y ordenada, pero vacía de amor. No recordaba haber estado nunca en un lugar más frío.

—¿Qué tal está tu hijo? —le preguntó, pasando al lado de Micah y de un niño que parecía estar muy animado.

No parecía enfermo, aunque había oído que los niños tenían una gran capacidad de recuperación.

Gary, que estaba pegado a su padre como si fuese su sombra, respondió:

—Estoy bien, pero mi hermano pequeño está malito.

—Eso me ha dicho tu papá —le contestó Tracy. Luego, miró a su padre—. ¿Has llamado al pediatra ya?

—He preferido esperar otra media hora antes de empezar a comportarme como un histérico.

Como parecía interesada en el tema, le explicó:

—No sería la primera vez que me sentase en su cama para tomarle la mano y rogarle a Dios que no se lo llevase.

Aquello la sorprendió. Se giró y lo miró. Y lo vio sonreír de manera pícara un instante, antes de volver a ponerse serio y poner de nuevo cara de estar muy preocupado.

Tracy lo estudió con la mirada.

—Es curioso —le dijo por fin—, no pareces ser de los que hablan con Dios.

Micah rio brevemente.

—Créeme, cuando tienes hijos, todo cambia. Uno es capaz de hacer cualquier cosa y de forzar cualquier norma o reglamento.

—No creo que debas hablar así, utilizando esas palabras, cuando el otro abogado te interrogue — le advirtió.

Micah se dio cuenta de lo que acababa de decir y asintió. No estaba acostumbrado a tener que censurarse.

—Es verdad.

Tracy se preguntó si el color sonrojado de sus mejillas se debía a que estaba avergonzado o a que hacía demasiado calor en comparación con otros meses de junio en el sur de California.

«Normas y reglamentos». Micah había sido un chico rebelde y en esos momentos pensó que era sorprendente, lo bien que se había adaptado a un mundo lleno de secretos y de normas muy estrictas. Llevaba dieciocho meses trabajando en siete programas secretos diferentes y en todos, cada fase del proceso, cada momento del día, estaba regulado hasta el extremo. Y él se había sorprendido así mismo haciendo un esfuerzo por jugar a aquel juego y respetar todas las normas porque, al fin y al cabo, estaba trabajando para defender no solo su país, sino también a sus hijos.

Sus hijos lo eran todo para él. Si no hubiese sido por ellos, él ya no estaría allí.

—¿Tienes hijos? —le preguntó de repente a Tracy mientras cerraba la puerta tras de ella.

Y ella notó el agudo pinchazo que sentía siempre que alguien le hacía esa pregunta. A esas alturas, tenía que estar ya anestesiada, pero a veces tenía la sensación de que le dolía todavía más que antes.

«Podía haberlos tenido, pero no salió bien. Supongo que no estoy hecha para ser madre», pensó.

Pero luego dijo en voz alta.

—No he venido a hablar de mí.

Quería zanjar el tema y no pensar más en él, pero sabía que no iba a poder porque tenía al lado a una personita adorable que seguía todos y cada uno de los movimientos de su padre.

Sonrió al niño que había al lado de Muldare y recordó la primera impresión que le habían causado los tres en el restaurante.

—Tener dos niños así es como que te toque la lotería —añadió. Luego le preguntó al niño—: ¿Cómo te llamas?

—Gary Muldare —respondió este en tono orgulloso—. El que está enfermo es Greg Muldare. Solo tiene cuatro años.

—Tener cuatro años no está tan mal —le respondió ella.

—¿Tú cómo te llamas? —quiso saber él.

Micah adoraba a sus hijos, pero había ocasiones en las que se comportaban como dos enormes cachorros, que se metían por todas partes, sobre todo, donde no debían meterse.

—Gary… —lo reprendió.

El niño levantó la cabeza.

—Me has dicho que si alguien me habla puedo contestarle. Y ella me está hablando.

Tracy intentó contener una carcajada.

—Es verdad, papá. A partir de ahora, tendrás que tener más cuidado con las instrucciones que les das a los niños.

Luego volvió a mirar al niño, le tendió la mano como había hecho con su padre y añadió:

—Hola, soy Theresa Ryan, pero puedes llamarme Tracy.

—Tracy —repitió el niño, dándole la mano—. Si quieres ver a Greg, puedo enseñártelo —se ofreció.

Micah lo reprendió con la mirada, pero el niño ni se inmutó, así que tuvo que decirle:

—Gary, la señorita Ryan no ha venido de visita...

—Pero no pasa nada porque vea al miembro de la familia que está enfermo —lo interrumpió ella.

Quería ganarse a Gary. Siempre venía bien un aliado, por pequeño que fuese.

—¿Dónde está tu hermano? —le preguntó.

—En la cama. En su habitación. Enfermo —respondió Gary atropelladamente. Luego añadió más despacio, exageradamente—. Está muy enfermo.

Tracy no pudo evitar pensar, divertida, que Hollywood se estaba perdiendo a un gran actor.

Mientras Gary tiraba de su mano, miró a su padre por encima del hombro.

—Yo lo llevaría a que le hiciesen unos análisis —comentó.

¿No era eso lo que hacían cuando un niño se ponía enfermo en repetidas ocasiones? La verdad era que no tenía ni idea. Ella siempre había sido una niña sana, toda una suerte, ya que su madre no habría podido permitirse el lujo de ir con frecuencia al médico.

—Ya sabemos lo que le pasa en general —contestó Micah, preguntándose por qué estaba hablando de aquello con ella—. Todo se debe a que fue prematuro. Se pasó los dos primeros años de su vida entrando y saliendo del hospital. Y, como resultado, su sistema inmune se quedó tocado. Por eso tiene el doble de posibilidades de enfermar más que Gary.

—Yo soy más sano que él —comentó este sonriendo de oreja a oreja.

—Y por eso mismo puedes ayudar a tu papá a cuidar de tu hermano —comentó Tracy.

El niño dejó de sonreír y frunció el ceño.

—Supongo que sí —comentó en tono apagado.

—Eso significa que eres un chico muy importante. No todo el mundo puede hacer algo así —le dijo Tracy muy seria.

—¿Estás segura de que no tienes hijos? —le preguntó Micah, dejando que entrase en la habitación de los niños delante de él—. Se te dan muy bien los niños.

—Estoy segura —respondió ella—, pero mi mejor amiga era la mayor de un montón de hermanos.

Sonrió afablemente al pensar en los O'Sullivan, que habían sido sus vecinos. Casi había pasado más tiempo en su casa que la suya propia, ya que su madre siempre había tenido dos trabajos y la había dejado mucho tiempo sola.

—Después de un tiempo, tuve la sensación de que si mi madre me hubiese querido dar en adopción, los padres de Rosemary me habían acogido sin pensárselo dos veces.

El corazón se le encogió en el pecho al ver al niño pálido, enfermizo, que había tumbado en la cama. Parecía muy pequeño e indefenso.

—Hola, soy Tracy —le dijo, tendiéndole la mano.

Él le dio la suya y la miró fijamente, como hipnotizado.

—¿Eres mi ángel de la guarda? —preguntó.

Sorprendida, Tracy tardó un instante en recuperarse de la impresión.

—No —le respondió, a pesar de tener que admitir que le gustaba la idea—, pero tal vez pueda convertirme en el ángel de la guarda de tu padre.

—Papá es demasiado grande para tener un ángel de la guarda —protestó Gary.

Tracy se agachó para estar a la misma altura que los niños.

—Te equivocas. Nadie es demasiado grande para tener un ángel de la guarda. Somos los que, si hacemos bien nuestro trabajo, os ayudamos a conseguir vuestros objetivos, os ayudamos a que crezcan vuestros cactus —dijo, ya que había visto una pequeña plantación de estos en el jardín.

—¿Y las flores? —preguntó Greg—. ¿También ayudáis a que crezcan las flores?

—Por supuesto. La próxima vez que veas una flor en el campo, piensa en mí —le respondió ella, guiñándoles un ojo a los niños.

—Lo haré —le prometió Gary entusiasmado.

Tracy se incorporó y acarició sutilmente la frente de Greg para ver si tenía fiebre.

—¿Y yo? —le preguntó este con la voz ronca—. ¿Yo también puedo pensar en ti cuando vea flores?

—Por supuesto —le contestó ella—. Será un honor.

El niño, no obstante, parecía triste.

—Dime, Greg, ¿cuánto tiempo hace que no te encuentras bien?

—Desde ayer cuando me comí la pizza —confesó él.

Tracy miró a Micah.

—¿Alguien más tomó pizza? —le preguntó.

—Todos. Incluida mi tía Sheila.

—¿Y los demás os encontráis bien?

—Sí —respondió Micah.

—Yo estoy bien —dijo Gary, acercándose a su hermano y mirándolo con pesar—. Lo siento, Greg.

A Tracy le gustó el gesto y pensó que aquellos niños estaban muy bien educados. Se preguntó si el mérito sería de Muldare o de su tía.

—¿Tú comiste algo más, Greg? —le preguntó al niño.

Este se quedó pensativo.

—Solo las cosas naranjas. Estaban en el suelo, pero no estaban sucias. Solo pegajosas.

—¿En qué suelo? ¿Te acuerdas, cariño? —continuó ella.

—En el del garaje —murmuró Greg, bajando la vista—. Cuando salí del coche. No me vio nadie.

—¿Qué hay en el suelo del garaje? —le preguntó Tracy a Micah.

—Intento que no haya nada —contestó, pero entonces se acordó de que había estado trasplantando plantas el sábado—. Se me cayó algo de fertilizante, pero lo limpié.

—Tal vez quedó algo —comentó ella.

De repente, Micah se dio cuenta de lo que había ocurrido.

—Tengo que llevarlo a urgencias —dijo. Luego miró a su otro hijo—. Gary, tenemos que llevar a Greg al hospital.

—Pregunta por la doctora Nikki Connor —le dijo Tracy de repente—. Es una gran pediatra, y muy agradable.

Luego se quedó pensativa antes de sugerir:

—Yo me puedo quedar con Gary. Solo hasta que vuelvas.

Micah la miró fijamente. En vez de marcharse a su casa después de trabajar había ido allí para hablar de su caso. Por el momento, no habían hablado de él, solo se había dedicado a encandilar a sus hijos. Y en esos momentos se estaba prestando voluntaria para ocuparse de su hijo hasta que llegase su tía. Seguro que aquella mujer cobraba una fortuna, pero se la merecía.

—No puedo pedirte que hagas algo así.

—No me lo has pedido. Me he ofrecido yo. Espero que seas más cuidadoso en el trabajo que en casa —añadió muy seria.

Micah tardó un momento en darse cuenta de que era una broma.

Capítulo 5

MICAH se preguntó si debía aceptar el ofrecimiento de Tracy Ryan. Sin duda, le haría las cosas más fáciles, ya que solo tendría que preocuparse por Greg.

Pero, por otra parte, no la conocía. Se la había recomendado una amiga de su tía, sí, pero lo cierto era que no sabía nada de ella. Sopesó las ventajas y los inconvenientes, como hacía siempre.

Al final, como estaba seguro de que su tía no tardaría en llegar, decidió dejar a Gary con Tracy. Al niño parecía haberle caído muy bien, y eso era un punto a su favor.

—Está bien —le dijo—. Volveré lo antes posible y mi tía no tardará en llegar.

Tracy asintió y puso una mano en el hombro de Gary.

—Le pondré una vela en la ventana a tu tía.

Gary la miró emocionado.

—¿Como si fuese su cumpleaños?

Tracy contuvo una carcajada.

—Más o menos

Micah le dijo a su hijo que se portase bien y se marchó al hospital con Greg, pensando que ojalá no hubiese cometido un error al dejar a Gary con aquella mujer.

Tal vez volviese a estar paranoico. Debido a la naturaleza de su trabajo, últimamente sospechaba de todo y de todos.

Antes no había sido así.

Nunca había sido uno de esos adolescentes asustadizos, aunque sí hubiese sido cauto por naturaleza.

Había cambiado en los últimos dos años, cuando su empresa había comenzado con los programas secretos y él había necesitado catorce contraseñas diferentes.

Cuando uno trabajaba en programas secretos, no podía confiar en nadie. Y aquel era un modo de vida que quería abandonar cuando lo declarasen inocente de las acusaciones que le habían hecho. No tenía la intención de marcharse por la puerta de atrás. Se lo había dado todo a Donovan Defense, pero no iba a permitir que le quitaran el alma y se la pisotearan.

Se preguntó si Tracy Ryan aceptaría que le hiciese pequeños pagos semanales. Si era tan buena como parecía, tendría que estar pagándole hasta mucho después de que Greg terminase la universidad.

Se detuvo en un semáforo y miró por el espejo retrovisor a su hijo, que iba sentado en su silla en el asiento de atrás. Parecía triste.

—Aguanta un poco, cariño —le dijo, intentando hablarle con voz animada—. Ya verás como pronto vuelves a ser el mismo de siempre. Te lo prometo.

—De acuerdo, papá —respondió Greg, sonriendo débilmente.

«Igual que Ella», pensó Micah sin poder evitarlo. Greg siempre estaba dispuesto a pensar en positivo. «Gracias a Dios».

La visita a urgencias duró más de lo que Micah había previsto y no llegaron a casa hasta casi tres horas más tarde. Aparcó al lado del Ford Mustang negro, que le indicó que su tía ya estaba en casa. Teniendo en cuenta la hora que era, seguro que ya había metido a Gary en la cama.

Ya había salido de su coche y había dado la vuelta para sacar a Greg cuando se dio cuenta de que el coche blanco seguía aparcado en la curva.

¿Seguiría en su casa la abogada? ¿O sería otro coche parecido al de ella? No se había fijado en la marca ni el modelo del coche de Tracy al marcharse corriendo al hospital.

¿Por qué iba a seguir allí? No tenía sentido. El coche tenía que ser de algún amigo de los vecinos.

Con Greg en brazos, hecho un ovillo, como siempre que no se encontraba bien, Micah se detuvo delante de la puerta. Estaba a punto de meter la llave en la cerradura cuando la puerta se abrió.

—Aquí está mi niño —dijo Sheila, mirando a Greg—. ¿Qué os han dicho?

Después de haber llegado a pensar que su hijo sufría un envenenamiento, el diagnóstico había sido todo un alivio.

—Resulta que solo tiene un virus estomacal. Según el médico, estará bien en un par de días. Mientras tanto, tendrá que quedarse en casa viendo los dibujos, ¿verdad, cariño?

El niño contestó con una débil sonrisa.

—Bueno, voy a llevarlo a su habitación y meterlo en la cama —dijo Sheila, tomando al niño con cuidado de brazos de su padre.

Micah iba a preguntarle por el coche blanco que había aparcado fuera, pero no le hizo falta. De repente se dio cuenta de que Tracy Ryan había estado todo el tiempo detrás de su tía, escuchando en silencio. En cuanto Sheila tomó al niño, esta dio un paso al frente.

—Así que supongo que no se comió el fertilizante —comentó.

—No, afortunadamente no —le respondió él aliviado—. ¿Qué haces todavía aquí, si no te importa que te lo pregunte? ¿No habrá llegado mi tía ahora?

—No —le aseguró Tracy—, tu tía ha llegado a casa poco después de que tú te marchases. Me he quedado para ver cómo estaba Greg, he pensado que no te importaría —añadió.

—Por supuesto que no —le dijo Micah—. Es solo que me ha sorprendido que sigas aquí.

Había pensado que tendría ganas de marcharse a su casa, pero como parecía una mujer muy agradable, sintió la necesidad de ser sincero con ella. Aunque no le fuese fácil.

—Mira, tengo que decirte que no voy a poder pagarte inmediatamente. Ni siquiera pronto —le explicó, mirándola a la cara para ver si aquello la hacía cambiar de impresión—. Si no te importa que te pague a plazos, muchos plazos, estaré encantado de que me representes.

Ella esperó a que hubiese terminado de hablar para preguntarle:

—¿No te lo ha dicho tu tía?

Lo único que Sheila le había dicho era que Tracy Ryan era amiga de una de las hijas de sus amigas.

—¿El qué?

—Que mis servicios van a ser gratuitos —le dijo ella.

—Yo quiero pagar, señorita Ryan —le contestó

Micah, poniéndose más recto—. No necesito la caridad de nadie.

Tracy se dio cuenta de que se lo tenía que haber dicho de otra manera para no herir su orgullo.

—Nadie ha dicho que la necesites, Micah. Es solo que un abogado cuesta mucho dinero hoy en día, sobre todo, un abogado de mi bufete, que es un bufete con una excelente reputación —le explicó—. Lo cierto es que los honorarios son prohibitivos para cualquier ciudadano de a pie y por eso, por hacer un servicio a la comunidad, el bufete accede a aceptar algunos casos y no cobrar por ellos.

Micah levantó la mano para interrumpirla.

—Lo entiendo, pero yo no voy a cumplir con los requisitos que exija el bufete. Así que pagaré, tarde lo que tarde en hacerlo.

—Sí que los cumples, ya lo he comprobado.

Él arqueó una ceja.

—Siempre hago los deberes antes de aceptar un caso —continuó Tracy—. He echado un vistazo a tus antecedentes.

Al parecer, su vida era pública. Cosa que no le gustaba nada, dado que era un hombre que valoraba su intimidad. Aunque había renunciado a ella al firmar los documentos necesarios para entrar en los programas secretos. Había dado permiso a la empresa a convertir su vida en un libro abierto.

—Eres minuciosa, eso es de admirar —admitió.

—Gracias. Supongo que estarás demasiado cansado para hablar del caso esta noche, ¿por qué no vienes a mi despacho mañana, a la hora de la comida, y me cuentas tu versión de la historia?

Micah puso la espalda todavía más recta al oír aquello.

—No es una versión, es la verdad —replicó en tono molesto.

—No he dicho que no lo sea —le respondió Tracy con toda tranquilidad—, pero siempre hay distintas versiones de una misma historia. Mi trabajo consiste en demostrar que la versión verdadera es la buena. Y la tuya —concluyó sonriendo—. Entonces, ¿nos vemos mañana a la hora de la comida?

De repente, en los últimos cinco segundos, Micah había recuperado fuerzas. Volvía a sentirse como él era, así que hizo una contraoferta.

—Si no tienes prisa, preferiría que hablásemos ahora.

La vio dudar un instante e imaginó el motivo. Debía de tener hambre.

—Te daré de cenar —le ofreció, ya que sabía que no había hecho las cosas bien—. Sé que no has cenado y tengo lasaña en la nevera. Solo hay que calentarla. A no ser que seas vegetariana.

—No, no soy vegetariana —le contestó ella—. ¿La ha hecho tu tía?

—No, la he hecho yo.

—¿Tú?

—¿Por qué te sorprendes? —le preguntó Micah.

Sacó una fuente rectangular de la nevera, la dejó en la encimera, cortó dos raciones generosas y las puso en un plato. Luego lo tapó y lo metió en el microondas.

—Porque para la mayoría de los hombres a los que conozco, por no decir todos, cocinar consiste en meter algo congelado en el microondas y calentarlo.

Micah pensó divertido que ese no era su caso.

—A mi madre le gustaba cocinar. Yo solía pasar mucho tiempo con ella en la cocina, viendo cómo lo hacía. Cuando cocino, me siento como si siguiese aquí.

Tracy sabía que sus padres habían fallecido ambos en un accidente de tráfico cuando él tenía doce años. Muchas personas se habrían venido emocionalmente abajo, sobre todo después de perder también a su mujer, pero era evidente que Micah no lo había hecho.

Le gustó que no pareciese sentirse avergonzado de aquello. Era un hombre muy seguro de sí mismo. Si ella todavía no hubiese tomado la decisión de representarlo, aquello último la habría empujado a hacerlo.

El microondas pitó. Micah abrió la puerta, sacó el plato y colocó cada ración de lasaña en un plato.

Tracy empezó a salivar solo de olerla y su estómago protestó. Solo se había tomado una barrita de proteínas a la hora de comer.

—Si el aroma es indicativo de tus habilidades culinarias —comentó—, podrías reconducir tu carrera hacia la cocina, si es que decides dejar el mundo de la ingeniería.

No era la ingeniería lo que Micah quería dejar, sino los proyectos secretos. Sonrió al pensar en el cumplido.

—Espera a probarla antes de contratarme como cocinero.

Tracy asintió.

—Es verdad.

Cortó un trozo con el tenedor y se lo metió en la boca, consciente de que estaba siendo observada. Sus papilas gustativas acogieron gustosamente la comida caliente y sabrosa. Tracy no dijo nada y tomó un segundo bocado, que resultó tener todavía más sabor que el primero. La experiencia fue toda una revelación.

Solía comer lo estrictamente necesario. El único requisito era que la comida no estuviese mala o tuviese un sabor asqueroso. Aparte de eso, no era nada exigente.

Después del cuarto bocado, hizo una pausa para mirarlo con total admiración.

—¿Y la has hecho tú?

Micah ya sabía que iba a ser esa su reacción. Se preguntó si Tracy se habría dado cuenta de que había gemido de placer entre el segundo y el tercer bocado. Se preguntó si haría lo mismo cuando hacía el amor. Aquello lo sorprendió, era el primer

pensamiento sexual que tenía con otra mujer desde que había conocido a Ella. Lo apartó de su
mente y se aclaró la garganta.

—Sí.

—¿Sin ayuda?

—Bueno, el queso no lo he preparado yo, si es
a eso a lo que te refieres —le contestó, divertido
con su escepticismo—. Lo he comprado en el su-
permercado, pero he hecho la salsa y he rallado el
parmesano.

—No soy una experta —admitió Tracy—, pero
creo que es la mejor lasaña que he comido en toda
mi vida.

Empezó a comer con apetito, cosa a la que no
estaba acostumbrada—. Olvídate de servicios gratuitos y de pagarme a plazos, págame en lasaña,
será más que justo.

Luego guardó silencio unos segundos para no
hablar con la boca llena.

—¿Haces algo más?

Micah cocinaba muchos platos, pero, en general, solía darles a todos un toque italiano. En vez
de darle una larga explicación, le contestó simplemente:

—Sí.

Tracy era muy golosa, por eso prefería comerse
una barrita de proteínas cubierta de chocolate que
un sándwich de la máquina.

—¿También preparas postres? —le preguntó.

Micah se dio cuenta, por la manera de hacer la

pregunta, de que aquella era su debilidad. Asintió y luego le dijo:

—Queda un poco de tiramisú. Tía Sheila me pidió que se lo preparase para el día de la madre.

—¿Tiramisú? —repitió Tracy con la boca hecha agua.

El tiramisú era una de las cosas que más le gustaban del mundo.

¿Y aquel hombre sabía hacerlo?

—¿Vas a querer un trozo cuando termines con eso? —le preguntó él.

—No quiero comérmelo yo, si es para tu tía y los niños —respondió Tracy, con la esperanza de poder probarlo de todos modos.

—No te preocupes —le aseguró Micah—. Preparé uno enorme.

Pensó que invitarla a cenar era lo mínimo que podía hacer, dado que iba a aceptar su caso. Se preguntó si sabría en lo que se estaba metiendo.

Continuó observándola, disfrutando de verla comer. La mayoría de las mujeres de su edad casi no comían para mantener la línea. Era evidente que aquella abogada no era así.

Iban a llevarse bien. La idea lo dejó mucho más tranquilo y, extrañamente, lo reconfortó. Esta última sensación no fue capaz de entenderla, pero prefirió ni siquiera intentarlo.

Capítulo 6

TRACY no recordaba la última vez que se había quedado tan llena después de comer. Solía comer solo hasta que se le quitaba la sensación de vacío del estómago.

Esa noche, había comido mucho más.

Incluso después de sentirse atiborrada, habría podido comerse un par de cucharadas más de tiramisú.

Dejó el tenedor y fijó su atención en Micah.

—Creo que será mejor que me cuentes lo que quieras contarme antes de que me haga un ovillo delante de la chimenea y me ponga a ronronear como un gatito —le dijo.

Vio que él la miraba con sorpresa y se dio

cuenta de que podía haber malinterpretado sus palabras.

—Entre la lasaña y el tiramisú, creo que he comido suficiente para sustentarme toda una semana. ¿Sabes esos señores mayores que suelen dormirse después de haber comido demasiado pavo el día de Acción de Gracias? Pues a mí está a punto de pasarme lo mismo.

Micah se echó a reír. Se le ocurrían muchas maneras distintas de describir a aquella mujer, y ninguna tenía nada que ver con un viejo.

—No eres un hombre mayor —le dijo—, y tampoco has ingerido una cantidad desorbitada de triptófano.

Tracy pensó que su cerebro ya se había echado a dormir, porque no lo entendía. Lo miró confundida.

—¿Perdona?

Él sonrió. Había sido una cena muy agradable. Se le había olvidado lo que era cenar con una mujer de su misma edad, aunque fuese en casa. Algunos de los mejores recuerdos que tenía de Ella eran de aquel mismo lugar.

La idea lo sorprendió y la apartó de inmediato de su mente, confundido.

—¿Qué es lo que no entiendes? —le preguntó a Tracy—. ¿Lo de hombre mayor o lo del triptófano?

—Lo segundo. ¿Qué es eso? —preguntó, dando por hecho que era algún ingrediente extraño que le echaban al pavo.

—El triptófano es lo que hace que la gente se duerma —le respondió Micah—. Es un calmante natural y el pavo tiene mucho. Por eso le entra a uno sueño cuando come mucho pavo.

—Y yo que pensaba que era porque estaban muy llenos —comentó ella.

Luego se preguntó si era su imaginación o si, de repente, estaban físicamente más cerca del uno del otro. Ninguno de los dos se había movido de su taburete. Tal vez fuese el calor lo que estuviese jugando una mala pasada.

—Bueno, eso también influye —admitió Micah.

Tracy le acababa de decir que le estaba entrando sueño, así que entendió la indirecta.

—Tal vez sea mejor que nos veamos mañana a la hora de comer para hablar del caso —añadió.

Ella se dijo que no podía marcharse después de haber cenado allí. Respiró hondo e intento espabilarse un poco.

—No, no, me has dicho que querías hablar de ello esta noche y no vamos a posponerlo por mí —le dijo, conteniendo un bostezo.

En realidad, estaba muy cansada.

—Ya sé, hazme un resumen y ya me contarás el resto mañana, ¿te parece? —sugirió.

—Me parece razonable —le respondió Micah.

Él también estaba bastante cansado. En realidad, agotado. La preocupación por su hijo enfermo había acabado con sus fuerzas.

Entre eso, y la agonía que le causaba pensar en qué ocurriría con sus hijos si lo declaraban culpable de vender secretos a una potencia extranjera, se sentía como si le hubiese pasado un tren por encima.

—Debido a la naturaleza de mi trabajo… —empezó, haciendo una pausa para añadir—: Y ya sabes que no puedo contarte qué es lo que hago.

—No necesito conocer los detalles —le dijo ella para tranquilizarlo—. Continúa.

Todo era un galimatías. Lo había sido desde que había empezado a trabajar en los proyectos secretos, así que no sabía por dónde empezar. Decidió hacerlo contándole cuál era su rutina, empezando por el final.

—Todas las noches —le contó—. Tengo que sacar el disco duro de mi ordenador y guardarlo en la caja de seguridad de mi departamento.

Tracy lo interrumpió.

—¿Conoces la clave de la caja?

—No.

Le habían preguntado si quería formar parte del selecto grupo de personas que podían cambiar la combinación de la caja de seguridad y había contestado que no porque era demasiada responsabilidad para lo que le pagaban.

—En estos momentos solo la conoce Justin Reed, que tiene que cambiarla a principios de cada mes.

Frunció el ceño. Tracy había sacado un bolígrafo y estaba tomando notas en la servilleta de papel.

—¿Vas a tomar notas en una servilleta? —le preguntó.

—Es lo que tenía a mano —respondió ella.

—Iré a por papel —se ofreció Micah, dándose la vuelta para levantarse.

—No hace falta —le dijo Tracy.

Cuando Micah se giró hacia ella, vio que había desdoblado la servilleta para enseñarle cuánto espacio tenía para escribir.

—Continúa.

Él se encogió de hombros.

—El caso es que todas las mañanas recojo mi disco duro y vuelvo a ponerlo en el ordenador. El programa con el que trabajo está encriptado. Lo mismo que la información que hay en mi ordenador portátil —prosiguió.

Tracy levantó la vista.

—¿En tu ordenador portátil?

Micah asintió.

—Me dieron uno para poder trabajar desde casa si era necesario. Para cuando Greg se pone enfermo —le explicó.

Profesionalmente a Tracy le interesó más el hecho de que su empresa le hubiese dado un ordenador portátil, al motivo por el que se lo habían dado, pero, personalmente, le resultó entrañable que se preocupase tanto por su hijo pequeño.

—Es evidente que no se pueden tomar las mismas precauciones con el ordenador portátil, dado que si lo dejas en la caja fuerte, no puedes trabajar con él —razonó—. ¿Cuál de los dos ordenadores es el motivo de la investigación?

A Micah le gustó que culpase al ordenador y no a él, pero el ordenador era suyo, había sido suyo durante los últimos dieciocho meses y, por lo que sabía, nadie más que él lo había tocado en todo ese tiempo.

—El portátil —le respondió.

Ella le preguntó lo primero que se le pasó por la cabeza.

—¿Es posible que los niños…?

Él la interrumpió antes de que le diese tiempo a terminar la pregunta.

—No. Lo trato como si fuese un arma de fuego.

Luego le explicó lo que quería decir con eso.

—Lo pongo bajo llave en cuanto llego a casa, a no ser que lo esté utilizando. Y cuando lo utilizo, lo vuelvo a guardar bajo llave en cuanto termino. Los niños no pueden tocarlo —le aseguró.

Tracy sabía que los niños pequeños podían llegar a tener muchos recursos, pero, por el momento, prefirió pensar que Micah estaba en lo cierto.

—De acuerdo. Continúa.

—La empresa realiza pruebas sorpresa al azar en los ordenadores. Mandan a una persona. Nadie sabe cuándo va a ocurrir ni a quién le van a hacer la prueba. Cuando el hombre te pide comprobar tu ordenador personal o el portátil, tienes que dárselo inmediatamente.

Tracy se dio cuenta de que, para Micah, aquello era una muestra de desconfianza, aunque comprendiese el motivo de las pruebas sorpresa.

—No se puede tocar el teclado, ni siquiera para guardar el documento en el que estabas trabajando —continuó este—. Tienes que levantar las manos inmediatamente del ordenador y dejar que el tipo haga su prueba.

Tracy lo comprendió, pero, al mismo tiempo, le pareció un sistema muy invasivo. Demostraba que no había confianza. No había un vínculo entre el equipo directivo y los trabajadores de la empresa.

—¿Te habían hecho alguna prueba en los ordenadores antes? —preguntó.

—No, pero solo llevo dos años trabajando en programas negros, y tenía el portátil desde hacía dieciocho meses —añadió, intentando darle la máxima información posible.

—¿Programas negros?

—Así los llaman. Sobre todo, cuando hay documentos, ya que se censuran apartados enteros con un rotulador negro indeleble.

Aquello era muy interesante, pero Tracy se dio cuenta de que se estaban desviando de lo esencial.

—De acuerdo, entonces, ¿era la primera vez que te hacían la prueba? —volvió a preguntarle.

Él sonrió de medio lado y respondió:

—Si encuentran algo que levanta sus sospechas, nunca hay una segunda vez. Este tipo de cosas es motivo de despido inmediato, además de la acusación.

—Pero a ti no te han despedido, ¿no? —le preguntó Tracy.

Micah le había dicho que había estado trabajando, así que allí había algo que no cuadraba.

—Debido a todos los despidos que han tenido lugar en los últimos años, la empresa está muy mal de personal. Yo llevo más de diez años trabajando para Donovan Defense, empecé a hacerlo cuando todavía estaba en la universidad —le explicó, por si no le salían las cuentas—. Por eso, y porque he trabajado en varios departamentos diferentes de la empresa, sé muchas cosas y no quieren deshacerse del todo de mí. No obstante, estoy en un puesto restringido.

Eso no le hacía ninguna gracia, ya que tenía que hacer un trabajo muy repetitivo y lo odiaba.

—Me tienen haciendo informes de final de día y cuantificaciones, bueno, eso da igual. En realidad es todavía más aburrido de lo que parece.

Y, al parecer, a Micah no le gustaba el trabajo aburrido. Tracy pensó que era normal, no le habría gustado estar en su lugar. Le gustaban los retos, intentar mejorar cada día. El trabajo rutinario no lo permitía.

—¿Y qué encontraron exactamente cuando le hicieron la prueba sorpresa a tu ordenador portátil? —preguntó.

Micah le había dado cientos de vueltas a aquello en su cabeza. Todavía no entendía cómo podía haber ocurrido… ni cuándo. Aún no tenía respuestas.

—Que se había vulnerado el cortafuegos, como si alguien ajeno a la empresa hubiese entrado en mi disco duro. Los ordenadores portátiles están programados para que solo puedan comunicarse con ellos determinados ordenadores internos.

«Un circuito cerrado», pensó Tracy.

—En otras palabras, que lo normal es que si yo te envío un correo electrónico desde mi ordenador, el tuyo lo rebote, ¿no? —preguntó Tracy, para asegurarse de que lo había entendido bien.

—Eso es —asintió Micah.

—¿Podrías haber hecho algo, digamos que trucar tu ordenador para poder recibir correos desde el mío?

Micah pensó que le estaba preguntando si era un hacker.

—No me pagan lo suficiente para hacer algo así —contestó en tono de broma.

Luego volvió a ponerse serio para contarle que tenía una relación de amor-odio con los ordenadores.

—Para mí los ordenadores son un gusto adquirido. Cuando funcionan bien pueden ser extremadamente útiles, pero cuando no…

Tracy comprendió enseguida lo que quería decir. Asintió.

—Hay personas que son capaces de hacer que sus ordenadores canten y bailen —continuó él—. Yo me contento con que funcione adecuadamente.

Se dio cuenta de que Tracy lo estaba mirando fijamente.

—¿Qué pasa?

Tracy estaba intentando leerle la mente, quería comprenderlo con facilidad. Porque iba a necesitar su cooperación, y su confianza. Y esto último era un camino de doble dirección.

—Supongo que sabes que todo lo que me digas será estrictamente confidencial —le dijo.

—Soy consciente, sí.

—Y que tienes que ser sincero conmigo —continuó Tracy—. Si no lo eres y me doy cuenta… Si me entero de que me has mentido, sea cual sea el motivo, te dejaré tirado como una colilla, de inmediato.

—Muy gráfico, sí señor —le respondió Micah.

Entendía que Tracy tuviese que decirle aquello, aunque no le gustaba que lo creyese capaz de mentirle.

Era normal, no lo conocía. No sabía que se jactaba de ser un hombre íntegro. Había mucho mentiroso suelto y Tracy no tenía por qué saber que él no lo era.

—Yo no miento —añadió.

Ella asintió. Quería creerlo. Lo creería hasta que se demostrase lo contrario.

—Me alegra saberlo —le dijo antes de continuar con sus preguntas.

—¿Te dijo algo más la persona que descubrió aquello? ¿Te dijo a quién pensaba que le estabas vendiendo los secretos?

Lo ideal sería ponerle nombre y cara al «enemigo», facilitaba las cosas.

—No, solo me dijeron que alguien había tenido acceso al contenido de mi ordenador y que iban a ponerme en un puesto restringido mientras se investigaba el asunto. Eso fue el viernes —le contó—. Para ellos, soy culpable hasta que no se demuestre lo contrario.

Y era evidente que eso lo molestaba. Tracy se dio cuenta de que su reputación era algo importante para él. Lo mismo que el hecho de que lo acusasen de traición.

—Ya lo sé —le dijo con toda sinceridad.

—Bueno, pues también quiero que sepas que amo a mi país y que jamás haría nada que pudiese ponerlo en peligro, o avergonzar a mis hijos.

Lo dijo con tal pasión que Tracy se conmovió solo de oírlo. Era evidente que estaba convencido de aquello, que era un hombre íntegro.

Lo creía.

Eso le ponía las cosas más fáciles. Podía defender apasionadamente a alguien a quien creía. El hecho de que pareciese sincero era una gran ventaja. Si tenían que ir a juicio, su declaración solo podría ayudarlos. Era más fácil declarar culpable a una persona que no fuese atractiva que a una atractiva siempre y cuando esta no sonriese con satisfacción, y sabía que Micah no lo haría.

Asintió ausente y miró la servilleta en la que había estado tomando notas.

—Bueno, creo que me he quedado sin sitio para escribir, así que será mejor que lo dejemos por hoy —sugirió.

Se puso en pie y recogió los dos platos que tenían delante en la encimera para dejarlos en el fregadero.

—Mañana veré qué puedo averiguar de Donovan acerca de ti —le dijo.

—No hace falta que hagas eso —le dijo él, rozándole los dedos al intentar quitarle los platos—. Me refiero a recoger.

—Siempre recojo mi plato —protestó ella.

Micah siguió sujetando los platos.

—Hoy te has quedado cuidando de Gary, así que es lo mínimo que puedo hacer por ti.

—Me has dado de cenar —le recordó ella—. Me considero recompensada.

No obstante, soltó los platos y dejó que su anfitrión y cliente los dejase en el fregadero.

Abrió el grifo para ponerlos a remojo y después lo volvió a cerrar antes de girarse a mirarla.

—¿Quieres llevarte a casa un poco de tiramisú?

Tracy no pudo rechazar la oferta. Sonrió y le dijo:

—Desde luego, sabes cómo tentar a una chica.

Aquel comentario despertó algo en el interior de Micah, algo que no sabía ni lo que era, pero que le hizo sentir nostalgia. Era como si Tracy le hubiese dicho algo que Ella podría haberle dicho hacía mucho tiempo.

Por un instante, fue consciente de lo atractiva que era su abogada. Era de esas mujeres que hacían que todo el mundo dejase de hablar cuando entraba en una habitación.

Además de tener las piernas más largas y sexys que había visto en mucho, mucho tiempo, estaba su sencillez, que hacía que fuese el doble de atractiva.

Micah tenía la sensación de que Tracy Ryan no era consciente de los sensual y bella que era. Solía ocurrir con las mujeres guapas de verdad.

De repente, Micah se dio cuenta de que se había quedado inmóvil, y de que Tracy estaba esperando a que le pusiese ese trozo de tiramisú.

Avergonzado, aunque consiguió disimularlo, sacó un rollo de papel de aluminio de un armario y cortó un trozo mucho más grande del que necesitaba.

Lo utilizó para envolver una generosa porción de tiramisú y le tendió el paquete a Tracy.

Ella lo aceptó con una sonrisa.

—Considéralo un anticipo por mis servicios.

Él rio un instante. Era capaz de hacer postres mejores. Se lo demostraría si volvía a cenar con él en alguna otra ocasión.

—Si me devuelves mi vida te preparé una tarta todas las semanas durante el resto de tu vida —le prometió.

La sonrisa de Tracy creció, iluminando todo su rostro. Se pasó el tiramisú a la mano izquierda.

—Trato hecho —dijo, ofreciéndole la derecha.

Micah le dio la suya al ver que hablaba en serio.

—Trato hecho —repitió.

Tracy debía de pensar que era una broma, pero Micah sería capaz de cualquier cosa con tal de ayudarla a demostrar que era inocente.

Porque lo era.

Capítulo 7

JEWEL Parnell Culhane era una de las detectives privadas que utilizaba el bufete de Tracy cuando necesitaba investigar a un cliente o conseguir detalles acerca de un caso.

Tracy supo que iba a necesitar ayuda para acceder a la tecnología implicada en las acusaciones de Donovan Defense a su cliente, así que la llamó temprano a la mañana siguiente. Dado que Micah estaba acusado de traición, lo mejor sería no hablar del tema por teléfono.

Después de dudarlo unos instantes, Jewel accedió por fin a ir a verla a su despacho un rato después.

—Pero solo podré quedarme unos minutos —le

advirtió—. Estoy hasta arriba de trabajo. Trabajo interesante, para variar.

Ambos sabían que la situación era muy distinta a cuando la mayoría de los casos habían consistido en hacer seguimientos de esposas infieles o tomar fotos comprometidas en casos de divorcios.

—No te preocupes, te prometo que no te entretendré mucho —le dijo Tracy.

—Por supuesto que no —le respondió Jewel—. He quedado con mi hombre para comer. Ha insistido. Entre su trabajo y el mío, casi no nos vemos.

—Uno de los dos va a tener que cambiar de horario —le sugirió Tracy—. De lo poco que sé de tu marido, es demasiado buen partido como para que lo dejes escapar. En cuanto llevase cinco minutos solo intentaría cazarlo alguna.

—Lo dice la que nunca sale con nadie —comentó Jewel riendo—. Ya sé que yo era igual, no hace falta que me lo digas, pero tuve la suerte de conocer a Christopher y lo dejaría todo por él, y por Joel, por supuesto.

Joel era el sobrino huérfano de su marido, gracias al cual se habían conocido. Christopher había contratado a Jewel para que encontrase al padre del niño cuando su hermana había fallecido. Jewel había conseguido localizarlo, pero el hombre no había querido saber nada de su hijo. Para entonces, Christopher ya había adoptado a Joel y, poco después, Jewel también había pasado a formar parte de la familia.

Tracy había conocido a Christopher y a Joel en la última fiesta de la empresa y le había parecido que, junto a Jewel, formaban una bonita familia. Eso le había hecho desear poder tener la suya propia, emociones que no había tardado en apartar, ya que no merecía la pena ansiar algo que no estaba destinada a tener.

—Sí —le dijo a Jewel—. Ven lo antes posible.

—Veré qué puedo hacer —le prometió esta antes de colgar el teléfono.

—¿Traición? —repitió Jewel con incredulidad hora y media después, en el despacho de Tracy, al enterarse de los detalles del caso—. Y yo que pensaba que los abogados teníais una existencia muy aburrida.

—Me gustan los casos aburridos —comentó Tracy—. Los puedo ganar.

Cambió de postura en la silla.

—Este caso me pone nerviosa —añadió.

—Bueno, algo es algo —comentó Jewel—. Espera, ¿te pone nerviosa el caso o el hombre?

«Ambos», pensó ella, sorprendiéndose a sí misma. ¿Por qué le había hecho Jewel semejante pregunta?

Para evitar más preguntas personales, hizo caso omiso de aquella y dijo:

—Tiene dos niños pequeños, de cuatro y cinco

años. He aceptado el caso porque odiaría que tuviesen que ir a ver a su padre a la cárcel.

Jewel asintió. Era evidente que Tracy y ella respondían al mismo tipo de estímulos.

—Te comprendo. ¿Algo más que deba saber del caso?

Tracy pensó que lo mejor sería contárselo todo desde el principio. De todas maneras, Jewel se enteraría antes o después.

—Micah Muldare está hasta las cejas de deudas. En concreto, de facturas médicas de su esposa, que falleció, y de su hijo pequeño. Es demasiado orgulloso como para admitir que no puede pagarlas y lo está haciendo poco a poco.

—Supongo que eres consciente de que eso se lo pone más fácil a la acusación, ¿no? —le dijo Jewel—. Dirán que vendió información clasificada al mejor postor a causa de su situación.

—Si fuese de los que venden a su país no estaría intentando pagar sus deudas, se habría declarado en quiebra. Es más sencillo —comentó Tracy.

—Y humillante —le replicó la detective—, pero, para mí, es inocente hasta que se demuestre lo contrario.

Tracy sonrió.

—Me alegra saber que el sistema de justicia sigue funcionado.

—¿Qué es exactamente lo que quieres que haga por este buen hombre? —le preguntó Jewel.

El problema era tan complicado que Tracy no sabía cómo pedírselo.

—Para empezar, quiero que respondas a una pregunta.

—Si puedo hacerlo…

—La acusación oficial contra Micah es que la información que hay en su ordenador portátil ha estado en peligro. Alguien ha vulnerado su cortafuegos y ha accedido a la información del disco duro. Él jura que ha tenido que ser un hacker. Y su empresa toma las precauciones posibles para que nadie pueda acceder a los ordenadores.

Respiró hondo antes de continuar.

—Así que mi pregunta es si es posible que alguien haya podido penetrar en su ordenador portátil o no.

—Todo es posible —le aseguró Jewel.

—¿Eso es un sí?

Jewel asintió.

—Por supuesto que es un sí. Y la mala noticia es que la persona que lo haya hecho habrá intentado no dejar ninguna huella. Así que si alguien ha entrado en el sistema de Donovan Defense…

—Que no es seguro —insistió Tracy.

Jewel asintió.

—Si fuese cierto que alguien ha entrado en el sistema, si es lo suficientemente bueno para entrar, será lo suficientemente bueno para hacerlo casi sin dejar pistas.

—¿Casi? —repitió Tracy.

Jewel sonrió y asintió, segura de sí misma.

—Ese es el motivo por el que tu bufete utiliza mis servicios —le recordó a Tracy—. Conozco a un informático capaz de hacer que Harry Houdini parezca un aprendiz de mago.

—Houdini era mago, no informático —comentó esta—. Si es posible, quiero que tu amigo intente averiguar quién entró en el sistema del ordenador de Micah.

—Y, si lo averigua, ¿también quieres saber por qué lo hizo?

Eso era lo único que no necesitaba saber. Daba por hecho que ya conocía el motivo.

—Han entrado en su sistema porque hay información secreta que se supone que solo conocen varias personas de su empresa.

—Está eso —admitió Jewel—, pero también es posible que te lleves alguna sorpresa.

—De acuerdo. ¿Qué más se te ocurre? —preguntó Tracy.

—Lo único que sabes es que alguien de fuera ha entrado en el sistema…

—Supongo que sí.

—Pero es posible que el hacker haya entrado en su ordenador y en muchos otros.

Tracy la miró confundida.

—¿Qué quieres decir?

—Que puede formar parte de una red —le explicó Jewel—. Es más frecuente de lo que piensas. Lo que quiero decir es que es posible que hayan accedido a su ordenador a través de lo que llaman un *botnet*, y que puede ser uno de los muchos ordenadores controlados por un hacker. Los hackers utilizan estos métodos para conseguir números de tarjetas de crédito, información bancaria y otras cosas que les pueden ser útiles. Es posible que, en este caso, los hackers ni siquiera sepan lo que tienen entre manos.

Tracy pensó que ojalá fuese aquel el caso. Si era así, la información estaría a salvo.

—¿Y crees que es posible que haya ocurrido algo así?

—Es posible, pero será mejor que no nos hagamos ilusiones hasta que no hable con mi informático y se ponga a trabajar.

—Solo hay un problema —comentó Tracy.

—¿Solo uno? —le contestó Jewel—. Entonces no merece la pena ni ponerse a trabajar.

Tal vez solo hubiese un problema, pero era un problema enorme, al menos para Tracy.

—Que no puedo acceder al ordenador de mi cliente. Su empresa lo ha confiscado y, según él, va a formatearlo. ¿No crees que si lo hacen van a borrar también las pruebas?

Jewel sonrió.

—Estás subestimando a un buen informático. Siempre queda algún rastro. Huellas en el ciberespacio, por decirlo de alguna manera.

Tracy sacudió la cabeza, maravillada. Tenía la sensación de que hasta lo imposible era posible últimamente.

—Si yo ni siquiera soy capaz de recuperar los archivos que borro sin querer.

—Por eso necesitas a personas como yo y yo, a personas como Neal, que es mi informático —le dijo Jewel. Luego se miró el reloj—. Tengo que irme. Si pillo todos los semáforos en verde, llegaré puntual al restaurante.

—Buena suerte —le dijo Tracy.

Jewel recogió sus cosas y le dijo:

—Te informaré en cuanto sepa algo. Parece un caso muy interesante.

Tracy pensó que aquella era la palabra para describirlo. Además de desafiante. Sí, iba a ser todo un reto.

Contuvo un suspiro y volvió a ponerse a trabajar.

Tenía otros casos. Debía prepararse para varios juicios. Había muchas cosas para ocupar sus días, pero lo extraño era que no podía dejar de pensar en el caso de Micah.

O, más bien, en el propio Micah.

Aunque odiase admitirlo, porque eso significaba que no estaba siendo objetiva, aquel hombre tenía algo sensual, atractivo. Y había química entre ambos. Una química que ella habría preferido no reconocer.

Intentó convencerse a sí misma de que estaba confundida, de que su reacción se debía a que era un padre que estaba criando solo a sus hijos, cosa que le parecía de admirar. Era un hombre desvalido en aquella situación. Y ella siempre había sentido debilidad por las personas desvalidas, que luchaban contra los inesperados palos que les daba la vida.

A pesar de las excusas, supo que estaba intentando no reconocer que Micah le parecía atractivo.

¿Desde cuándo pensaba así? Hacía años, años, que no había mirado a un hombre de otra manera que no fuese con imparcial interés, y eso solo si formaba parte de alguno de sus casos. No había vuelto a notar esa chispa que hacía que las mujeres hiciesen estupideces solo por ver al objeto de su atracción después del desastre de su matrimonio. Y prefería seguir así.

Su vida era más sencilla. La única complejidad que quería en ella era la de los casos en los que trabajaba. Y, no obstante, por mucho que intentase contenerla, la invadía la emoción cada vez que pensaba en Micah Muldare.

Aquello no iba a terminar bien, predijo en tono grave mientras se preguntaba si no sería mejor pasarle el caso a otra persona del bufete.

Pero, ¿a quién? Todo el mundo estaba muy ocupado.

Además, ya había hecho lo necesario para poner el caso en marcha y tenía la sensación de que Micah confiaba en ella, cosa muy importante y no siempre fácil de conseguir o de negociar.

Solo tendría que darse un respiro y tener claro

que podía poner en peligro el caso si pensaba en Micah como en algo más que un cliente. No podría representar de manera adecuada a alguien con quien se estuviese acostando.

¿De dónde había salido aquello?

¿Cómo había pasado de pensar que era un buen tipo a meterlo en su cama? Se estaba dejando llevar.

Sobre todo, porque él no le había hecho ninguna insinuación ni nada por el estilo, no se sentía atraído por ella. Solo se había comportado como un perfecto caballero y Tracy estaba segura de que seguiría portándose así por mucho que se alargase aquel caso.

Así que si ella no se dejaba llevar por sus propios pensamientos todo estaría bajo control.

Puso los hombros rectos, se levantó del escritorio y recogió sus notas. Las metió en el maletín y se preparó para marcharse. La esperaba otro caso en los juzgados.

Agotada después de todo un día cargado de trabajo, Tracy por fin iba en dirección a casa, aunque antes pararía un momento en la de Micah.

Incómoda con la idea de parar allí, se dijo que solo lo hacía por el mismo motivo por el que le había pedido a Jewel que pasase por su despacho en vez de hablar con ella por teléfono. Ya que, según Donovan Defense, aquel caso trataba de un posible acceso ilegal a información secreta, hablar de él por teléfono podría traerles problemas.

A pesar de que pinchar teléfonos era ilegal, salvo que un juez diese su autorización, no podía confiar en que el teléfono de Micah no estuviese pinchado. Así que lo mejor sería dar por hecho que podía haber alguien escuchando sus conversaciones y evitar así poner el caso en peligro.

Al parecer, alguien le había tendido una trampa a Micah. Aunque sonase complicado, no era del todo imposible. Por eso estaba ella allí, otra vez en la puerta de su casa, que, además, le quedaba de camino. Y, además, tenía que ponerle al día. Su libertad estaba en juego.

Tracy acababa de llamar al timbre cuando la puerta se abrió.

—Hola —la saludó Micah.

Iba vestido con unos vaqueros, un jersey con el cuello en V, sin camisa debajo, e iba descalzo. Tenía el pelo moreno despeinado y parecía el hermano mayor de sus hijos, en vez de su padre.

También estaba impresionante.

A Tracy se le encogió el estómago de repente.

—¿Interrumpo algo? —preguntó, pensando que tenía que haber llamado antes de ir.

—No, no, entra. Solo estaba jugando con los niños —le contestó él, pasándose la mano por el pelo—. Greg está mucho mejor, así que lo estamos celebrando jugando a un juego que se le ha ocurrido a Gary.

Retrocedió para dejarla pasar mientras la miraba confundido.

—¿Habíamos quedado esta noche y se me ha olvidado? —añadió.

Tracy se repitió que tenía que haber llamado, pero ya era demasiado tarde.

—No, solo veía a ponerte un poco al día —le explicó—. No sé por qué, pero no me parece apropiado hablar de este caso por teléfono.

Micah sonrió y asintió. La había entendido aunque no se lo hubiese dicho todo.

—La empresa tiene la mala costumbre de hacer que cualquiera se sienta completamente paranoico —admitió.

Tracy seguía sintiéndose mal por haberlo interrumpido mientras jugaba con sus hijos.

—Mira, como estás ocupado, tal vez lo mejor sea… —empezó.

Pero él la interrumpió.

—Estaba perdiendo, así que no estoy ocupado.

Retrocedió para que entrase.

—Bueno, si no te importa…

—No me importa —le aseguró Micah mirándola a los ojos.

Tracy notó que hablaba directamente con ella, no con su abogado ni con una persona que quería recopilar información acerca de su caso, sino con ella. Con la mujer.

—He ganado —dijo Gary, saliendo corriendo del salón y rompiendo aquel momento.

Micah lo tomó en brazos y le hizo volar como si fuese un pequeño avión.

—Sí, has ganado esta vez, pero la próxima te ganaré yo, o Greg —añadió, sonriendo a su hijo pequeño.

Este sonrió de oreja a oreja al oírlo.

Tracy pensó que a Micah Muldare se le daba muy bien la paternidad.

No podía permitir que lo separasen de sus hijos. Hiciese lo que tuviese que hacer, Micah se quedaría con aquellos niños tan preciosos.

Capítulo 8

MIENTRAS entraba en el salón de Micah, Tracy le contó:

—Uno de mis detectives privados está investigando tu caso.

Él puso gesto de preocupación. Era evidente que le preocupaba que pudiese filtrarse información. Debía de ser un infierno, trabajar en un programa secreto.

—No te preocupes, Jewel es muy discreta.

—¿Jewel? —repitió él.

El hecho de que la detective tuviese nombre de modelo o de cantante de country no lo tranquilizó lo más mínimo.

Tracy casi podía leerle el pensamiento y no sabía si eso era bueno o malo. ¿Si ella podía hacerlo, sería Micah igual de transparente para los demás? Eso, sin duda, podía llegar a ser un problema.

Un momento después, Tracy decidió que podía imaginarse lo que estaba pensando porque estaba muy metida en el caso, así que era normal.

Intentó tranquilizarlo con una sonrisa.

—No podemos hacer nada con respecto a los nombres que nos ponen nuestros padres.

Micah pensó que, en eso, estaban de acuerdo.

—Supongo que no —le contestó—. Cuando era niño, pensaba que mi nombre sonaba anticuado, a nombre de señor de casi cien años.

Tracy se preguntó si era algo que había pensado solo o si había sido un tema con el que se habían burlado de él en el colegio. Aunque no tardó en darse cuenta de que Micah no era de los que permitían que se burlasen de él.

—No está tan mal —le dijo—. La verdad es que, en estos momentos, es un nombre bastante original.

—¿Y eso es bueno? —le preguntó él, divertido.

—Ser original siempre es bueno. ¿Quién quiere ser como los demás?

Micah pensó que tal vez él viese las cosas de otra manera porque tenía hijos, pero era evidente que su abogada no había estado en sus días de colegio.

—Bueno, no sé, tal vez todos los niños de menos de veinte años —le sugirió—. Por eso yo hacía que todo el mundo me llamase Mike por aquel entonces.

—Mike —repitió Tracy—. No, no te pega Mike. Micah es mucho mejor.

¿Por qué no lo sorprendió? Era evidente que aquella mujer no era de las que bailaba al mismo son que el resto del mundo.

—En ese caso, me quedaré con él.

De repente, se dio cuenta de que estaba flirteando con ella, ¿era posible? Hasta un segundo antes había dado por hecho que ya había pasado su momento de hacer esas cosas. Su vida era inamovible. Tenía a sus hijos y su trabajo, y eso era todo lo que necesitaba o quería.

Aunque su trabajo corría un serio peligro y, si por algún capricho del destino lo declaraban culpable, tampoco tendría a sus hijos. Tendría que dejarlos al cuidado de su tía mientras estuviese en prisión. No podía creer que estuviese pasando aquello, estaba reaccionando frente a la mujer que el destino y, extrañamente, Donovan Defense, habían puesto en su camino. Y estaba reaccionando de una manera muy primitiva.

No le había pasado algo así desde que había empezado a salir con Ella.

Se aclaró la garganta.

—¿Quieres cenar? He preparado un pastel de carne con puré de patatas. Es el plato favorito de Greg.

Tracy seguía teniendo la nevera tan vacía como

el día interior. Hacer la compra no era precisamente una de sus prioridades y solía olvidarse de ello.

Por eso tenía los teléfonos de al menos media docena de restaurantes de comida para llevar pegados en la puerta de la nevera. Pero después de haber probado la comida de Micah, estaba segura de que lo que este le ofreciese sería mucho mejor que lo de cualquiera de los restaurantes.

—No puedo volver a invitarme sola —le dijo con poca convicción, con la esperanza de que él intentase convencerla para que se quedase.

—Por supuesto que sí —le respondió Micah, guiándola hacia la cocina.

Miró a sus hijos.

—¿Queréis que se quede?

—Sí —respondió Gary.

En vez de contestar, Greg tomó la mano de Tracy para que fuese a la cocina.

Divertida, conmovida, Tracy permitió que la llevase.

—Supongo que no puedo hacer nada para luchar contra los tres —se rindió.

Gary levantó una ceja.

—No estamos luchando contigo —le dijo muy serio.

—Es una expresión, chicos —les explicó Micah, dándoles la espalda mientras servía una ración de pastel de carne en un plato.

—¿Qué es una expresión? —quiso saber Gary.

—Una manera de hablar de los mayores —le

explicó Tracy, agachándose para ponerse a su nivel—. Como cuando utilizamos metáforas.

A Gary le pareció bien la primera parte de la respuesta, fue la segunda la que le hizo fruncir todavía más el ceño.

—¿Qué?

Tracy miró a Micah por encima del hombro.

—Supongo que me he pasado, ¿no?

Él se echó a reír.

—No te preocupes. A mí también me ocurre, pero me he dado cuenta de que si no les hablas con demasiada simpleza aprenden a hablar mejor que si les hablas todo el tiempo como si fuesen bebés —le explicó.

Luego miró a su hijo mayor con cariño.

—Por eso son más listos que los ratones colorados, ¿verdad, Gary?

El niño dudó un instante antes de asentir con la cabeza con entusiasmo.

—¿Has oído, Greg? Papá dice que somos más listos que los ratones colorados —dijo, haciendo un ruido como si fuese un ratón y echando a correr.

Greg lo imitó y ambos salieron corriendo hacia el salón para ponerse a jugar allí.

—Parece imposible que ayer estuviese tan mal —comentó Micah refiriéndose a su hijo pequeño.

Metió el plato en el microondas y lo puso en marcha.

—Es una pena que los adultos no podamos recuperarnos tan pronto —admitió Tracy, pensando en lo mucho que le gustaría tener tanta energía como los niños.

—No siempre ha sido así —recordó Micah—. Durante un tiempo, pensé que nunca iba a ser un niño sano.

Espiró largamente y luego intentó no pensar en cosas que lo ponían triste.

—La doctora que nos recomendaste, la doctora Connor, le encantó a Greg. La gente piensa que los niños no sienten o no reaccionan igual que los adultos, pero yo me he dado cuenta de que la actitud de Greg hacia la doctora Connor fue muy positiva. Esta lo trató como si fuese una personita. Si te soy sincero, llevaba buscando a alguien así desde que se jubiló el anterior pediatra de los niños —le dijo a Tracy mirándola a los ojos—. Así que no sabes lo agradecido que te estoy por la recomendación.

Tracy ignoró el escalofrío que, de repente, le recorrió la espalda. O al menos lo intentó.

—Me alegro de haber podido ayudarte —le contestó—. Ya te dije que la doctora Connor es amiga de una amiga y yo nunca he oído hablar mal de ella a nadie. Le encantan los niños y está completamente entregada a su trabajo.

El microondas pitó. Micah sacó el plato y lo dejó en la encimera, delante de su abogada.

—Ten cuidado —le advirtió mientras sacaba los cubiertos—. El plato está caliente.

Ella sonrió de medio lado.

—Ya me he dado cuenta, sale humo —comentó.

Estaba a punto de ponerse a comer cuando miró a Micah confundida.

—¿Tú no vas a cenar?

—Ya he cenado con los niños —le explicó él.

—Ah.

Tracy miró su cena. El aroma procedente del plato era tentador, pero un poco menos que un momento antes.

—Bueno, no pasa nada —dijo—. Estoy acostumbrada a comer sola.

—Vaya —dijo él riendo y sacudiendo la cabeza.

Fue hacia donde estaba la fuente y se sirvió un poco de pastel de carne en un plato. Luego se sentó a su lado, dispuesto a comer.

—Hacía mucho tiempo que no oía nada tan triste —comentó.

Tracy se preguntó si se estaría burlando de ella o si le estaba queriendo decir que era patética.

—No pretendía hacerte sentir culpable —dijo sin saber por qué.

—No lo has hecho. Bueno, tal vez haya sentido un poco de pena, pero no culpa —le respondió él, metiéndose un bocado de puré de patata en la boca.

—¿No vas a calentarlo? —le preguntó Tracy.

—Me gusta frío —respondió él—. Me empezó

a gustar la comida fría cuando estaba en la universidad. La mitad del tiempo tuve el microondas del apartamento en el que vivía estropeado y no tenía dinero para arreglarlo. Así que me acostumbré a comer frío. No pasaba nada, salvo si se trataba de pizza congelada —añadió riendo.

El pastel de carne estaba hecho con carne picada, salsa y guisantes y tenía encima una gruesa capa de puré de patatas. Micah lo había espolvoreado con queso rallado y lo había puesto a gratinar.

Tracy miró la fuente y otra vez el plato de Micah.

—¿De verdad que no te importa comer puré de patatas frío?

Él se preguntó si Tracy sería consciente de que estaba arrugando la nariz al preguntarlo. Y eso hacía que pareciese más una adolescente que una abogada.

—No. La verdad es que me gusta todavía más que caliente.

—En ese caso, eres fácil de complacer —comentó ella.

Un segundo después se dio cuenta de cómo podía haber sonado aquello.

—Me refiero a la comida —añadió.

Él la miró con una sonrisa.

—Ya lo sé.

Tracy intentó reconducir la conversación hacia otro tema.

—Está muy bueno.

—Gracias. Intento que no comamos nada malo más de una vez por semana.

Ella volvió a dudar de si hablaba en serio o en broma. La verdad era que no le importaba que le tomase un poco el pelo, después de la tensión de todo el día en el trabajo, era casi como tumbarse en el sofá a relajarse.

—Y, como ya te he dicho, es uno de los platos favoritos de Greg. Lo bueno que tiene es que los niños no se dan cuenta de que están comiendo verduras. Como casi todos los niños, piensan que si es bueno para la salud, tiene que saber mal.

—¿Así que los engañas para que se coman los guisantes? —preguntó Tracy divertida.

Él sonrió.

—A veces, es necesario hacerlo.

—Eres muy listo —comentó ella, aplaudiendo su técnica—. Se te da bien la paternidad.

No pudo evitar decirlo.

Él rio al oírlo.

—¿Qué pasa? ¿He dicho algo gracioso? —le preguntó Tracy, que no había esperado aquella reacción.

—No, es solo que tu comentario me ha hecho pensar que, antes de tener a Gary y a Greg, pensaba que sería feliz tal y como era mi vida, solo con Ella. No necesitaba nada más. Si te soy sincero, no pensé que sería un buen padre —le confesó—. Sino más bien todo lo contrario.

Era evidente que ese no era el caso.

—¿Y por qué pensabas eso?

Micah se encogió de hombros.

—Porque no tenía precisamente un buen ejemplo a seguir.

No había tenido una figura paterna a la que emular. A Tracy se le había olvidado.

—¿Porque tu padre falleció cuando eras pequeño? —le preguntó con lástima.

—Bueno, por eso, y porque incluso antes de fallecer, mi padre no era precisamente un buen padre.

Había pasado tanto tiempo de aquello… Había ocasiones en las que ni siquiera se acordaba de su padre y, cuando lo hacía, prefería no haberlo hecho.

—Siempre estaba de mal genio —le explicó a Tracy—. Pensaba que yo tenía que ser como una copia en miniatura de él y que tenía que hacer todo lo que él quería que hiciera. Y yo era solo un niño pequeño, cosa que no le gustaba.

Tracy pensó en la información que había leído acerca de él.

—Tenías doce años cuando murió, ¿verdad?

—Eso es. Había cumplido doce años la semana antes del accidente de tráfico —recordó.

Siempre que pensaba en el accidente, no pensaba en que había estado a punto de morir, sino solo en que había perdido a sus padres. No obstante, lo que hacía casi siempre era evitar pensar en ello en general.

De repente, Tracy sintió lástima del niño de doce años que su padre había querido que se comportase como un adulto.

—Bueno, con doce años, te tenían que haber dejado que fueses un niño.

Micah rio un momento.

—Pues mi padre no lo veía así.

¿Y su madre? ¿No había intervenido? Se suponía que las madres protegían a sus hijos, aunque no todas lo hiciesen.

—¿Y qué decía tu madre? —le preguntó.

—Mi madre siempre estaba de acuerdo con mi padre, en todo —le respondió él—. Era lo más fácil.

—Bueno, pues aunque no tuvieses un buen ejemplo a seguir, creo que eres un padre maravilloso —comentó Tracy—. Es evidente que los niños te adoran.

Como había vaciado el plato, lo empujó un poco hacia dentro en la encimera. Fue entonces cuando vio la taza de flores en la que ponía: *A la mejor mamá del mundo*.

No pudo evitar mirarla fijamente y sentirse incómoda. ¿Habría en aquella historia una mujer a la que todavía no había conocido? ¿Y por qué la desconcertaba la idea?

—¿De quién es? —preguntó, intentando hablar con naturalidad.

En realidad, daba igual. No afectaba en nada al caso ni al modo en que iba a representar a Micah. Entonces, ¿por qué se sentía decepcionada?

Micah tomó la taza y sonrió de medio lado.

—Los niños me la regalaron el día de la madre —le explicó.

Ella intentó contener una carcajada de alivio.

—¿A ti? ¿No están un poco confundidos?

—Eso mismo pensé yo al principio —le contestó él—, pero llevo casi dos años siendo su padre y su madre al mismo tiempo, así que supongo que pensaron que me la merecía.

Hizo girar la taza entre sus manos. La sonrisa que había en sus labios era de puro amor. Por un momento, Tracy lo envidió.

—No tuve la fuerza de llevarles la contraria —terminó.

—Lo comprendo.

Era cierto, lo entendía. Era normal. Estaban en juego los sentimientos de los niños. Además, estos le habían querido decir algo maravilloso: que no solo había desempeñado el papel de padre y de madre al mismo tiempo, sino que se lo agradecían.

—Te quieren mucho —le dijo, quitándole la taza de las manos para estudiarla—. Eres muy afortunado.

—Lo sé.

Si no hubiese sido por ellos, no estaba seguro de haber podido sobrevivir aquellos dos últimos años. Levantó la vista y miró a Tracy, de repente, sentía curiosidad por ella.

—¿De verdad que no tienes hijos? —le preguntó.

Y ella volvió a notar aquella puñalada en el estómago. Un vacío que la consumía por dentro.

—No —respondió por fin en un susurro—. No tengo hijos.

«Tendría uno si hubiese vivido. Lila tendría tres años. Podría haberse hecho amiga de tus hijos, podría haber jugado con ellos, pero no está aquí… Está jugando con los ángeles», pensó.

Notó que se le cerraba la garganta y tuvo que concentrarse en respirar de nuevo.

Micah se dio cuenta de que había metido el dedo en la llaga. Era evidente que aquel era un tema del que Tracy no quería hablar, que le dolía. ¿Sería porque había perdido a un hijo? ¿O porque no podía tenerlos? ¿O solo porque pensaba que nunca llegaría el momento?

—Lo siento —se disculpó con toda sinceridad—. No pretendía entrometerme en tu vida. No tenía que haberte hecho esa pregunta.

Tracy estaba demasiado sensible. Era algo que le había ocurrido, pero después había seguido con su vida.

—Tienes derecho a querer saber más cosas de tu abogada —le respondió—. ¿Alguna pregunta más? Venga, pregunta lo que quieras. Intentaré darte una respuesta lo más sincera posible.

—¿Estás casada? —inquirió él.

Tracy no estaba preparada para una pregunta tan directa, tardó unos segundos en responder.

—No.

—Me alegro.

Tracy se preguntó por qué había dicho Micah aquello.

—No me gustaría estar robándole tiempo contigo a tu marido —continuó él.

Eso la hizo reír.

—Si tuviese marido, me lo traería aquí. O no, mejor no, porque entonces se preguntaría por qué no cocino tan bien como tú. Estoy convencida de que podrías abrir un restaurante, deberías hacerlo.

Él sonrió al oír el cumplido y a Tracy se le encogió el estómago con aquella sonrisa.

No supo si era porque acababa de cenar y estaba haciendo la digestión, pero intentó achacarlo a eso, y no al hombre que tenía delante.

Capítulo 9

HABÍA pasado casi una semana. Habían hablado por teléfono en varias ocasiones, pero Tracy había hecho un esfuerzo para no pasarse por su casa. Sabía que aunque no lo viese no se iba a olvidar completamente de él, pero prefería no verlo. Algo que no entendía la estaba poniendo muy nerviosa. Sobre todo, cuando tenía a Micah cerca.

En resumen, que le gustaba Micah. Su casa, su familia.

Él.

Y eso era malo, no solo por el conflicto de intereses que podía representar, sino malo para ella, personalmente.

En su trabajo seguía funcionando a tope, pero cuando llegaba a casa… Sus emociones siempre le jugaban malas pasadas, así que había aprendido a bloquearlas hacía mucho tiempo. Y lo había hecho bastante bien, hasta entonces. No era de las personas que cometían dos veces el mismo error y había descubierto que si se dejaba guiar por el corazón, o por cualquier parte del cuerpo que no fuese la cabeza, tendría problemas, muchos problemas.

No quería volver a cometer el mismo error.

Pero Jewel había pasado esa mañana por su despacho para informarla de las últimas averiguaciones de su informático. Las noticias eran esperanzadoras, pero solo hasta cierto punto. Jewel se lo había explicado a ella que, en esos momentos estaba delante de Micah, intentando encontrar el modo de expresarse de tal manera que comprendiese cuál era la situación, pero no pensase que el caso estaba ganado.

Porque no lo estaba. Todavía.

Empezó de nuevo mientras lo seguía hasta la cocina que, al parecer, era su habitación favorita de la casa cuando intentaba relajarse.

—El informático de mi detective ha conseguido averiguar qué es lo que ocurre en tu ordenador, el motivo por el que tus jefes sospechan de ti.

Micah sacó un par de cervezas de la nevera y se giró a mirarla antes de dejarlas en la encimera.

—¿Le han permitido el acceso en Donovan? —preguntó sorprendido.

En esos momentos, ni siquiera él tenía acceso. Le habían dado un ordenador normal y corriente que no tenía ningún software de seguridad. Y aun así había sido sujeto a un par de pruebas más en las que una persona de recursos humanos había ido a su despacho y le había hecho dejar de trabajar, apartarse y esperar a que la persona comprobase que no habían vuelto a acceder a su ordenador.

Él había cooperado en todas las ocasiones, pero estaba nervioso. Hasta que todo aquello se resolviese, era un paria.

—No —respondió ella, sentándose en el taburete y aceptando el botellín de cerveza—. Donovan sigue teniendo tu ordenador confiscado.

Micah frunció el ceño mientras abría las cervezas.

—Entonces, ¿cómo…?

—A mí no me mires. No tengo ni idea, pero el caso es que ha resucitado todos los archivos eliminados tal y como estaban cuando alguien accedió a tu ordenador. Jewel dice que es algo parecido a la magina negra, pero que es muy raro que el tal Neal no pueda hacerlo.

Se interrumpió para darle un sorbo a su cerveza.

—Por suerte, con tu ordenador ha podido —continuó—. Al parecer, ha sido casualidad que tu equipo formase parte de un *botnet* de un grupo de hackers.

Micah sabía mucho de matemáticas, pero el de

la informática era un mundo completamente des-
conocido para él.

—¿Qué?

Y a Tracy le tranquilizó que, igual que ella
cuando Jewel le había hablado del tema, Micah no
entendiese nada.

Le explicó lo que Jewel le había contado a ella:

—Los hackers forman una red de ordenadores in-
fectados, que controlan a distancia…

Micah frunció el ceño todavía más.

—¿Ya no hace falta estar en la misma habitación que los equipos?

Para él, el primer requisito era siempre la pro-
ximidad. ¿Se estaba quedando anticuado?

Tracy se encogió de hombros mientras pasaba
el dedo por la boca de la botella.

—Parece que no. en cualquier caso, los hackers
han utilizado tu ordenador, entre otros, para acceder todavía a más ordenadores y conseguir así números de tarjetas de crédito, cuentas bancarias, y
cosas que les permitan robar identidades y Dios
sabe qué más. Jewel me ha dicho que, según Neal,
los hackers no se dieron cuenta de que los archivos de tu ordenador eran secretos. Solo lo utiliza-
ron como los demás, como punto de partida de su
operación.

Micah seguía sin entenderlo.

—¿Y qué significa eso? —preguntó con frustración.

—En resumen, que tú no has hecho nada.

—Entonces, si el tal Neal ha averiguado lo que ha pasado, que yo soy una víctima, igual que otras personas, soy inocente —dijo, espirando largamente—. Qué alivio.

—Bueno, todavía no —le advirtió ella, aunque no le gustase aguarle la fiesta.

Micah, que estaba a punto de darle un trago a su cerveza, bajó el botellín.

—¿Qué quieres decir? —preguntó.

—Que tu empresa y el cliente para el que trabaja, que supongo que será el gobierno... —dijo, levantando una mano para que Micah la dejase continuar—. No te preocupes, sé que no puedes confirmármelo. Es solo una suposición. En cualquier caso, que tu empresa y su cliente pueden decir que tú formas parte de esa red de hackers que ha creado el *botnet*.

Micah empezó a protestar diciendo que eso era absurdo. Que no tenía ni idea de todo aquello, pero supo que no merecía la pena. Tal vez Tracy estuviese de su lado y creyese en su inocencia, pero sabía que, para su empresa, seguiría siendo sospechoso hasta que no se demostrase lo contrario.

Se puso serio.

—Es decir, que seguimos igual que al principio.

—No —lo corrigió Tracy—. No estamos a cero.

—¿Cómo que no? —la retó él, deseando desesperadamente tener algo a lo que aferrarse.

—Porque ahora sabemos que hay por ahí una banda de criminales y seguro que los están investigando, ya sea la policía o el FBI.

—¿Y cómo vas a averiguar si dicha investigación existe? ¿Es eso lo que va a intentar descubrir Jewel?

Tracy sonrió.

—Seguro que está haciéndolo, pero también tengo un primo en la policía al que le voy a preguntar —le contestó—. Intentaré que averigüe algo acerca de estos hackers.

Todo aquello sonaba bien, al menos en teoría, pero Micah sabía cómo funcionaba el mundo real.

—¿Y no les molesta contestar a las preguntas de un civil? —preguntó.

Ella sonrió. En lo relativo a su trabajo, su seguridad en sí misma era inquebrantable. Micah no tenía de qué preocuparse.

—Puedo llegar a ser muy persuasiva —le aseguró.

Él la miró fijamente. Había en su rostro una expresión de determinación que lo cautivó.

—Supongo que tengo suerte de que estés de mi lado —le dijo por fin. Luego se acordó de algo que seguía pendiente—. Todavía no hemos hablado de tus honorarios.

—Claro que sí —respondió ella.

La cerveza estaba empezando a subírsele a la cabeza y recordó que, como ocurría cada vez con más frecuencia, solo había comido una barrita de proteínas a la hora de la comida.

—Ya te dije que no iba a cobrarte.

Micah se acordaba de aquello, pero también recordaba lo que él le había contestado:

—Y yo te dije a ti que no, que te pagaría. Aunque siga haciéndolo cuando te jubiles. Siempre pago mis facturas. Siempre.

Ella se echó a reír y, sin pensarlo, le acarició la mejilla.

—Eres muy cabezota.

Tal vez fuese porque se sentía como un yo-yo emocional. O porque llevaba demasiado tiempo solo. Quería a sus hijos más que a su vida, pero todavía había un vacío en ella, un vacío en el que intentaba no pensar, pero que estaba allí.

Había muchas excusas posibles, pero el caso es que la caricia de Tracy lo afectó. Despertó en él cosas que creía que estaban mejor dormidas porque, una vez despertadas, sería difícil volver a ponerlas a hibernar.

Cuando lo pensó más tarde, no supo si era ese el motivo o si había otra explicación para su siguiente movimiento, pero mientras ocurrió, no quiso darle más vueltas. No merecía la pena.

Tomó la mano de Tracy y la ayudó a levantarse al mismo tiempo que se levantaba él.

Y, después, sin mediar palabra, enterró los dedos en su pelo, inclinó la cabeza e hizo lo que habían hecho los hombres desde el principio de los tiempos: besar a la persona que tanto lo atraía.

La sangre empezó a arderle en las venas.

Profundizó el beso, perdiéndose en él.

Fue entonces, cuando sus labios tomaron posesión de los de ella, cuando Tracy se dio cuenta de que había estado deseando aquello desde el principio.

En vez de apartarse y protestar, decirle que no debían hacerlo, se dio permiso a sí misma, solo un instante, para disfrutar del beso lo máximo posible.

Unos segundos después empezó a oír algo raro. ¿Eran los latidos de su corazón? ¿U otra cosa?

No lo sabía, pero le daba igual.

Porque aquel beso era como lo había imaginado y más.

Mejor.

La cabeza le daba vueltas y se le había acelerado el pulso.

Apoyó el cuerpo en el de él y lo abrazó por el cuello. No recordaba haberse sentido tan bien, tan feliz, nunca. Era evidente que aquel hombre sabía besar. Y ella se lo agradecía.

Fresas.

Tracy sabía a fresas.

Micah pensó que debía de estar volviéndose loco. Él no era un hombre impetuoso. No era así. Lo había sido durante el primer año de universidad, pero ya no era así.

Y aquello no era como entonces. Era algo más importante. Estaba seguro.

¿Y acaso no era todavía peor? No había lugar para algo así en su vida. Había estado enamorado, pero aquella época de su vida había quedado atrás. ¿O no?

«Tranquilízate, tío», se ordenó a sí mismo.

Pero no lo consiguió. Tracy lo embriagaba todavía más que la cerveza que se estaba bebiendo.

De repente, estaban separados. Sus labios ya no se tocaban. Por un instante, Micah se sintió desorientado.

Tracy respiró hondo después de obligarse a retroceder y romper el contacto con él. Luchó por parecer calmada.

¿Qué le había sucedido?

—No deberíamos hacer eso —le dijo, casi sin aliento, con poca convicción.

Micah sabía que tenía razón, pero la retó:

—¿Por qué no?

A ella casi no le funcionaba el cerebro. Hizo un esfuerzo por pensar.

—Porque… porque es un conflicto de intereses.

Micah malinterpretó su protesta.

—¿Tienes novio? —le preguntó.

Sorprendida por la pregunta, Tracy se quedó mirándolo fijamente.

—¿Qué? —preguntó después—. No.

—En ese caso, no hay ningún conflicto de intereses —le aseguró Micah, alargando las manos hacia ella.

Tracy retrocedió.

—Claro que lo hay —insistió—. Soy tu abogada.

Aunque quería volver a besarlo. Lo deseaba
tanto que no podía soportarlo.

—No puedo tener un vínculo emocional contigo.

Sus palabras lo sorprendieron.

—¿Tienes un vínculo emocional conmigo? —
le preguntó por fin.

Y ella se dio cuenta, demasiado tarde, de que
no se había expresado correctamente.

—No —insistió con voz temblorosa. Y luego
añadió con más firmeza—: Por supuesto que no.

Micah la miró a los ojos y vio la respuesta en
ellos. Estaba protestando demasiado, ¿querría convencerse a sí misma además de convencerlo a él?

Inclinó la cabeza. Tracy pensó que iba a soltar-
la, pero la sorprendió diciéndole:

—De acuerdo, estás despedida.

—¿Qué?

—He dicho que estás despedida —repitió él—.
Ya no necesito tus servicios.

Luego sonrió.

—Ves, ya no hay conflicto de intereses —añadió.

¿Despedida? ¿Cómo iba a despedirla así? ¿Estaba loco?

—Pero...

Micah no permitió que siguiese protestando, le
dio otro beso.

Tracy luchó contra sí misma, apoyó las manos en su pecho y lo empujó suavemente.

—No puedes despedirme —se quejó—. Me necesitas.

—Señorita —le dijo él, besándola en el cuello—. No tiene ni idea.

A ella se le aceleró el corazón, casi no podía ni respirar.

De acuerdo, le daría otro beso. Solo uno más, y luego terminaría con aquello. Le diría a Micah que se estaba precipitando y que estaba loco, y muchas otras cosas, para terminar diciéndole que uno de los dos tenía que ser sensato. Y, evidentemente, ese papel le tocaba hacerlo a ella.

En un segundo, solo otro segundo, le diría todo aquello y más.

Más.

—¿Y tus hijos? —le preguntó, haciendo un esfuerzo.

—Mis hijos ya se buscarán a sus propias mujeres —le respondió él, besándola de nuevo.

Haciendo que se derritiese otra vez.

Creando un completo caos en su interior.

Tracy se dijo que Micah no lo entendía.

—No, quiero decir…

Pero él la interrumpió besándola de nuevo en el cuello.

—Ya sé lo que quieres decir —le susurró Micah al oído.

Tracy volvió a sentir calor por dentro al notar

que su aliento caliente le acariciaba la garganta y la mejilla, y deseó cosas que no tenía por qué desear.

Pero las deseaba.

Lo deseaba a él.

De repente, notó que la levantaba del suelo. Habría gritado de sorpresa si Micah no hubiese estado besándola en los labios.

La estaba abrazando y levantándola del suelo. Otro beso más así y se dejaría llevar. Fue entonces cuando Tracy se dio cuenta de que tenía los ojos cerrados.

Los abrió y se dio cuenta de que Micah la llevaba escaleras arriba. A su habitación.

—¿De verdad estoy despedida? —le preguntó con voz ronca.

—Sí, no quiero poner en peligro tu ética profesional —le respondió él, mirándola con deseo mientras cerraba la puerta del dormitorio con el codo.

—De acuerdo.

Tracy lo abrazó por el cuello y dejó de resistirse contra lo que más deseaba en el mundo en esos momentos.

A él.

Capítulo 10

SE sintió como transportada a un lugar intemporal en el que nada más importaba. Nada salvo el hombre que la enfervorizaba y todo estaba envuelto por un manto cálido y confuso.

Tracy era consciente de cada caricia, de cada beso. Muy consciente del efecto que Micah tenía en ella, en su cuerpo y en su alma.

No estaba alerta, no tenía dudas, nada le advertía que se arrepentiría de aquello ni le decía que era mejor que se retirase mientras pudiese. Todos aquellos eran pensamientos racionales, no de una mujer que echaba apasionadamente de menos ser uno con otra persona.

Aunque durante su breve matrimonio nunca hubiese sentido que era una sola persona con su marido. Haciendo el amor con él se había sentido más sola que en toda su vida.

Pero lo que estaba ocurriendo en esos momentos, aquello, era lo que había echado de menos de hacer el amor. Micah estaba haciendo que le entregase no solo su cuerpo, sino su mente y cada fibra de su ser.

La estaba seduciendo.

Ni siquiera la idea de que fuese a despedirla la enfadó. No sabía cómo lo había conseguido, pero Micah le había quitado la necesidad de sentirse culpable.

Pero aunque se hubiese sentido culpable, o insegura, o hubiese podido enumerar las razones por las que no sumergirse en él, los sensuales labios de Micah pronto la habrían convencido de lo contrario.

Todo su cuerpo ardía de deseo y solo había una manera de aplacarlo.

Si tenía prisa por saciarse de ella, Micah no lo demostró. Se comportó como si el tiempo se hubiese detenido y fuese su aliado. O eso, o tenía todo el tiempo del mundo para entretenerse en cada centímetro de su cuerpo para explorarlo en profundidad.

Llegó un momento en el que Tracy pensó que iba a llegar al clímax solo de pensar en el instante en que por fin fuesen uno.

Micah la estaba desnudando poco a poco. De manera metódica. Con paciencia.

E iba tocando y besando cada una de las partes de su cuerpo que iba dejando desnudas, y haciendo que Tracy se excitase cada vez más.

Esta se retorcía entre sus brazos, gimiendo, respirando con dificultad, volviéndolo prácticamente loco.

Era un arma de doble filo.

Micah solo quería perderse en aquella mujer, unirse a ella físicamente y, por un embriagador y salvaje momento, ser uno.

Pero a pesar de desear llegar a aquel punto, se controló y fue despacio. Dándole placer a ella y, al mismo tiempo, muriéndose de ganas de culminar aquello.

Pero no era nada fácil.

El cuerpo de Tracy era suave y flexible y se movía bajo sus caricias.

La mirada de deseo que desprendían sus ojos se lo ponía todavía peor. Y cuando Tracy le empezó a quitar la ropa, Micah estuvo a punto de dejarse llevar y hacerla suya sin más, allí, en la enorme cama en la que tantas noches solitarias había pasado.

Antes de aquello habría pensado que el recuerdo de su difunta esposa lo habría frenado, pero le estaba ocurriendo justo lo contrario.

Era como si Ella hubiese retrocedido y hubiese desaparecido, susurrando que aprobaba a aquella mujer que, sin ningún esfuerzo, había cautivado el corazón de sus hijos.

Y si Micah había pensado que se sentiría decepcionado al hacer el amor por primera vez después de más de veinticuatro meses de celibato, la sorpresa fue más que grata.

Porque no se decepcionó.

Todo lo contrario. Mientras continuaba besándola, acariciándola, descubriendo las zonas erógenas de su cuerpo, la intensidad de sus propias reacciones, su deseo, continuó creciendo. Creció hasta tal punto que ya no podía seguir conteniéndose.

No sabía cuánto más iba a aguantar.

Tracy no era una mujer experimentada. Para ella, hacer el amor no era algo sin importancia, ni lo hacía porque hubiese bebido demasiado. Nunca se había entregado a un hombre en ese estado.

En realidad, el único requisito que ponía era que hubiese un cierto afecto. Preferiblemente, mucho afecto.

Como en esos momentos.

Era cierto que se había tomado una cerveza con Micah, pero eso no le empañaba la razón. A pesar de tener la cabeza dándole vueltas en esos momentos, al principio había estado completamente lúcida.

Quería que ocurriese aquello.

Se arqueó contra los labios y la lengua de Micah, que la marcaban y lo besó apasionadamente mientras apretaba su cuerpo contra el de él.

Estaba tan excitada que le costaba un gran esfuerzo seguir conteniéndose.

Pero lo consiguió.

Estaba a punto de sentarse a horcajadas sobre él, de hacer que la penetrase, cuando fue Micah quien dio el paso.

Tracy sintió un escalofrío de placer, y después otro.

Micah le agarró el rostro para que lo mirase a los ojos y la penetró con fuerza y, al mismo tiempo, una increíble suavidad.

Tracy contuvo la respiración. Tenía el corazón acelerado. Y entonces empezó una danza eterna.

Sin darse cuenta, lo agarró por los hombros y siguió de manera instintiva todos sus movimientos hasta que ambos llegaron al clímax.

Juntos.

Fue un momento de puro éxtasis.

Tracy tuvo que morderse el labio inferior para evitar gritar de placer. Todavía había una pequeña parte de su ser que estaba anclada al mundo real y que le hizo pensar que los niños estaban dormidos.

Notó cómo Micah se estremecía entre sus brazos. Lo oyó suspirar contento.

Y se excitó todavía más.

Cuando la euforia se aplacó, siguieron pegados, casi todavía más cerca que durante el orgasmo.

Tracy tuvo la sensación de que había pasado casi una eternidad cuando Micah levantó la cabeza para mirarla.

Hasta entonces, la había tenido apoyada en su hombro. Un gesto tan sencillo y que parecía tan natural, tan adecuado. Como si siempre hubiese sido así.

Como si estuviesen hechos el uno para el otro.

A Tracy se le encogió el estómago al verlo sonreír.

Micah le apartó un mechón de la cara y sonrió todavía más.

—Hola —le dijo en un murmullo.

—Hola —respondió ella.

Con cuidado, Micah se quitó de encima de ella y se tumbó a su lado.

—No te he hecho daño, ¿verdad? —le preguntó preocupado.

—No lo sé —admitió ella.

Entonces vio aprensión en sus ojos e intentó alegrar el momento.

—Ha sido mi primera experiencia extracorpórea y, en estos momentos, no estoy del todo segura de nada.

A Micah le salieron arrugas alrededor de los ojos al sonreír.

—¿Experiencia extracorpórea?

Ella asintió despacio, como si le diese miedo volver a marearse.

—Sí.

—Tengo la sensación de que a mí me ha pasado algo parecido —admitió él.

Se apoyó sobre un codo y la miró. Había pensado que se sentiría culpable después de hacer el amor con ella, pero lo que sentía era una nueva ola de deseo.

Y eso lo sorprendió.

Pasó las puntas de los dedos por el tentador cuerpo de Tracy y observó fascinado cómo temblaba su abdomen con la caricia.

—Si te apetece —le susurró al oído—, me gustaría volver a subirme a la montaña rusa.

Su aliento caliente la excitó otra vez.

Aquello era nuevo para ella. Ni su marido ni los pocos amantes que había tenido antes que él le habían dicho que la deseaban justo después de hacer el amor. Y aunque hubiesen querido hacer el amor dos veces en un mismo encuentro, estaba segura de que ninguno le habría pedido su opinión. Se habrían limitado a hacerlo.

Cada vez sentía más ternura por Micah.

—¿Otra vez? —le preguntó con incredulidad, divertida.

Él sonrió.

—Si a ti te apetece.

Tracy rio y asintió suavemente.

—Me apetece.

Y justo antes de que sus labios volviesen a tocarla, le pareció oírle decir:

—Perfecto.

Para ella también lo era.

No necesitó nada más para responder con entusiasmo al beso.

La segunda vez resultó ser todavía más satisfactoria que la primera.

Eran casi las dos de la madrugada cuando Tracy
abrió los ojos. Al darse cuenta de que se había quedado dormida entre los brazos de Micah, se despertó de golpe.

De repente, su cerebro volvió a pensar con claridad. Un segundo después, se dijo que no recordaba haberse sentido tan bien en toda su vida.

«Hacer el amor cura todos los males», pensó
divertida a pesar de saber que debía sentirse decepcionada consigo misma por haber tenido semejante comportamiento.

No había excusa para lo que había hecho.

Él era un hombre. Los hombres hacían esas cosas todo el tiempo, pero ella no. No era así.

Nunca hacía el amor con indiferencia.

Y, no obstante, con él lo había hecho, salvaje,
apasionadamente, tres veces antes de quedarse
dormida, agotada y feliz.

Tres veces.

Y le había encantado las tres.

Aquella era una nueva faceta de sí misma. «Todos los días se aprende algo nuevo», reflexionó. Y
entonces miró a su izquierda.

Micah respiraba profundamente. Seguía dormido. Tenía que marcharse antes de que se desperta-
se y la tentase a quedarse.

Eso, si quería que se quedase. Que hubiesen hecho el amor no significaba que fuese a jurarle amor eterno ni mucho menos.

La noche anterior había sido la noche anterior, y el presente era el presente. Tenía que recordar que no debía dejarse llevar. Los hombres eran capaces de hacer el amor sin que significase nada para ellos.

Para ella significaba mucho, aunque no quisiera.

Muy despacio, sacó las piernas de la cama y se sentó en ella. También apartó las sábanas con sumo cuidado.

No quería arriesgarse a despertar a Micah.

La luz de la luna iluminaba la habitación y Tracy vio dónde estaba su ropa, tirada en el suelo. Si se movía con cuidado, podría recogerla y salir de la habitación. Podría vestirse en el cuarto de baño que había visto al otro lado del pasillo.

Se apartó de la cama, se incorporó y fue lentamente hacia la ropa.

Todo iba bien.

—¿Te marchas?

Tracy estuvo a punto de gritar, pero consiguió mantener la boca cerrada.

La pregunta, planteada con una voz en la que no había ni rastro de somnolencia, la dejó helada.

Con la respiración cortada, Tracy se giró y miró al hombre que le había cambiado la vida, que había hecho que se olvidase de su ética profesional.

Micah tenía los ojos abiertos, la estaba mirando.

—Estás despierto —consiguió decirle por fin.

Él sonrió.

—Eso parece —le dijo sentándose—. ¿No puedes quedarte?

—Pensé que sería más fácil para ti que me fuese. Así no tendrás que dar ninguna explicación a los niños por la mañana. Ni a tu tía.

—A los niños no les va a parecer mal —le respondió él con toda tranquilidad—. Todo lo contrario. Se alegrarán de verte y querrán jugar contigo. Y con respecto a mi tía, no me va a pedir ninguna explicación. Conociéndola, es capaz de contratar unos fuegos artificiales para celebrarlo.

Tracy lo miró confundida.

—¿Para celebrarlo?

Él asintió.

—Lleva un año intentando que vuelva a entrar «en el juego», como ella dice.

Mirándola a los ojos, Micah tocó el vacío que había en la cama a su lado. El sitio de Tracy, que seguía caliente.

Por un segundo, se sintió tentada a dejar caer la ropa que tenía en la mano y volver a la cama, pero supo que si cedía en ese momento, a largo plazo todo sería más difícil.

Sabía que había caído, había sido débil, pero

era mejor dejarlo así que tener una maravillosa aventura. Se conocía bien. La disfrutaría, pero estaría conteniendo la respiración, esperando a que todo terminase.

Y aunque a Micah se le hubiese olvidado, todavía necesitaba un abogado y ella podía ayudarlo más como abogada que como amante. Al menos en su trabajo sabía lo que hacía.

Como amante, no tenía ni idea.

—De todos modos, es mejor que me marche — le dijo, abrazándose a la ropa.

Él siguió mirándola a los ojos. Asintió despacio.

—No voy a obligarte a quedarte en contra de tu voluntad.

Tracy empezó a protestar.

—No es eso…

«Cállate», se dijo a sí misma. «Y márchate».

—No pasa nada —le aseguró Micah—. Tienes que hacer lo que pienses que es lo correcto. Ah, por cierto —añadió cuando ella ya estaba en la puerta.

Tracy se giró y lo miró por encima del hombro.

—¿Sí?

—Que ya no estás despedida.

Era difícil de saber, porque la luz de la luna no iluminaba su torso y su rostro, pero Tracy habría jurado que estaba sonriendo.

Esperó un segundo y salió de la habitación, pero tuvo que obligarse a sí misma a hacerlo.

Capítulo 11

EN un intento de distraerse y evitar revivir por enésima vez la noche que había pasado con Micah, Tracy se puso a trabajar todavía con más brío de lo habitual.

Normalmente no le costaba ningún trabajo concentrarse.

Normalmente.

Pero su vida había dado un giro que no era en absoluto normal. La manera en la que había hecho el amor con Micah Muldare no había tenido nada de normal.

En consecuencia, y a pesar de sus esfuerzos y buenas intenciones, su mente no dejaba de volver a él y a la mágica experiencia que habían compartido, aunque luego se burlase del camino que tomaban sus pensamientos y sentimientos.

—Sabes muy bien que él no está reaccionando como tú —se dijo a sí misma en un murmullo mientras borraba un párrafo entero que acababa de escribir.

—¿Con quién estás hablando?

Tracy levantó la cabeza e intentó no ruborizarse.

Apretó los labios e intentó hablar con toda tranquilidad a Kate Manetti.

—¿Cuánto tiempo llevas a ahí?

Kate sonrió.

—El suficiente para darme cuenta de que por fin has conocido a alguien —comentó, cerrando la puerta tras de ella y acercándose al escritorio de su amiga—. Me alegra saber que tú también eres humana.

Tracy se encogió de hombros.

—No sé de qué me estás hablando.

La sonrisa de Kate fue tolerante. Luego repitió las palabras que le acababa de oír decir a su amiga.

—Estoy trabajando en un caso —comentó Tracy, señalando la pantalla del ordenador—. Supongo que he debido de pensar en voz alta.

No se le había ocurrido nada mejor.

—Por supuesto —le respondió su amiga—. A lo mejor no te está creciendo la nariz, pero tienes las mejillas cada vez más sonrosadas, Pinocho. Te sugiero que me lo cuentes todo antes de que se te ponga la cara rosa fucsia. No te sentaría nada bien.

—No tengo nada que contar —insistió Tracy.

Kate se encogió de hombros, como si le diese igual lo que dijese su amiga.

—Tú verás —le dijo, metiéndose las manos en los bolsillos—. Ah, casi se me olvida. Mientras estabas en los juzgados has recibido una llamada que, por error, han pasado a mi despacho. Y he tomado el mensaje.

Sacó un pequeño papel de color rosa y antes de dárselo a Tracy lo levantó para comparar su color con el del rostro de esta.

—Casi iguales —comentó.

Tracy tuvo ganas de decirle algo feo, pero se contuvo y le quitó el papel de la mano.

—Te confirma la reunión de esta noche. ¿Dónde va a ser? —bromeó Kate—. ¿En algún restaurante íntimo, en una mesa para dos iluminada con velas?

Tracy se maldijo. Se había olvidado de que había quedado con él. Le había dicho que escogiese la hora y el sitio, para que pensase que controlaba la situación, y después se había olvidado del tema.

¿Cómo iba a enfrentarse a él? Sintió casi pánico al pensarlo.

Kate se inclinó sobre el escritorio, en esa ocasión, preocupada.

—Eh, ¿estás bien?

—No —le confesó Tracy.

Kate se sentó frente a ella.

—¿Quieres hablar de ello?

—No —repitió Tracy sin dudarlo.

—Bueno, pues no me voy a mover de aquí hasta que lo hagas —le informó Kate—. Y no porque sea una cotilla, sino porque soy tu amiga. Y estoy preocupada. Tú no eres así.

Eso era cierto. Tracy no sabía qué le estaba pasando.

Respiró hondo, se pasó la mano por el pelo y miró a su amiga para confesarle:

—Me he acostado con él.

Perpleja, Kate se acercó más a ella y le preguntó:

—¿Qué? ¿Con quién? —inquirió—. ¿Con Muldare?

A Tracy se le había quedado la boca completamente seca, así que en vez de contestar, asintió.

—¿Y cómo ha sido? —le preguntó Kate—. Da igual, me lo puedo imaginar.

Tracy miró sorprendida a su amiga. ¿Tan transparente era? Y si Kate podía verlo, ¿también lo haría Micah? ¿Qué veía él cuando la miraba? Intentó tranquilizarse.

—¿Qué quieres decir?

—Que es indudable que estás hecha un lío, cariño. Te ha cambiado la vida, ni más ni menos. Es evidente y solo puedo decir que ya iba siendo hora —comentó Kate, contenta por su amiga.

—No me ha cambiado la vida —protestó esta.

—Ah, ¿no? —replicó Kate, intentando no reírse—. Entonces, ¿por qué tengo la sensación de que ni te acordarías de tu propio número de teléfono si te pidiera que me lo dijeses ahora mismo?

Tracy respiró hondo y, como si quisiera demostrarle a Kate que estaba equivocada, le dijo su número de teléfono.

Pero Kate negó con la cabeza.

—Cielo, no luches contra ello. Confía en mí. Es bueno para ti —le aseguró.

—Es mi cliente —se quejó Tracy.

—Sí, es verdad, pero también es un hombre —le dijo Kate—, y muy guapo, por cierto. No te avergüences por sentirte atraída por un hombre atractivo.

—Pero es mi cliente —repitió Tracy angustiada.

Angustiada por su propio comportamiento y, sobre todo, por cómo se sentía.

—Sí —admitió Kate—, pero no va a serlo eternamente. Mira, solo estoy intentando aconsejarte porque me importas. Si tienes que elegir entre un hombre y un cliente, quédate con el hombre y deja al cliente. No te arrepentirás.

Tracy espiró pesadamente.

—Es más fácil de decir que de hacer.

—De eso nada. Yo no me arrepiento de lo que viví, si quieres, te lo cuento.

—No, gracias.

Tracy necesitaba poner en orden sus ideas y decidir si Micah estaría mejor en manos de otro abogado.

Se levantó, tomó su enorme bolso y se lo colgó del hombro.

—Ahora no tengo tiempo —le dijo a Kate, mirando el papel rosa que había encima de su mesa—. He quedado.

Kate se levantó también.

—Eso, vete —le dijo riendo.

Por tercera vez en la última media hora, Tracy se ordenó a sí misma dejar de morderse el labio inferior para evitar tenerlo destrozado cuando llegase a su destino.

Era la primera vez que iba a ver a Micah después de que se hubiesen acostado juntos y tenía los nervios de punta. Además, odiaba llegar tarde e iba a hacerlo. No mucho, pero lo suficiente como para no estar contenta.

Deseó haber recibido su mensaje antes para haber podido prepararse mejor.

Tenía la sensación de que algo iba mal, aunque no estaba segura del qué, pero, para empezar, Micah le había pedido que fuese a su casa. Y a esas horas de la tarde, Micah no debería estar allí, sino en el trabajo.

¿Por qué no estaba trabajando? ¿Había ocurrido algo? Bastantes problemas tenía ya el pobre.

No había tenido noticias suyas en tres días y no

sabía si era porque había estado muy ocupado o porque se arrepentía de lo ocurrido entre ambos.

Lo más probable era que quisiera verla para decirle que había decidido contratar a otro abogado.

Pero eso no explicaba que estuviese en casa a esas horas.

Tracy notó que le volvían a arder las mejillas y se dijo que tenía que calmarse.

Pero todavía tenía el corazón en la garganta cuando detuvo el coche delante de su casa. Salió y se fijó en que el coche de la tía de Micah no estaba por allí aparcado. Solo estaba el de él. Y no supo si eso era buena o mala señal.

Al llegar a la puerta de la casa, dudó. Por un momento, estuvo a punto de darse la vuelta y volver al coche para marcharse a su casa, pero eso habría sido esconderse, habría sido de cobardes. Y hacía mucho tiempo que ella no era una cobarde.

Así que llamó al timbre para no poder cambiar de opinión. Y esperó. E hizo lo posible para prepararse para el primer encuentro con Micah después de su noche de pasión.

Era probable que para él no hubiese significado nada, pero para ella…

Oyó cómo los niños llamaban a su padre y gritaban que alguien había llamado a la puerta y poco después oyó cómo le quitaban el cerrojo a esta.

La puerta se abrió y vio a Micah. Todas sus dudas se disiparon. Estaba pálido, sudoroso y tenía los ojos vidriosos.

—¿Estás bien? —le preguntó—. Estás muy pálido.

—Debe de ser por la luz —balbució él, haciendo un enorme esfuerzo para levantar la mano.

—¿También es la luz lo que te hace sudar? —insistió ella.

Micah se encogió de hombros.

—Está bien, hoy no me encuentro demasiado bien.

—Ni ayer tampoco —intervino Gary, mirando a Tracy—. Nos dijo que no podía llevarnos a la cama montados a caballito —le contó.

—A papá le duele la tripita —añadió Greg.

Tracy volvió a mirar a Micah con el ceño fruncido. Era evidente que estaba sudando.

—¿Quieres rectificar tu declaración inicial? —le sugirió.

Él miró a sus hijos.

—Vivo con dos cotorras chivatas.

Greg abrió mucho los ojos.

—¿Dónde están, papá?

—No seas tonto —le respondió Gary a su hermano pequeño con aire de suficiencia.

—Pero papá ha dicho…

Tracy decidió intervenir antes de que los niños empezasen a discutir.

—Tu papá ha hecho un chiste, cariño —le dijo a Greg—. Un chiste muy malo.

Luego miró de nuevo a Micah y volvió a intentarlo.

—¿Vas a contarme qué te pasa?

—Nada —insistió él en un murmullo—. Me ha debido de sentar algo mal. O tal vez tenga gripe.

—¿Y te has tomado algo?

—No. ¿Tú qué me darías? —le preguntó él, obligándola a sonreír ligeramente.

Pero solo un instante. Tracy frunció el ceño.

—Te voy a dar unos azotes como no me digas qué te pasa —le advirtió.

Micah cerró los ojos un instante. No se encontraba bien.

—¿Puedes dejarlo para otro día, ahora no tengo fuerzas para estar a la altura de tu ingenio?

Eso no la sorprendió.

—Yo diría que no estás a la altura ni del ingenio de una ameba —le contestó, tocándole la frente—. Tienes fiebre.

Micah se esforzó en sonreír con malicia.

—Es el efecto que causas en mí.

Pero Tracy no iba a dejar que la distrajese. Estaba preocupada.

—¿Qué más síntomas tienes?

Le dolía el estómago y estaba mareado, pero no quería admitirlo, sobre todo, delante de los niños.

—Solo estoy cansado.

Se le daba muy mal mentir.

—¿Te duele algo? En concreto, ¿tienes algún dolor en la parte derecha del abdomen?

Él se habría echado a reír si hubiese tenido fuerzas.

—¿Quieres que juguemos a los médicos?

En vez de responderle, Tracy le tocó el abdomen y lo vio retorcerse de dolor. Eso le bastó para saber lo que ocurría.

—¿Cuál es el número de teléfono de tu tía? —le preguntó. Iban a necesitar a una mujer.

Micah no lo entendió. Y la habitación estaba empezando a dar vueltas. Otra vez.

—¿Para qué quieres saberlo?

—Porque necesito que se ocupe de los niños —dijo, sonriendo a estos para que no se preocupasen.

—Si ya estoy yo aquí —protestó Micah.

—Estás aquí ahora —replicó ella—, pero voy a llevarte a urgencias.

—De eso nada. Solo necesito descansar un poco. Estaré bien mañana por la mañana. No tenía que haberte llamado.

Lo había hecho en un momento de debilidad, pensando que, con ella allí, se distraería y se sentiría mejor.

—Estás exagerando —añadió.

—Y tú tienes apendicitis —le respondió ella.

Capítulo 12

MICAH la miró como si se hubiese vuelto loca. Él nunca se ponía enfermo. Nunca. Ni siquiera el año anterior, cuando en el trabajo todo el mundo había caído como moscas con la gripe. El hecho de que se sintiese débil y tuviese ganas de vomitar, y de que tuviese aquel dolor tan fuerte, era irrelevante.

—No —le aseguró—. No es verdad.

Pero si había creído que aquel iba a ser el final de la conversación, se había equivocado. Estaba empezando a darse cuenta de que Tracy era muy tenaz.

Esta lo miró fijamente y le preguntó:

—¿Te han operado de adolescente?

Micah deseó contestarle que sí para terminar con aquello, pero no quería mentir delante de sus hijos.

—No —respondió.

A Tracy le daba rabia que fuese tan cabezota, pero quiso ser justa, sobre todo, porque los niños estaban escuchando atentamente, así que repasó los hechos:

—Tienes fiebre, estás pálido y sudoroso, has admitido que tienes náuseas y te duele cuando te toco la zona derecha del abdomen. Si aprieto un poco más… —le dijo.

Solo tuvo que alargar la mano para que Micah retrocediese.

—Seguro que lo tienes hinchado —añadió—. Tienes apendicitis y no es ninguna tontería.

—¿Se va a morir? —preguntó Gary, empezando a asustarse.

—Solo si no va a al hospital —le contestó ella al niño.

—Ve al hospital, papá —le rogó Greg, agarrándolo del brazo—. Si no puedes andar, te llevaré en mi carretilla.

—No cabe en tu carretilla, tonto —le dijo Gary a su hermano, riéndose de él.

No obstante, tenía tanto miedo como su hermano.

—¿No vas a morirte, verdad, papá? —le preguntó enseguida—. No te va a pasar como a mamá, ¿verdad?

—Por supuesto que no —le aseguró Tracy.

El hecho de que Micah no protestase le indicó lo mal que se encontraba. Había llegado el momento de dejar de hablar y empezar a actuar.

—Necesito el número de teléfono de Sheila —le ordenó.

—¡Yo me lo sé! —exclamó Gary, contento de poder ayudar.

Tracy le sonrió.

—Buen chico —dijo, sacando su teléfono móvil—. Dímelo y la llamaré. Cuanto antes venga, antes me podré llevar a vuestro papá a urgencias.

A Greg le sonó aquello.

—Como haces tú conmigo, papá. No te preocupes, son muy simpáticos.

Mientras tanto, Gary estaba diciéndole a Tracy el número de teléfono de su tía. Tracy lo fue marcando.

Cinco minutos después estaba todo solucionado. Sheila iba de camino. Y en un cuarto de hora estuvo allí. Nada más verla, Tracy se dio cuenta de que estaba preocupada, aunque intentase no parecerlo.

Su mirada la delataba.

Los niños enseguida se lanzaron a sus brazos y buscaron el cariño y la seguridad que representaba en sus vidas.

—Papá está enfermo —le contó Gary, queriendo ser el primero en darle la noticia.

—Lo sé, cariño —le respondió ella—. Me lo ha dicho Tracy cuando me ha llamado.

Greg le hizo a su tía la misma pregunta que le había hecho a su padre para poder quedarse tranquilo.

—No se va a morir, ¿verdad?

Sheila abrazó a los dos niños con fuerza y luego se inclinó y le dio a cada uno un beso en la cabeza.

—Se va a poner bien. Estamos hablando de vuestro papá, que siempre está bien —afirmó mientras miraba a Tracy con preocupación.

Nada más llegar Sheila, Tracy había agarrado a Micah para disponerse a llevarlo hasta su coche.

—Por supuesto —respondió automáticamente.

Se dio cuenta de que en esos momentos tenía que ser la más fuerte y, aunque el papel no le hiciese demasiada gracia, lo aceptó sin quejarse. Lo único que importaba era llevarse a Micah al hospital antes de que se pusiese peor.

—Vamos, señor Invencible —le dijo, empezando a dar pequeños pasos hacia la puerta.

Cuando pasó al lado de Sheila, le prometió:

—Te llamaré en cuanto sepa algo.

Y Sheila sonrió por el bien de los niños.

—Muchas gracias —le respondió a Tracy.

No le hizo falta añadir que estaría esperando su llamada. Era evidente.

Gary se apartó de su tía y corrió hacia la puerta. Tiró de ella con fuerza y consiguió abrirla para que Tracy y su padre saliesen.

—Gracias —le dijo ella al niño, pensando que se estaba comportando como si tuviese más edad de la que tenía. En ocasiones, le sorprendía la madurez que tenían los dos—. Voy a cuidar de tu papá, no te preocupes.

—De acuerdo —respondió Gary.

A Greg le temblaba un poco el labio inferior. Era lo suficientemente mayor para darse cuenta de que algo iba mal.

Tardó lo que le pareció una eternidad en ayudar a Micah a entrar en el coche. Luego se sentó inmediatamente detrás del volante, puso el coche en marcha y fue en dirección al hospital.

Micah iba demasiado callado. Y eso la preocupaba.

Y cuando lo oyó hablar, se dio cuenta de que habría preferido que siguiese en silencio. No quería discutir con él.

—Has asustado a los niños —la acusó, haciendo un esfuerzo para poder hablar.

—No —lo contradijo en tono tranquilo—, los has asustado tú. Con tu sudor y tu palidez.

Micah se había abrochado el cinturón, pero iba encogido, en vez de erguido. Además, llevaba la mano pegada al abdomen. Y, aun así, hizo un esfuerzo por quitarle hierro al asunto.

—Pues la otra noche no te oí quejarte —comentó.

Ella lo miró un instante. Así que no iba a fingir que no había ocurrido. Eso la reconfortó.

—Bueno, al menos todavía te queda el sentido del humor. Eso me da esperanzas.

Él miró el velocímetro.

—Vas demasiado rápido.

Era cierto que había pisado el acelerador más de lo habitual. Quería llegar lo antes posible al hospital.

—No —lo contradijo de todos modos.

—De acuerdo. No vas demasiado rápido, en comparación con un avión, pero sí para ir en coche —le dijo él.

Luego tomó aire. Cerró los ojos e intentó seguir hablando como si no le pasase nada.

—Pensé que querías que llegásemos de una pieza.

—Así es. Y lo antes posible.

En menos de veinte minutos estaban llegando a la entrada de urgencias del hospital. Tracy detuvo el coche delante de la puerta y apagó el motor.

Micah empezó a despertar. Se había quedado adormecido para no pensar en el dolor. Despierto, se dio cuenta de que se encontraba muy mal.

Miró a Tracy y le preguntó:

—¿Ya hemos aterrizado?

Ella se limitó a contestarle que sí y salió corriendo del coche para darle la vuelta y ayudarlo a bajar. Enseguida salieron del hospital con una silla de ruedas.

Entre Tracy y el auxiliar, intentaron sentar a Micah con cuidado. A este no le gustó que lo ayudasen tanto.

—Puedo hacerlo solo —protestó.

—Por supuesto, hazlo —le dijo Tracy.

Levantó las manos y retrocedió, pero no apartó la vista de Micah. Cada vez estaba más débil, pero su orgullo no le permitía reconocerlo y ella no quería que se sintiese todavía peor.

No obstante, en cuanto estuvo sentado, tomó posesión de la silla de ruedas y la empujó con fuerza hacia las puestas del servicio de urgencias, que se abrieron solas para recibirlos.

Una vez dentro se acercaron a ellos una enfermera y un camillero. Y por primera vez desde que Tracy había llegado a casa de Micah, sintió que todo iba a salir bien.

—Hola —dijo—. Tiene apendicitis.

Y se lo llevaron.

Intranquila, Tracy se miró el reloj.

Habían pasado tres minutos desde la última vez que se lo había mirado. Estaba impaciente y preocupada.

Micah llevaba una hora y veinte minutos en el quirófano.

Y a ella los nervios le estaban destrozando el estómago. ¿Por qué estaban tardando tanto?

La primera hora la había pasado bien. Sabía que una operación de apendicitis duraba aproximadamente una hora, así que no había tenido motivos para preocuparse. Ya había llamado a Sheila y a los niños para informarles. Les había contado que había estado en lo cierto al diagnosticarle apendicitis y que se lo habían llevado a operar. Lo normal era que siendo un hombre sano, todo fuese bien.

Pero ya no estaba tan segura y los minutos parecían pasar a cámara lenta, erosionando su confianza cada vez más.

¿Y si habían llegado demasiado tarde?

Si hubiese ido a verlo la noche anterior lo habría llevado al hospital mucho antes y eso podría haberlo cambiado todo. Dudaba que se hubiese pues así de mal en solo unas horas y habría apostado a que llevaba varios días encontrándose muy mal.

Se preguntó por qué había intentado engañarse a sí misma. ¿Por qué había fingido distanciarse de él y de lo que había ocurrido entre ambos? Sabía que lo había hecho y sabía que su manera de reaccionar ante lo ocurrido era muy, muy peligrosa.

Se estaba enamorando de él.

¿Y si había llegado demasiado tarde al hospital?

Dejó de ir y venir por el pasillo y miró fijamente hacia las puertas dobles detrás de las cuales estaba el quirófano. Había visto cómo se llevaban a Micah por allí, tumbado en una camilla y ya anestesiado, sin ningún dolor.

Había sido ella la que lo había sentido al verlo desaparecer detrás de aquellas puertas casi dos horas antes.

¿Por qué no salía nadie a informarla de lo que estaba ocurriendo?

¿Qué les diría a sus hijos si le ocurría algo?

¿Si…?

—¿Señorita Ryan?

Sobresaltada, Tracy se giró y vio a un hombre alto y delgado, vestido con un pijama azul de hospital, que se estaba quitando una mascarilla. Parecía agotado.

Tracy se dijo que tenían que ser paranoias suyas y se acercó al hombre.

—Sí, soy Tracy Ryan —le dijo, conteniéndose para no agarrarlo del brazo e interrogarlo. Intentó parecer tranquila—. ¿Cómo está?

El cirujano no respondió de inmediato. ¿Estaba cansado o intentaba darle un efecto dramático a la conversación? Tracy intentó tener paciencia.

Este respondió por fin:

—Lo ha traído justo a tiempo. Media hora más y podríamos estar teniendo una conversación muy distinta a esta —le dijo con toda sinceridad—. Y en otra parte del hospital.

La morgue estaba en el sótano y Tracy no tenía ninguna gana de ir a visitarla. Intentó que el cirujano le dijese algo positivo, así que le preguntó:

—Entonces, ¿va a ponerse bien?

El doctor Firestone asintió.

—Va a ponerse bien. Se lo hemos quitado todo.

—¿Todo? —repitió Tracy, sin saber qué quería decirle el médico.

El cirujano hizo girar sus hombros un instante antes de responder.

—El apéndice reventó justo cuando estábamos haciendo la primera incisión. Hemos tardado bastante en limpiárselo todo, para asegurarnos de que no derivase en una peritonitis —le explicó—. Por ese motivo, la operación ha durado dos veces más de lo normal. En condiciones normales, es una cirugía sencilla —le aseguró.

Tracy no necesitaba oír más. Micah iba a ponerse bien. La vida volvería a ser como antes.

—¿Cuándo podré pasar a verlo? —quiso saber.

El doctor Firestone miró el reloj de pared que había enfrente de ellos.

—Estará en reanimación más o menos una hora y luego lo llevarán a su habitación. Podrá ir a verlo cuando esté allí.

Tracy se sintió abrumada unos segundos, apretó los labios e intentó contenerse. Cuando por fin supo que podría hablar, dijo con voz casi inaudible:

—Gracias, doctor.

Y le dio la mano.

Este se la envolvió con la suya, que era tan enorme que no parecía la mano de un cirujano, pero lo era.

—No, gracias a usted por haberlo traído a tiempo. Le debe la vida —le respondió Firestone sonriendo—. Si fuese usted, no permitiría que se le olvidase. Ahora, si me disculpa, necesito ir a comer algo. Me lo merezco —añadió, guiñándole un ojo.

A Tracy le maravilló que pudiese comer después de haber metido las manos en el interior del abdomen de un hombre, pero por eso era médico y ella no.

De repente, se sintió aliviada.

Micah iba a ponerse bien. Le entraron ganas de gritar de alegría.

En su lugar, respiró hondo y esperó un par de minutos antes de volver a llamar por teléfono a Sheila. No quería alarmarla y si la llamaba cuando casi no podía ni hablar, la preocuparía.

Y ya no había ningún motivo para preocuparse.

Tracy se sonrió y empezó a marcar.

Los párpados se le cayeron como si pesasen una tonelada cada uno. Micah tuvo que hacer varios intentos antes de abrir por fin los ojos y mantenerlos abiertos.

Fijar la vista era otra cuestión. No era capaz.

Por fin, en cuestión de unos minutos que le parecieron horas, pudo ver de nuevo.

Pero todavía tardó unos segundos en darse cuenta de que estaba viendo a Tracy.

¿Era real o se la estaba imaginando otra vez?

Había soñado con ella más de una vez desde que habían hecho el amor. Y, en cada ocasión, solo se había dado cuenta de que era un sueño después de despertar.

Todos los sueños que había tenido con ella lo habían sorprendido, como si no hubiese esperado que pudiese burlarse así de su mente, sobre todo, después de que él se hubiese esforzado tanto en no pensar en ella cuando estaba despierto.

Por las noches no podía controlar su mente.

No sentía que hubiese traicionado a Ella al hacer el amor con Tracy. Ella había sido una mujer muy generosa y habría querido que rehiciese su vida, que encontrase a otra persona. A alguien que cuidase de sus hijos. El problema era que él no quería volver a sentir jamás aquel horrible vacío que se lo había tragado cuando Ella había fallecido. Había vivido lo suficiente para saber que el amor iba de la mano con esa terrible posibilidad, la de perder a la persona más importante de tu vida.

No obstante, ya estaba expuesto a sufrir, dado que quería a sus hijos y, por supuesto, a Sheila. Pero no quería sufrir por una mujer, con una vez había tenido suficiente.

Pero su subconsciente, que había llevado sin motivo a Tracy a sus sueños, se burlaba de él haciéndole saber que no podía controlarlo.

El amor era una fuerza misteriosa que tenía muchos esclavos, pero ningún señor. Mucho menos él. Se había enamorado de Ella y le estaba ocurriendo lo mismo con Tracy.

Podía seguir evitando tener relaciones, pero algo le decía que, en ese caso, estaba condenado a estar con Tracy.

A pesar del estado de debilidad en el que se hallaba, era evidente que se alegraba de que estuviese allí.

—¿Eres real? —le preguntó con voz ronca.

Tracy llevaba una hora sentada en su habitación, esperando a que abriese los ojos. Rezando para que el médico no se hubiese equivocado y porque Micah se pusiese bien.

Se levantó de la silla de vinilo y se acercó a la cama. Con cuidado, le tocó la mejilla y sonrió mirándolo a los ojos.

—Bienvenido, forastero.

—Sí, eres real —murmuró él.

Luego suspiró, cerró los ojos y se quedó dormido.

Tracy sonrió mientras sacudía la cabeza.

—Menudo conversador.

Él siguió dormido.

Tracy supo que debía marcharse. Tenía mucho trabajo esperándola y, además, quería pasarse por casa de Micah para decirles a los niños en persona que su padre se iba a poner bien.

Tenía muchos motivos por los que marcharse de allí, pero todavía se estaba recuperando de la terrible experiencia que acababa de vivir. Había sido muy duro esperar a que el cirujano saliese a darle noticias mientras intentaba no pensar en que había ocurrido lo peor.

Decidió quedarse un rato más para recobrar fuerzas.

Y para verlo dormir.

Se sonrió. Le resultaba reconfortante ver cómo el pecho de Micah subía y bajaba con su respiración. Iba a ponerse bien. Lo había llevado al hospital a tiempo.

Completamente feliz, Tracy se volvió a sentar.

Capítulo 13

VEIS, os dije que estaba bien.

—Pero no se mueve.

—Porque está dormido, tonto. ¿No ves? Su pecho sube y baja. Eso significa que está vivo.

Al contrario que la primera vez, las dos últimas no se mezclaron con sus sueños.

Hasta ese instante en el que las voces se habían filtrado en su semiinconsciencia, Micah no se había dado cuenta de que estaba soñando.

Desde que su esposa había muerto, si había soñado había sido para revivir aquel día horrible en que lo había dejado solo al lado de su cama de hospital, sintiéndose impotente y perdido. Y tan enfadado con el mundo que casi no podía contenerse.

Pero en esos momentos la mujer de sus sueños no era Ella. Su rostro y su voz eran diferentes. Y no se sentía desesperado, ni enfadado, solo raro, y con una tremenda sensación de… esperanza.

Eso era.

Esperanza.

Y era su voz la que había oído en su cabeza, la que había sentido en su alma.

La voz de Tracy.

Pero al final se le habían unido dos voces más, voces infantiles. Las de sus hijos. Por eso había abierto los ojos.

Se sintió feliz y tranquilo al ver a sus hijos con Tracy. Su tía estaba también allí. Los niños sonreían aliviados y se habían acercado corriendo a él para intentar sentarse en su cama.

—Yo quiero estar más cerca de papá, soy el mayor —gritó Gary.

—No, yo quiero estar más cerca —protestó Greg con voz temblorosa.

—Niños, vuestro padre tiene dos lados —les dijo Tracy en tono cariñoso.

Tomó a Gary de la mano y le hizo dar la vuelta a la cama para ponerlo en el lado izquierdo de esta. Luego, para dejar que los niños tuviesen su momento, retrocedió unos pasos, asumiendo el papel de un extraño, y no el de la persona que había sido fundamental a la hora de organizarlo todo durante los tres últimos días, desde que lo había llevado a urgencias.

Cada uno de los niños agarró una mano de su padre con fuerza, como para evitar que los dejase. Era evidente, a pesar del ímpetu de Gary, que ambos habían estado muy preocupados porque pudiese pasarle lo mismo que a su madre.

—Te hemos echado de menos, papá —declaró Gary en voz alta.

—Sí, te he echado de menos, papá —dijo Greg, para no ser menos.

—Y yo a vosotros, chicos —les respondió él, apretándoles las pequeñas manos—. A todos —añadió, mirando primero a su tía y después a la mujer que le había llevado a los niños. A la mujer que se había infiltrado en sus sueños.

Se alegraba mucho de ver a sus hijos, pero no podía evitar preguntarse si Tracy habría roto algún tipo de protocolo al llevarlos allí. Sabía que era de las que hacían las cosas como quería hacerlas, y no necesariamente como se suponía que debía hacerlas.

—¿Estás segura de que pueden estar aquí? —le preguntó a Tracy.

—Bueno, los he tenido que pasar escondidos en mi bolso —respondió ella—, pero no creo que pase nada.

Y después, incapaz de seguir estando seria, sonrió.

—No te preocupes, pueden estar aquí. La última vez que he preguntado me han dicho que la apendicitis no es contagiosa.

Por el rabillo del ojo, Micah vio asentir vigorosamente a su tía.

Poco después se dio cuenta de que sus hijos le estaban hablando.

—¿Te ha dolido mucho, papá? —le preguntó Gary con preocupación—. ¿Te ha dolido cuando te han quitado esa cosa?

—No me ha dolido nada —le contestó Micah.

Y luego, decidió cambiar de tema de conversación preguntando a los niños.

—Y vosotros, ¿qué habéis estado haciendo mientras yo estaba aquí?

Los niños empezaron a contarle cosas tan contentos. Durante el siguiente cuarto de hora, ambos intentaron hablar a la vez. Micah había imaginado que le dirían que habían estado viendo la televisión, jugando a los videojuegos y con los vecinos. Lo que no había esperado era que le hablasen de todos los lugares a los que Tracy les había llevado, con tía Sheila incluida.

Gary le explicó que habían estado en un parque de atracciones en San Diego y que también habían ido al cine ese fin de semana.

Greg se acercó a él y le confesó en un susurro:

—Tracy es muy divertida, papá.

Micah la miró a los ojos un instante y sonrió.

—No lo sabes bien, cariño.

Después de un rato más durante el cual los niños no dejaron de hablar, Sheila se acercó y los interrumpió.

—Chicos, vuestro padre parece cansado. ¿Por qué no lo dejamos descansar?

Los dos niños asintieron un poco decepcionados. Y Greg preguntó:

—¿Podemos volver a verlo mañana?

—Me temo que no, chicos —le respondió Tracy.

—¿Por qué no? —quiso saber Gary.

—Porque… —empezó Tracy, haciendo un pequeño silencio para darle más emoción a la sorpresa— vuestro papá va a volver a casa mañana.

Los rostros de los niños se iluminaron. Micah, por su parte, se quedó muy sorprendido.

—¿De verdad, papá? —le preguntó Greg emocionado.

—Si Tracy lo dice, tiene que ser verdad —comentó Gary.

Greg seguía dudando y esperó a que le respondiese su padre.

—Lo que ella diga —dijo este, mirando a Tracy, aunque él tampoco estaba seguro.

Era la primera noticia que tenía de su alta.

—He hablado con el médico esta mañana —le explicó Tracy a su audiencia—. Y me ha dicho que vuestro papá se está curando tan bien que no hay motivos para que siga en el hospital. Así que estará en casa antes de que os deis cuenta.

—Voy a ir saliendo con los niños para que podáis estar unos minutos a solas —dijo Sheila.

Y, sin esperar una respuesta, los tomó de la mano y los sacó de la habitación.

—Gracias por traerlos —le dijo Micah a Tracy cuando se quedaron a solas.

Esta se encogió de hombros como si no tuviese importancia.

—O los traía yo o me arriesgaba a que viniesen solos. Querían ver con sus propios ojos que estabas bien. Me temo que tienes dos hijos bastante escépticos —concluyó riendo.

Él también lo era.

—¿De verdad van a darme el alta mañana? —preguntó—. Hoy todavía no ha pasado el médico.

Y eso que le había preguntado a la enfermera en repetidas ocasiones cuándo iba a hacerlo. Esta le había dicho que solo sabía que pasaría a verlo antes de las seis.

—Lo he acorralado esta mañana cuando salía de su despacho —confesó Tracy.

Tenía mucha práctica, ya que lo hacía con los testigos que no querían colaborar a la hora de testificar. Así había aprendido a ser ingeniosa y persuasiva.

Micah miró a su abogada con admiración. Aquella mujer sabía hacer las cosas. Tenía una actitud desenvuelta que le gustaba mucho. Le sonrió.

—Recuérdame que te despida cuando esté un poco mejor.

Tracy entendió lo que quería decir. Intentó ponerse seria, pero no pudo.

—Quien mucho abarca, poco aprieta —le advirtió.

—No estaba pensando en apretar —replicó él—. Salvo que tú me lo pidas, claro está.

Tracy se echó a reír y sacudió la cabeza.

«Esto es solo temporal. Disfrútalo, pero no te acostumbres. En estos momentos, está vulnerable, lo mismo que tú», pensó.

—Cada cosa a su tiempo, Micah —le dijo—. Primero vuelve a casa y recupérate.

Él tomó su mano y entrelazó los dedos con los de ella. La miró a los ojos. ¿No se daba cuenta de que era su mejor medicina?

—¿No sabes que hacer el amor con una mujer bella e inteligente forma parte del tratamiento?

—No, no lo sabía. Y me parece interesante —admitió—, pero ahora tengo que llevarme a tu tribu de vuelta a casa y luego ir a trabajar un par de horas.

No quería ni pensar en el trabajo que se le estaba acumulando. Llevaba tres días casi sin pisar el despacho.

—Mi contacto en la policía me ha dicho que están a punto de resolver el caso del robo de identidades —le contó—. Ya sabes que cuando esto ocurra, cuando toda la historia salga a la luz, quedarás exculpado.

Además del bienestar de sus hijos, limpiar su nombre se había convertido en la cosa más importante del mundo para Micah, pero en esos momentos, aunque seguía siendo importante, no lo era tanto como un mes antes. Habían ocurrido cosas. Su vida había cambiado desde entonces.

Había empezado a sentir otra vez, a sentir de un modo en el que había pensado que no volvería a sentir jamás.

Pero se había equivocado.

Pensó en todas las cosas que había hecho por él, y por su familia, aquella mujer a la que conocía desde hacía tan poco tiempo.

—Darte las gracias no me parece suficiente — le dijo.

Tracy negó con la cabeza.

—Soy supersticiosa con esas cosas —admitió—. Así que no me las des todavía. Guárdatelas para cuando todo haya terminado de verdad.

—De acuerdo —respondió Micah sonriendo—, pero quiero practicar un poco. Gracias.

Tracy pensó que era incorregible. Y supo que podría acostumbrarse a aquello, a su familia…

«Para. ¿Qué estás haciendo? No quieres volver a sufrir. Ya sabes que lo bueno nunca dura», se dijo.

Tomó aire e intentó calmarse.

—Tienes que recuperar las fuerzas —le recordó.

—Sí —respondió él sonriendo—, ya lo estoy haciendo.

Tracy le rozó los labios con los suyos y le advirtió:

—No quieras ir demasiado rápido. Despacito y buena letra.

Por un lado, quería que Micah se recuperase

bien de la operación, pero por otro, necesitaba sentirse amada, aunque fuese solo de manera superficial.

No iba a engañarse pensando que aquello podría ser algo permanente. Sabía que aquella aventura tenía fecha de caducidad. Y lo aceptaba.

Pero, ¿por qué no iba a disfrutar de la felicidad que sentía en esos momentos? Mientras supiese que antes o después se terminaría, todo iría bien. Sobreviviría como lo había hecho hasta entonces.

—Gracias otra vez —le dijo Micah, soltándole la mano.

Ella le puso el dedo índice en los labios.

—Te he dicho que no me des las gracias todavía —le repitió mirándolo a los ojos—. Después.

Y aquel último susurro sonó a promesa.

Para ambos.

—Esa mujer es una bendición del Cielo —le dijo Sheila a su sobrino a la tarde siguiente, mientras le ahuecaba la almohada.

El médico le había dado el alta por la mañana, tal y como Tracy había augurado. Esta había ido a recogerlo con sus hijos y con su tía y los había llevado a todos a casa, pero una vez allí no había querido quedarse a comer, ya que había dicho que tenía que volver a su despacho a trabajar.

Micah no había protestado a pesar de desear hacerlo porque tenía miedo que le ocurriese lo mismo que a sus hijos: encariñarse demasiado de ella.

En vez de acostarse en su cama, había optado por acampar en el sofá del salón. Así podría estar cerca de los niños y también cerca de la cocina, donde solía estar su tía cuando estaba en su casa, cocinando.

—Échate hacia delante —le ordenó Sheila, metiéndole la almohada detrás de la cabeza—. Llegó y se hizo cargo de todo. Nunca había visto algo así —añadió maravillada, refiriéndose a Tracy—. Después de llevarte al hospital y quedarse allí hasta que le dijeron que estabas bien, no solo me llamó, sino que vino a tranquilizar a los niños en persona. Respondió a todas sus preguntas. Luego volvió al día siguiente con un montón de planes para que los niños no tuviesen tiempo de preocuparse por ti.

Sheila respiró hondo y se preguntó si debía continuar. Decidió que lo mejor sería ser del todo sincera.

—Si te digo la verdad, pensé que no me iba a gustar su actitud, ya sabes que a mí me gusta llevar las riendas contigo y con los niños, pero Tracy lo hizo todo de tal manera que me sentía aliviada, no agobiada —comentó riendo y sacudiendo la cabeza al mismo tiempo—. Es increíble. Yo diría que lo tiene todo.

Miró a su sobrino antes de añadir:

—Quiero decir, que sabía que era una buena

abogada. Maizie no me la habría recomendado si no fuese así, pero no imaginaba que sería tan idónea y tan agradable. Yo diría que va a ser capaz de poner a tu empresa en su sitio.

Había satisfacción en las palabras de Sheila, que se había sentido horrorizada y muy enfadada al enterarse de la acusación que la empresa había hecho a su sobrino. Micah era un hombre honesto y honrado.

—No sé cómo han podido tratarte como a un delincuente después de todo el tiempo que llevas con ellos, en especial, después de lo que has trabajado en los últimos años.

Micah sabía que no lo había hecho por dedicación, sino para evitar pensar en la pérdida de Ella y en lo mal que se sentía.

No pudo evitar defender a su empresa.

—Tienen que tener cuidado, tía Sheila. Donovan Defense es responsable de gran parte de los misiles de nuestro país.

A Sheila eso le daba igual, solo le importaba su sobrino.

—¿Y tú eres el enemigo?

—No, pero alguien tuvo acceso a mi ordenador y es normal que se pusiesen en lo peor y sospechasen de mí —le dijo él.

Sheila le dio un cariñoso pellizco en el rostro, como tantas veces había hecho cuando era niño.

—Cualquiera se daría cuenta de que esta no es la cara de un conspirador. Es la cara de un hombre bueno y decente, que ama a su país y a su familia.

—Pero aunque así sea, tía, tienen que estar seguros.

Hasta hacía poco tiempo había tenido miedo de que lo condenasen injustamente, pero en esos momentos estaba tranquilo. No sabía si era porque había tenido que enfrentarse a la muerte y la había vencido, o porque tenía fe ciega en la mujer que acababa de llegar a su vida. Fuese cual fuese el motivo, estaba seguro de que aunque llevase un tiempo, todo se arreglaría. Y, al final, se demostraría su inocencia.

Lo único que no sabía era cuánto tiempo llevaría aquello y con qué dinero iba a sobrevivir mientras ocurriese. Tenía un periodo de gracia de treinta días, después de aquello, se emprenderían acciones contra él o tendría que marcharse a casa a esperar a que terminase la investigación. En cualquier caso, se quedaría sin salario y sin cobertura sanitaria.

Menudo partido estaba hecho. ¿Cómo podía pensar en tener una relación seria con Tracy? ¿Qué podía ofrecerle? ¿Una familia ya formada con un montón de facturas por pagar? No era precisamente un regalo para una mujer guapa, lista y que quería llegar lejos en la vida. Él, en un mes, había pasado de ser un hombre con futuro a ser un hombre cuyo futuro pendía de un hilo.

No quería que Tracy se quedase con él, aunque fuese solo un tiempo, por obligación o, todavía peor, por pena.

Y, no obstante, no podía haber otra cosa que la mantuviese a su lado.

—Estás demasiado callado —le dijo su tía, y luego añadió en tono divertido—: ¿Te he cansado con mi conversación?

«No, lo que me ha cansado es darme cuenta de que no tengo nada que ofrecer a Tracy».

—Creo que me vendría bien descansar un poco —admitió—. Si no te importa, voy a echarme una siesta antes de cenar.

—Por supuesto —le dijo Sheila—. Me contento con que te quedes aquí sin hacer nada. Conociéndote, si Tracy no te hubiese obligado a ir al hospital… Bueno, prefiero no pensar en eso. Así que duérmete. Intentaré no hacer ruido.

Micah cerró los ojos y fingió que dormía, pero en vez de hacerlo, no pudo evitar pensar en lo solitaria que sería su vida cuando Tracy saliese de ella.

Capítulo 14

MICAH descubrió que al tiempo que recuperaba las fuerzas también recobraba, en un menor grado, la seguridad en sí mismo. En concreto, se dio cuenta de que lo que sentía por Tracy no era fútil.

En vez de continuar creyendo que no tenía nada que ofrecerle, sintió la necesidad de ponerse a prueba.

Era evidente que podía tener que enfrentarse a quedarse sin sueldo, sin trabajo y, lo que era peor, a la posibilidad de entrar en la cárcel.

Pero también era cierto que, con un poco de suerte, podría evitar todo aquello. Su suerte dependía de cómo avanzasen la policía y el FBI en sus investigaciones. Y a pesar de que odiaba que su destino estuviese en manos de unos extraños, al menos sabía que existía la posibilidad de que todo saliese bien.

Cada vez más impaciente, a pesar de no querer demostrarlo, se miró el reloj. Eran casi las seis de la tarde.

Tracy no tardaría en llegar.

No habían quedado en que fuese, al menos, no con palabras, pero durante las dos últimas semanas, desde que había salido del hospital, Tracy había pasado por su casa todos los días a esa hora, al salir de trabajar. Y el fin de semana también había buscado alguna excusa para ir a verlo.

Micah sabía que, técnicamente, estaban trabajando en su caso, pero le gustaba pensar que, aunque no hubiesen estado haciéndolo, Tracy habría encontrado un motivo para pasarse por allí.

Y aunque el caso fuese el único motivo por el que iba, él no iba a permitir que eso lo molestase. Sintiendo lo que sentía por ella, trabajaría con lo que tuviera para construir las bases de una relación.

Llamaron a la puerta.

Micah se levantó del sillón en el que había estado sentado y fue a abrir. Oyó gritar y correr a sus hijos, sin duda, con el mismo objetivo que él. Estaban discutiendo acerca de cuál de los dos abriría antes.

Él llegó justo antes y abrió. Sonrió de oreja a oreja al ver quién había al otro lado de la puerta.

Tracy.

Llevaba una chaqueta color verde agua y una falda a juego. Los altos tacones convertían un traje de chaqueta en un atuendo muy sexy a sus ojos.

—Hola —la saludó, retrocediendo para dejarla pasar.

Ella atravesó el umbral de la puerta y frunció el ceño.

—¿Cómo es que no estás en la cama? —le preguntó.

Normalmente era Sheila quien le abría la puerta y Micah se quedaba tumbado en el sofá. Tracy miró a su alrededor y se dio cuenta de que la otra mujer no estaba en casa.

—Eso es justo lo que un hombre quiere oír de una mujer tan bella —comentó Micah en tono cariñoso mientras cerraba la puerta.

Ella lo miró de arriba abajo. Si el caso de Micah llegaba a juicio, necesitaría que estuviese fuerte. Y eso significaba que no podía tener recaídas después de la operación.

—Si sabe lo que le conviene, ese hombre va a ir a tumbarse inmediatamente.

Micah la recorrió con la mirada y sintió calor. Gary y Greg estaban entrando en la habitación cuando él le dijo en voz baja:

—Sé muy bien lo que me conviene.

Tracy sintió un escalofrío, pero intentó que no se le notase.

—Al menos, túmbate en el sofá —le sugirió, abriendo los brazos para recibir a sus hijos.

Los niños se lanzaron sobre ella para abrazarla. Tracy sonrió a su club de fans y les preguntó:

—¿Cómo están mis dos chicos favoritos?

—Te hemos echado de menos, Tracy —respondió Greg muy serio.

El día anterior había pasado allí más de tres horas, pero no se cansaba nunca de oír cómo los niños le expresaban su cariño.

—Y yo también, pero todos tenemos cosas que hacer, ¿verdad?

Los pequeños asintieron vigorosamente. Tracy tuvo la sensación de que le habrían dicho que sí a cualquier cosa, pensó que era una pena que eso fuese a cambiar cuando se hiciesen hombres.

Se irguió y volvió a centrarse en su padre, el hombre que invadía sus sueños en los últimos tiempos. Era una mala señal y lo sabía. Se había acostumbrado a tenerlo en su vida. Eso haría que le costase el doble separarse de él cuando llegase el momento de hacerlo, cosa que ocurriría inevitablemente.

Y lo que era todavía peor, también echaría muchísimo de menos a los niños.

—Ah, antes de que se me olvide. Toma.

Buscó en su bolso y le tendió un sobre.

Él se quedó mirándolo un instante, sorprendido. El logo que había en la esquina era una *D* doble. Era el logo de Donovan Defense.

¿Qué hacía Tracy con un sobre de su empresa?

—¿Estás intentando ver si funciona tu visión

de rayos X? —le preguntó, divertida al ver que no tomaba el sobre, pero seguía mirándolo.

Micah parpadeó y la miró a ella. Sabía que había dicho algo, pero no tenía ni idea del qué.

—¿Qué?

—Que estás mirando el sobre como si pudieses traspasarlo con la vista —comentó, intentando ponerse seria—. La mayoría de las personas abren los sobres para ver qué hay dentro, así que me preguntaba si tenías rayos X en los ojos y estabas intentando utilizarlos.

—Muy graciosa —murmuró él.

Tomó el sobre y lo abrió. Lo que había dentro no le hizo ninguna gracia.

Era un cheque.

Un cheque por el importe de su salario. Levantó la vista hacia Tracy. Había veces que se le olvidaba que, sobre todo, al menos para ella, era su abogada.

—¿Qué es esto?

—Tampoco ha pasado tanto tiempo, ¿no? —comentó ella—. Es un cheque. ¿Está mal la cantidad? —preguntó, mirando el papel.

—No, pero…

Micah no lo entendía. No tenía sentido. Volvió a mirar el cheque y después a ella.

—Me dijeron que me ponían en excedencia sin sueldo hace dos semanas. ¿Cómo has conseguido esto?

Ella se encogió de hombros como quitándole

importancia. Se sentía muy satisfecha de sí misma, pero no quería demostrarlo. No había sido fácil. No porque no fuese lo correcto, sino porque la empresa se había mantenido firme al principio y se había resistido.

—Podría decirte que he convencido a tu supervisor con mis encantos, pero la realidad es mucho menos emocionante. Acaban de operarte de apendicitis —le recordó.

Eso lo sabía, pero no veía qué relación había entre ambas cosas.

—Sí, ¿y?

—Pues que te han operado justo antes de que tuvieras que marcharte de excedencia.

—De acuerdo.

Micah seguía sin entender qué relación tenía una cosa con otra. Se le estaba escapando algo.

—Por lo que estás de baja por enfermedad —le anunció Tracy—. No pueden emprender acciones contra ti ni privarte de tu salario mientras estés de baja. Aunque se supusiese que estabas despedido y esto hubiese ocurrido un día antes de marcharte, la empresa tendría que darte tu salario y cobertura médica durante al menos seis semanas. Así es la cosa. Dentro de dos semanas recibirás otro cheque igual que este.

—¿Y la operación? —preguntó Micah, intentando absorber toda la información.

De repente, ya no estaba endeudado hasta las cejas, sino que era solvente.

—Todo está cubierto —le dijo ella—. El hospital, la operación, la anestesia… Todo. Tu aseguradora correrá con todos los gastos.

Micah espiró. No se había dado cuenta de que estaba conteniendo la respiración. Le acababan de quitar un enorme peso de encima. Y todo gracias a aquella mujer que tan tenaz era.

—Eres increíble —le dijo con gran admiración.

Ella se volvió a encoger de hombros. Estaba acostumbrada a recibir la gratitud de sus clientes, pero no quería recibir la de Micah. No quería que se sintiese en deuda con ella. La idea la incomodaba.

Intentó quitarle hierro al asunto bromeando.

—No eres el primero que me lo dice.

—Pues espero que quienes te lo hayan dicho antes hayan sido mujeres y viejos —comentó Micah.

Y ella decidió que tal vez no estuviese tan mal que se sintiese un poquito agradecido.

—Has acertado.

Micah se echó a reír y la besó sin pensarlo y sin controlarse en presencia de sus hijos, que se pusieron a aplaudirles.

—Tenemos público —dijo Tracy, separándose con cuidado de él y girándose hacia los niños.

—¿Te gusta papá? —le preguntó Greg.

Era evidente que había esperanza en su voz.

«Sí, me gusta», pensó ella, pero decirlo en voz alta solo alimentaría la esperanza de los pequeños y no quería sentirse responsable de su decepción a largo plazo. La relación que Greg y Gary tenían con su padre era muy importante, por eso, cuando llegase el momento de seguir con su vida, tendría que ser ella la mala de la película.

Hizo lo único que podía hacer. Responder con evasivas.

—Es un hombre muy agradable.

Era sorprendente, lo listos que podían llegar a ser los niños.

—¿Pero te gusta? —insistió el hijo pequeño de Micah.

Ella miró a este a los ojos y decidió ser sincera. Después de lo que habían hecho y de lo que había compartido con él, aunque no respondiese a la pregunta de los niños, Micah sabría la verdad. A no ser que fuese muy tonto, y no lo era. Seguro que ya sabía que sentía algo por él.

Además, tenía la sensación de que Greg y Gary no pararían hasta que no les diese una respuesta definitiva.

—Sí —admitió por fin—. Me gusta vuestro padre.

Había esperado ver sonreír a los niños, pero la sonrisa de Micah fue toda una revelación. No podía sonreír más. Aun así, Tracy prefirió no hacerse demasiadas ilusiones.

—Esto merece una celebración —dijo Micah por fin, levantando el cheque.

El cheque y la noticia de que iba a seguir cobrando al menos mientras estuviese de baja. Aunque lo que más contento lo ponía era lo que Tracy acababa de decir.

Acababa de admitir que sentía algo por él, cosa que le parecía muy bien, porque él también tenía sentimientos por ella. Estaba casi seguro de que se estaba enamorando.

—Espera —lo detuvo Tracy de repente al darse cuenta de lo que estaba proponiendo. No quería que se dejase llevar—. No pretenderás cocinar, ¿verdad?

—Ese era el plan, sí —le respondió Micah—. ¿Por qué?

—Porque tendrías que pasar demasiado tiempo de pie, por eso.

¿Es que tenía que explicárselo todo? Para ser un hombre tan inteligente, había ocasiones en las que le faltaba sentido común. Sobre todo, en lo relativo a sus propias limitaciones.

—La verdad es que lo de cocinar tumbado todavía no lo domino —bromeó él—, así que tienes razón.

No obstante, echó a andar lentamente hacia la cocina. Tracy se puso delante, bloqueándole el paso.

—Todavía no estás completamente recuperado —le advirtió—. No te excedas. Si te cansas, te costará más ponerte del todo bien.

A Micah le gustó que se preocupase por él, pero no se consideraba una delicada pieza de porcelana.

—Solo me han quitado el apéndice, Tracy. No me han hecho un trasplante de corazón.

—¿Plantan corazones? —inquirió Gary confundido.

—Ya te lo explicaré luego —le prometió Micah—. Es complicado.

—Cortar siempre es cortar —insistió Tracy.

Hasta entonces, Sheila había estado cocinando desde que Micah había salido del hospital, pero Tracy sabía que esa noche había ido a ver una película con unas amigas.

—Entonces, ¿qué propones? —le preguntó Micah a Tracy, sabiendo que esta no iba a dar su brazo a torcer—. ¿Quieres cocinar tú?

Tracy suspiró. Sabía que, a su edad, ya tenía que saber cocinar, pero siempre había estado tan ocupada que no había tenido tiempo de aprender.

—Eso depende —respondió.

—¿De qué?

Micah odiaba admitirlo, pero Tracy tenía razón, ya tenía la sensación de haber estado de pie demasiado tiempo. Fue al salón y se sentó en el sofá a esperar su respuesta.

Tracy sabía que podía intentar salir del apuro engañándolos, pero se consideraba una persona honesta y, sobre todo, no quería mentir a Micah y a los chicos. Eso significaba que no podía fingir controlar algo de lo que no tenía ni idea.

—De si quieres tener que volver a urgencias, en esta ocasión, acompañado por tus hijos.

Él la miró divertida.

—¿Tan mal cocinas?

—Bueno, no lo hago bien —admitió ella—. Sé poner agua a hervir. O, más bien, quemar un cazo.

Micah se echó a reír.

—Eso no es nada que no se pueda remediar.

Tracy lo miró sorprendida.

—¿Y qué se te ocurre que no se podría remediar? —le preguntó.

Micah consiguió no echarse a reír y le contestó:

—Que hubieses quemado la casa también, por ejemplo.

Ella fingió considerar aquello.

—Tengo que admitir que eso todavía no lo he hecho. Aunque tampoco me he puesto a cocinar tantas veces. Lo único que utilizo de la cocina es la nevera y el microondas. De hecho, recalentar sobras se me da muy bien.

A Micah le gustó ver que Tracy se tomaba con humor aquella limitación. Otra se habría puesto a la defensiva, pero ella no era como las demás. Por eso lo atraía tanto.

Por un momento, pensó en pedir comida para llevar, pero luego rechazó la idea. No tenía gracia. Además, cocinar juntos les uniría todavía más. Él podría ser el mentor. Su mentor.

Le gustó la idea.

—¿Sabes qué? —empezó—. ¿Qué te parece si te doy una clase de cocina?

Tracy lo miró fijamente.

—¿Quieres enseñarme a cocinar? —preguntó, para cerciorarse de que no había oído mal.

—Eso he dicho, una clase de cocina —le confirmó Micah.

Ella se acordó de cuando su ex había intentado enseñarla a jugar al tenis. Diez minutos después había empezado a gritarle y a decirle que era un desastre. Y no quería que eso mismo le ocurriese con Micah.

—No creo que sea buena idea —le dijo.

—Claro que sí —le aseguró él—. Ya lo verás.

Tracy era más escéptica que él optimista. Micah no tenía nada en qué basar su fe, mientras que ella ya sabía cómo se le daba la cocina.

—¿Tienes algún seguro contra incendios? —le preguntó.

—No vas a quemar nada, no te preocupes.

—Ojalá estuviese tan segura como tú —murmuró Tracy.

—No te preocupes —le repitió Micah—. Vamos a empezar con algo fácil. Te voy a enseñar a preparar carne estofada.

A ella no le parecía fácil, gimió.

—Date por muerto —le dijo.

—Para empezar, vamos a trabajar en tu actitud —le respondió él—. Tienes que decirte a ti misma que vas a hacerlo, que vas a ser capaz de preparar un estofado.

—Eso puedo hacerlo —admitió Tracy—. Aunque no me gusta engañarme a mí misma.

«Salvo con respecto a ti, a nosotros», pensó. Sabía que su relación con Micah y con sus hijos iba a terminar en desastre. Estaba segura.

—No te vas a engañar —le aseguró Micah con firmeza—. Vas a preparar la cena y te va a salir muy bien.

Era evidente que tenía el listón muy bajo.

—Y si aplaudimos, aparecerá Campanilla —bromeó ella.

—Campanilla existe —comentó Greg con poca convicción—. ¿Verdad?

«Estupendo, ahora le estás quitando la ilusión a los niños, Trace», se dijo a sí misma.

—Por supuesto —le respondió al niño.

—¿Estás preparada? —le preguntó Micah.

«¿Y tú?», replicó ella en silencio.

—Más que nunca.

—De acuerdo, vas a empezar cortando unos champiñones.

Micah le dejó una caja de champiñones en la encimera.

Tracy se preparó mentalmente y empezó a cortarlos en láminas.

Capítulo 15

TRACY siempre había pensado que la Navidad era la época de los milagros. Lo que significaba que si ocurría algún milagro, tenía que ser en Navidad, alrededor de la tercera semana de diciembre.

Pero en esos momentos estaba empezando a pensar que en julio también podía haber milagros.

Porque esa noche había hecho la cena y no solo no se había muerto nadie, sino que ni siquiera habían enfermado.

Tracy todavía estaba en estado de shock cuando recogió los platos de la mesa y se dispuso a fregarlos.

Miró por encima del hombro a Micah. Lo había

obligado a sentarse a la mesa de la cocina mientras ella se ocupaba de todo.

Parecía estar bien, lo mismo que Greg y Gary, aunque también cabía la posibilidad de que no quisieran herir sus sentimientos y no le hubiesen dicho la verdad.

—¿Seguro que no os duele el estómago ni nada? —les preguntó por tercera vez.

Él se echó a reír.

—Estamos todos bien, ¿verdad, chicos?

Los niños asintieron con entusiasmo.

—¿Ves? La cena estaba muy rica. Nadie se ha puesto verde. ¿Sabes lo que pienso?

—No, ¿el qué?

—Que has estado diciendo que no sabías cocinar para no tener que hacerlo.

Durante las dos últimas semanas, Sheila había cocinado todos los días, pero antes de que Micah fuese al hospital, había sido él quien había preparado la cena cuando Tracy se había pasado por casa.

—Yo tengo una teoría distinta de lo ocurrido —le contestó ella.

Micah inclinó la cabeza y la miró con curiosidad.

—¿Cuál?

Tracy terminó de fregar y se secó las manos con un paño.

—Que estoy teniendo un sueño maravilloso del que voy a despertar en cualquier momento.

—Eso hay otra manera de verlo —le dijo Micah en tono pícaro.

—¿Sí? ¿Cuál?

—Te lo demostraré.

Micah se levantó y fue hasta ella. Y la besó.

Tracy casi no oyó las risas de los niños de fondo, solo notó que se le aceleraba el pulso y que tenía más calor que un momento antes.

Se fundió contra su cuerpo antes de darse cuenta de que no debía hacer aquello. Micah todavía se estaba recuperando de la operación. Además, los niños estaban delante y eran demasiado jóvenes para presenciar aquello.

Así que, muy a su pesar, se apartó.

—Micah —susurró con voz ronca—, los niños nos están mirando.

—Sí, ya lo sé —respondió él riendo y retrocediendo un paso—. Bueno, era o esto o dejar que los niños te pellizcasen. Y pellizcan muy fuerte.

Los niños volvieron a echarse a reír al oír aquello.

Tracy estaba confundida y solo le funcionaba la mitad del cerebro, lo que no era de gran ayuda.

—¿Qué?

—Se suele decir «pellízcame para asegurarme de que no estoy soñando» —le explicó Micah—. Y yo he pensado que preferirías que te diese un beso.

Tracy apretó los labios y lo saboreó. El pulso se le aceleró.

—Lo prefiero —admitió.

Pero aún así supo que debía marcharse. Deseaba demasiado a aquel hombre y no podía dejarse llevar por sus sentimientos. Todavía no estaba del todo recuperado.

—Creo que será mejor que me marche —sugirió.

—No te vayas —le dijo él, agarrándola de la mano, aunque con lo que la atrapó fue con su mirada—. Los niños no van a tardar en irse a dormir.

—Por eso me marcho —le respondió Tracy—. Porque todavía no estás bien.

Él sonrió con malicia. No iba a ceder tan fácilmente.

—Podríamos comprobar cuánto he mejorado.

Tracy se sintió tentada, pero respiró hondo. Le tocaba ser la fuerte, aunque solo quisiese estar con él. Se le estaba acabando el tiempo. Tenía la sensación de que el caso se resolvería muy pronto y que Micah ya no la necesitaría más. Ella no tendría ninguna excusa para ir a verlo.

Cuando el caso se terminase, lo suyo se acabaría también.

La idea le hizo sentir una tristeza insoportable.

—Es tentador, pero no puedo quedarme —le dijo con firmeza.

Pero Micah se había dado cuenta de que lo miraba con deseo y no necesitaba más para insistir.

—Dejaré que lo hagas tú todo —le propuso, susurrándole al oído para que los niños no lo oyesen—. Yo me quedaré tumbado y dejaré que me hagas lo que quieras. No se lo contaré a nadie.

Tracy tenía tanto calor que pensó que iba a salir ardiendo.

—No me lo estás poniendo nada fácil —protestó.

Entonces sonó el teléfono. Tracy se sintió decepcionada y, al mismo tiempo, aliviada por la interrupción. Se dijo que tal vez fuese lo mejor.

—El teléfono —le dijo, retrocediendo.

—Ya lo sé —respondió él divertido.

Dado que ella estaba más cerca del aparato que él, lo descolgó y respondió.

—Residencia de los Muldare, dígame.

Por el rabillo del ojo vio sonreír a Micah.

—Quiero hablar con Micah Muldare, por favor —dijo una voz masculina.

A Tracy le resultó vagamente familiar, pero no intentó ponerle rostro. No tenía ningún motivo para hacerlo.

Micah alargó la mano para tomar el auricular, pero Tracy no se lo dio, antes preguntó:

—¿De parte de quién?

—De Sid Greene.

Tracy abrió mucho los ojos. Era el supervisor de Micah. ¿Para qué llamaba?

—Señor Greene, soy Tracy Ryan, la abogada del señor Muldare —le recordó, por si se había olvidado de ella—. Puede decirme a mí lo que quiera decirle a mi cliente.

Lo oyó resoplar con impaciencia.

—Necesito hablar con él acerca de un proyecto del que hizo un informe.

—Un momento, por favor. Veré si está disponible —dijo, dándole el auricular a Micah.

—¿Dígame? —respondió Micah.

Era evidente que su supervisor estaba incómodo. Y también era evidente que si llamaba era por necesidad.

—IIan surgido dudas acerca del proyecto del misil tierra aire. En los últimos años hemos tenido que prescindir de muchas personas y no queda nadie que formase parte del equipo original —empezó Greene—. Nos arriesgamos a perder el contrato si no respondemos de manera satisfactoria a las preguntas de nuestro cliente. Tu abogada me ha contado lo de la operación, así que no sé cómo estarás, pero quería saber, si te mandase a alguien con un ordenador de la empresa, ¿podrías responder a las preguntas que nos hacen lo antes posible?

Micah se quedó de piedra y tardó un segundo en responder.

—Pensé que no podía tener acceso a la base de datos de la empresa.

—En un mundo perfecto las cosas serían distintas —admitió Greene—, pero en este, el tiempo es dinero y lo más importante es que el cliente esté satisfecho. Además, tu abogada me ha informado de que se está investigando a la red de hackers que ha accedido a tu ordenador. Es probable que no hayas tenido culpa de nada y que seas inocente. Así que, ¿podemos olvidarnos del tema temporalmente, por el bien de la empresa, y puedes ayudarnos, Muldare?

—Por supuesto —respondió Micah emocionado.

—Bien. Enviaré a MacAfee mañana por la mañana con el ordenador. Me alegro de que las cosas vuelvan a la normalidad —admitió Greene—. Por cierto, ¿qué tal estás?

Era una pregunta personal y a Greene no le gustaban las preguntas personales, pero se vio obligado a hacerla.

Micah se sentía sobre todo aliviado.

—Cada vez mejor —respondió.

—Estupendo. Eso es lo que quería oír —comentó Greene—. Entre nosotros, jamás pensé que pudieras ser culpable, Muldare.

Micah supo que le estaba haciendo la pelota, pero no le importó. Había recuperado su trabajo y, lo que era más importante, su reputación.

Y sabía a quién se lo debía todo. Miró a Tracy.

—Gracias, señor —le contestó a su supervisor.

Este colgó un segundo después.

—¿Qué quería? —le preguntó Tracy a Micah después de que este hubiese colgado el auricular.

—Se ha terminado.

Tracy sintió un escalofrío. «No te precipites», se ordenó a sí misma enfadada.

—¿El qué se ha terminado? —le preguntó, intentando hablar con naturalidad.

Él sonrió de oreja a oreja.

—El caso.

—¿Y eso? ¿Qué ha pasado?

—Bueno, sobre todo, que has intervenido tú. Parece que Greene ha creído todo lo que le has dicho y quiere mandarme mañana a alguien con un ordenador para que empiece a responder unas preguntas que han surgido acerca de un proyecto en el que yo trabajé.

—Así que hemos ganado.

Micah asintió. Si sonreía más, se le abriría la cara.

—Hemos ganado.

Los niños lo miraron al oír aquello.

—¡Sí! Hemos ganado —gritaron al unísono, emocionados.

Luego, Gary miró a Tracy y después a su padre.

—¿Qué hemos ganado?

—Papá va a volver a trabajar en cuanto se haya recuperado —le dijo Tracy al niño.

Eran demasiado pequeños para explicarles que, además de su puesto de trabajo, Micah había recuperado su buen nombre.

—¿Y también te hemos ganado a ti? —preguntó Greg de repente.

Ella miró al niño. Se había quedado sin habla con aquella pregunta.

—Yo solo estoy aquí para ayudar a tu padre con el caso —le respondió.

—Pero no vas a marcharte solo porque hayamos ganado, ¿verdad? —preguntó Gary—. ¿A que no, papá?

—Eso depende de Tracy —le respondió Micah a su hijo—. No podemos retenerla aquí si ella quiere marcharse.

—Claro que podemos —insistió Greg.

Para demostrarlo, la agarró de la mano con todas sus fuerzas. Y luego la miró y suplicó:

—Quédate con nosotros, por favor.

—Cariño, no puedo quedarme —le dijo ella, acariciándole el rostro y empezando a echarlo de menos—. Tu papá ya no me necesita.

—Yo no he dicho eso —intervino Micah en voz baja.

A ella le dio un vuelco el corazón. Se giró a mirarlo. Por un momento…

No, no podía engañarse a sí misma. Micah no le había dicho que no la necesitase, pero no hacía falta. Era evidente. Había ganado el caso. Retirarían los cargos.

Todo volvería a la normalidad. Y ella, a su solitaria existencia. Intentó desesperadamente hacer las paces con aquella idea.

No era fácil.

Intentó hablar en tono alegre.

—En cuanto me ocupe de un par de cabos sueltos, ya no necesitarás un abogado.

—No —admitió Micah—, pero eso no significa que no vaya a necesitarte a ti.

Vio que Tracy ponía gesto de sorpresa y le pareció que era buena señal.

—Eh, te he enseñado a cocinar, no quiero que nadie se aproveche de algo que he conseguido yo.

—Entonces, ¿quieres que me quede por lo bien que cocino?

Él tomó sus manos. No quería jugar más. Quería que Tracy supiera que la tenía en su corazón.

—Bueno, yo no iría tan lejos —admitió—. Pero quiero que te quedes por otros motivos.

Tracy casi no podía ni respirar.

—¿Qué otros motivos? —le preguntó mirándolo a los ojos.

—Bueno, para empezar, porque me he acostumbrado a verte todos los días. A mi edad, no sé si podría soportar más cambios drásticos y dejar de verte lo sería.

—¿Me estás pidiendo que venga a veros todos los días? —le preguntó ella sorprendida.

—No, quiero más —le dijo él muy serio—. Mucho más. No sé si te has dado cuenta de que los niños te quieren.

—Los niños —repitió Tracy nerviosa—. ¿Y tú?

Él no respondió inmediatamente. En su lugar, sonrió.

—Pensé que lo sabías.

—¿El qué? —inquirió ella tensa.

—Que yo también soy un niño.

Sin apartar la vista de la suya continuó:

—Te quiero, Tracy. Me gusta tu independencia y que seas tan combativa. Me encanta que quieras llegar al fondo de las cosas y que no te rindas, y me encanta cómo te entregas sin hacer ningún esfuerzo y sin esperar nada a cambio. No sé si sabes que me has salvado la vida —le dijo.

Y entonces se dio cuenta de lo que Tracy debía de pensar y prefirió aclarárselo.

—No me refiero a mi carrera. Pensé que jamás volvería a enamorarme. Y me has demostrado que estaba equivocado.

La abrazó.

—Cásate conmigo, Tracy.

Uno de los niños le estiró de la camisa. Micah bajó la vista y vio a Gary.

—Cásate con nosotros —susurró el niño, como si quisiese recordarle a su padre que no estaba solo en aquello.

—Cásate con nosotros —se corrigió Micah—. Te prometemos que no te arrepentirás.

Greg y Gary se pusieron a dar saltos.

—Sí, cásate con nosotros, Tracy. Por favor —dijo Gary.

—Por favor —le rogó también Greg.

Tracy contuvo una carcajada. No quería herir los sentimientos de los niños.

—¿Cómo voy a decir que no?

—Pues di que sí —le sugirió Micah.

—Sí —repitió ella sonriendo.

Greg y Gary gritaron de alegría. Y su padre no gritó. No pudo hacerlo porque estaba besando a su futura esposa, pero a los niños les pareció bien.

JULIA™

ALLISON LEIGH
NUBES DE TORMENTA

La tormenta estaba a punto de caer sobre Annie Hess, de hecho ya había comenzado con la llegada de su hija secreta, a la que años atrás había dejado al cuidado de su hermano. Pero las cosas no habían hecho más que empeorar con la aparición de Logan Drake. El hombre que la había rechazado en otro tiempo ahora pretendía llevarse a la muchacha. Ninguno de los dos esperaba que aquel reencuentro despertaría sus sentimientos del pasado. Lo que todavía no sabían era si las duras decisiones que habían tomado años atrás podrían ahora llevarlos hasta encontrar la felicidad.

N.º 482

MARIE FERRARELLA
CORAZÓN AMADO

Si a Micah Muldare le faltaba algo era tiempo. El atareado viudo no tenía horas suficientes para su exigente trabajo y sus dos pequeños hijos. Era evidente que en su vida no había lugar para el amor… hasta que Tracy Ryan llegó a ella.
Tracy ya había sufrido una vez por amor, así que había desistido de la idea de encontrar al hombre de su vida y formar una familia, pero le estaba costando resistirse al guapo Micah, y a sus adorables hijos. Tal vez hubiese llegado el momento de arriesgarse para conseguir tener la familia que siempre había deseado.

¡YA EN TU PUNTO DE VENTA!